失魂

拟南芥 著

天津出版传媒集团

天津人民出版社

世事无常，在命运的某个当口，案件调查人员和被害者都可能成为罪犯。因此，在推理小说中，任何人都可能是罪犯，甚至连主角也不例外。

——"推理小说创作守则之五"

失魂

CONTENTS

目录

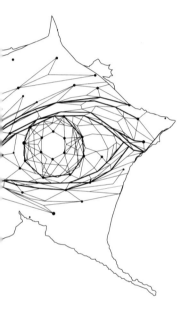

你们在狭隘的人世间，任凭摆布，
而我在我的世界里，永生不灭。

序幕

　　公元451年，阿提拉率领匈奴军队向香槟平原进发。埃裘斯则率领罗马联军尾随而来，两军在马恩河畔沙隆附近广阔的卡塔隆尼平原相遇，展开决战。经过激烈的战斗，双方损失惨重，最后，战争以"上帝之鞭"的惨败收场。

　　凶残的侵略者——阿提拉丢下无数尸体后离开了那片伤心地。

　　大片苜蓿之中静静卧着一颗半腐的头颅。没有人为这个不知来自何方的异域士兵收殓。

　　一只漆黑如夜的乌鸦嚎叫着落到死难者的颅骨上，用坚硬的喙啄开他空洞的眼眶，品尝他早已干枯的脑髓。

异乡来客

　　你睁开了眼睛，尽管身上盖着厚重的棉被，可身子依然冷得像一块生铁。

　　你耸动鼻翼，深深吸了一口潮湿阴冷的空气，但肺就像一个老旧的袋子，似乎没把多少新鲜空气吸到体内，你还是觉得胸口闷极了，而且浑身上下没有半分力气。

　　你又闭上眼睛，短暂地休息了一会儿，但不适感非但没有减轻，反而愈演愈烈，似乎你的全身都在重新生长——就像灵魂在重新适配肉体。

　　你忍不住轻轻呻吟起来，喉咙深处涌出铁锈一样的腥味和苦味，让你觉得腹腔内的不再是自己的内脏，而是某种吐出恶臭气息的怪物。

　　"先生，您总算是醒了。"

　　你的呻吟引来了一人，你先听到了她关切的声音，然后看到了她的脸。

　　那是一张慈祥的面容，一张圆脸，满是皱纹，双眼向下耷拉，左眼的外眼角下有颗痣，头发全白，被她用头油整整齐齐地梳在一起。

　　你没由来地感到一阵惶恐，因为你对她毫无印象，而当你试图回忆时，脑袋便疼得难以想象，大脑中仿佛一半是烈火一半是寒冰，轮番折磨着你，又好似藏着一只长满触手的怪异魔鬼，在用力搅动你的脑浆。

"这是什么地方？"你开口问道。

"先生，这里是冯府。"你听到老人这样回答道。

冯府？你对这个名字没有半点印象。

"哪儿的冯府？"

"尧兴冯镜明府上啊。"

不光是冯府，你惊讶地发现，你连自己是谁都不记得了。

许是见你面容扭曲，老人关切地问道："先生您没事吧？"

此刻，你已经从对话中明白这里不是你家，你应该只是个客人。

当你问这里是什么地方时，如果这里是家的话，老人不应该只是回答这里是冯府。而且看样子她应该是冯府的仆人，一直称呼你为"先生"——一个不远不近的尊称。

你又注意到老人的口音和自己的口音并不相同，她还特地强调过这里是尧兴，你不禁想到自己莫不是个异乡人？

但你不想让她察觉内心的疑虑。你咽下"我是谁"这个疑问，满是戒心地试探着问道："我的衣服呢？"

"您换下来的衣服就在桌上，没有动过。"你听到老人回答，"您要起来吗？我这边给您准备了新衣服。"

你沉默了一会儿说道："麻烦帮我把新衣服拿过来，我要起床了。"

说着你从床上直起身子，然而刚一起身，便感到天旋地转，你只能扶着床沿，尽力不让自己翻倒在地。

床沿暗红色的老漆摸上去又滑腻又冰冷，像摸上一条怪蛇，这个想法让你不寒而栗。

突然你感到肚内一阵翻江倒海，俯身在地上吐了一摊酸水。

一只苍老的手慢慢抚着你的脊背，帮你理顺了气。

"先生，您在床上躺了足足两天，我给您准备点吃的，您休息下再起吧。"

无力地躺回床上，朝她点了点头，此时你脑海中盘踞着三个问题。

——你是谁？

——你需要做些什么？

——你要到何处去？

没有任何头绪，在这异乡之中，你连自己都失去了。

没过多久，房门再次开启，老人端着一个白瓷碗走了进来。

"先生，我已经把您醒来的消息告诉老爷了。您先吃点东西，休息一下，老爷会在午后见您，给您答复。"

你听到老人这样说，疑惑地问道："什么答复？"

"我一个老人家可搞不明白你们这些大学者的事情。"

听她这样说，你也一头雾水。

"先吃东西吧。"她把你扶起来，又将碗送到你手里。

久违地，你闻到了一股香甜的气味，带着一股酒香。你看到碗内卧着两个荷包蛋。

老人邀功似的说道："先生您多吃一点，这酒糟蛋最补元气了，我还搁了好多红糖。"

你尝了一下，发觉味道确实不赖，尽管你不太习惯酒糟味，但还是连汤都喝了下去。

肚内有食，你感觉自己终于活了过来。

随后，老人又端来了热水，供你洗漱。

等老人出去后，你才从被褥里爬出来，用最快的速度套上衣服。

在南方，连呼吸的空气都是冷的。

你哆嗦着将手放进热水里，打湿毛巾。

你将毛巾盖在脸上，热敷了一会儿，才将目光移到镜子上。

望着镜子，你看见了自己。

亲切却又陌生。

镜中的你穿着老人送来的衣服，衣服略小了点，贴体，显得你身形挺拔。

你打量着镜中自己的模样，约莫二十七八岁，有着小麦色的皮肤，眼睛深邃，鼻梁高挺，身材高大。由于昏睡了几日，下巴上已经冒出了一些胡茬，脸色呈现出一种病态的苍白。

你根据自己的肤色分析自己曾长时间在室外劳作或进行体育运动。你的右手中指上有一个写字茧，由此来看，比起毛笔，你似乎更加习惯用钢笔或者铅笔。你觉得自己应该接受过西式教育，可能喜好户外运动。

然后，你又拿起了不远处桌子上的衣服，这是你原来的衣服。

桌上只有单衣，但现在可是冬天，你换下来的衣服绝不可能只有单衣。

你拿起单衣闻了闻，一股汗臭味，冯府的人没有洗过你的衣服，也许上面会留有比较多的线索。

"先生，您好了吗？"老人在门外问道。

你回答道："就快好了。"

你加快了手上的动作，翻找起来，并在单衣上找到了两个内袋，其中一个袋子里有半张火车票，出发地是凤天。

你忘记了自己的过去，但还记得一些生活常识和零零碎碎的专业知识。

凤天到尧兴没有直达的列车，如果这里就是你的目的地，说明你在中途换乘过。

你再次试探着问道："我别的衣服是不是都找不到了？"

"是啊，先生。那些人真是小婢生的短命鬼、断头鬼！"老人骂了出来，"他们连衣服都扒了，这是要害命。"

南方的冬天虽不像北方那么冷冽，但冻一整夜确实能出人命。

而且，你摸到后脑勺，发现那里有一个肿块，轻按下，有明显的酸痛感。

以你的常识判断，对方这一下用了大力气，一点也没客气。

你的失忆大概和这脱不了干系。

根据这些线索，你大致推理出了自己的经历。

——你从北方到尧兴来，也许是投奔亲朋好友，也许是办事。你倾向于后者，因为作为接受过西式教育、身体又足够健康的青年人，为了自身的发展，完全可以去临近的上海谋生，那里的机会更多。你下了车或者船，但还未抵达目的地，就被贼人打晕抢走了行李和衣物。

——你极有可能还有一封信。如果你的身份证件还在，那老人应该会将其同你的衣服放在一起，但现在只有单衣，说明你的证件也被贼人拿走了。那你又如何能来到冯府呢，一个尧兴城说大不大说小不小的，你觉得自己身上必定还有别的什么东西能证明自己的身份和目的地。最符合的事物，只有信件了。

大抵是当日你被打晕在地，有好心人救下了你，又通过你身上仅有的信件，将你送到了目的地。而那封信本就是给冯府主人的，所以你清醒后，冯府的人也没还给你。

你出了门跟在老人身后去见冯府的主人，在攀谈中，你了解到冯府是个四进的大宅子，在尧兴城南边，距离鉴湖不远。

冯府的人员结构比较简单，除了主人冯镜明外，还有一位小姐冯伊曼，不过冯小姐身体欠佳，从未出过门。

主人家只有这两位，其余都是下人。一个管家姓徐，大家都喊他徐管家，真名没人知道。两个婆子，一个吴妈负责府上饮食，另一个就是你面前的陈妈。两个男仆，一个是徐管家的小侄子，半大的小子，在府里做点跑腿的杂事，另一个是叫长根的农村汉子，平时都在府里，负责各种体力活，只在农忙时会回村一趟。

偌大的冯府，就只有这七个人。

你一面附和几句，一面观察着四周。

虽然是冬天，但透过半枯的花草树木，还是能看出冯府诗书世家的风韵。

"冯老爷看了信有什么反应吗？"你问道。

"不晓得。"陈妈回答道，"老爷看信的时候我不在边上。您是不知道那天晚上有多么热闹——七八个人浩浩荡荡地把您抬进冯府。"

"这么多人？"你惊讶地问道。

"就差敲锣打鼓放鞭炮了，知道的是冯府来客人了，不知道的还以为是冯府娶亲。他们就是想向老爷讨赏钱。我可看到了老爷给出去好几块大洋呢。老爷还亲自替您检查身体，看了您的伤，嘱咐我赶紧把您带去客房好好照顾。等他看完了信，又让徐管家给您请了大夫。"陈妈又说道，"您就放宽了心吧，无论信里说的什么事，我看十有八九能成。"

你面上勉强挤出一个笑容，却苦恼自己根本不知道信上说了什么事。

你抬头发现冯府的院子后面有一个三层的阁楼，与周围的建筑格格不入。但你没有多问，因为陈妈已经将你带到了冯老爷的书房前。

"先生，老爷就在里面，您进去就可以了。"陈妈说道。

你一踏进书房，陈妈就在外面替你轻轻阖上了门。

出乎意料的是，冯镜明不是那种穿着长衫的传统儒士，而是一个身着黑色西装的学者。他保养得很好，相貌英俊，脸上蓄着短须，红褐色的头发，有着丝绸般的光泽。见你进门，冯镜明便放下了手里的书，这时你才看清他的双眼，眼窝很深，眼瞳是冰蓝色的，闪闪发亮，眼神果断而干练。

你愣在了原地，甚至忘了打招呼，你从没想过拥有水乡宅邸、拥有中国姓名的南方乡绅居然有异国血统，而且特征是如此明显。

明明素未谋面，但他给你一种似曾相识的感觉。

"怎么，你叔叔没向你介绍过我？"他的话里甚至带着水乡软糯的口音，"坐吧。"

闻言，你木木地坐下。

冯镜明端起茶杯抿了一口茶，才说道："头上的伤怎么样了？"

"不碍事。"你回答道，低下头注意到书桌上放着一封信，信封上写着"友冯镜明先生亲启"，这应该就是你带来的那封信。

你不由得偷瞄那封信，毕竟信里藏着关于"你是谁"的线索。

"看来你的心思全在事上。"冯镜明右手放到信封上，用指节轻叩了两下。

"那我也不寒暄了，伍兄处境堪忧，贤侄初入尧兴便遭受无妄之灾，坦白而言……"冯镜明蓝色的眼睛盯着你，让你感到一股寒意从脊背升起，"坦白而言，伍兄所求算不得不情之请。"

"这么说来……"你心中泛起欣喜之情。

"但此事从根子上便错了。"你心中燃起的希望顷刻间便被浇灭，冯镜明向你解释道，"家父确实一直在研究新药，但研究因故中断，项目停滞不前多年，待我接手时，几乎是从头再来，直到现在，仍未攻克技术难题。此药虽对部分传染病有奇效，但副作用巨大，几乎是患者无法承受的，难以投入临床使用。况且，鼠疫来势汹汹，仍在研发阶段的新药产量不足。完善制药工艺、建造生产线也需水磨功夫。"

说完，冯镜明打开写字台的抽屉，取出支票簿，拿起了钢笔。

"但话说回来，抗击疫情，我辈医药人义不容辞。"冯镜明边写边对你说道，"贤侄，我给你写张条子，你可到我南洋药厂的负责人处拿一批药品，还有这张支票，务必交给伍兄，算是我的一些心意。"

"伯父……"

你还想再说点什么，但他打断了你。

"贤侄，你先在我府上养好身子，再出发吧。"说完，他起身请你出去。

你心下一急，伸手拦住了冯镜明。

"伯父，事到如今，我也不好再说什么。"你言辞恳切，"我只有一个不情之请，我能否再看看信？"

"看信？"冯镜明看了你一眼，点了点头。

得到许可后，你马上拿起了信，就像抓住了一根救命稻草。

冯兄：

一别经年，久未联系，是弟的疏忽。

世人常言，需警惕突如其来的友善，尤其是那些久未联系的亲友突然出现，在中国，这种情况往往是因为两件事——或娶妻生子，需你随个份子；或手头拮据，想借些钱款周转。

这个道理放在你我之间也是一样，只不过弟此番写信，为的不是钱财之流的俗物。

冯兄若是关注近来的新闻，便会知晓弟身处困境之中。东三省突遭鼠疫，弟临危受命，出发前还踌躇满志，然一入疫区，便被当头浇了盆冰水。此次疫情之猛烈实属罕见，在疫区，病亡者往往以整村计算。地方行政长官或对现代检疫、防疫知识几乎一无所知，或已经慌了神。

据我所知，疫情初期，他们只使中医馆分发汤剂，最多请两名西医过来，调动的人员不过七八人。

当弟抵达后，居然在客厅等候了半个多小时，才与当地官员会面！正是这种无知和傲慢导致了形势的复杂化，并使疫情加速蔓延！

事已至此，弟也不愿多谈。但东三省千万百姓的性命，均在弟肩上。弟不由地觉得自己仿佛地狱的看门人，牢牢抵着大门，使得可怕的地狱火焰不蔓延到人间。

直到疫情持续恶化，才引起各界的重视，虽有名流、富商、官员等慷慨出资、出人，但疫情不同于旱灾水灾，想要控制住，除物资到位之外，还和技术或者说医疗水平有关。

就在前日，法国医生梅斯尼不幸去世，他是法国军队的外科医生，有着防控鼠疫的经验，也是第一个应征到达东三省的国际专家。

他的逝世无疑给了我们沉重的打击，甚至医护团队内部也出现了悲观的言论：鼠疫难防不可治，我们在大自然的武器下只能缴械投降。

正是在绝望之中，弟想起与冯兄的交往。当时弟获剑桥大学医学学士学位不久，前往法国巴斯德研究所工作，曾与冯兄共事。在此期间，弟有幸得冯兄青眼，参与了那些奇妙的实验。只可惜由于研究方向和专业领域不同，弟谢绝了冯兄后续的邀请。当年的实验结果令人惊叹，弟不由得生出了一丝希望，遂来信询问冯兄的项目推进情况如何，是否有所产出，是否能助弟一臂之力，救万民于倒悬。

此番特命侄儿成穆持此信前来拜访。他为冯兄校友，亦乃不可多得之人才，望兄不吝赐教。

您的挚友伍术之

1 月 3 日

你找到了自己的名字——伍成穆。

这是一件好事。

这是你找回自己最重要的一步。

你的叔叔叫伍术之，他同你一样都接受西式教育，因此遣词造句少有文言文的痕迹。

盘踞在你脑海中的三个问题也有了答案。

——你是谁？

——你是伍成穆。

——你需要做些什么？

——你要带回冯镜明的研究成果，但他以研究不成熟为由，拒绝了你。

——你要到何处去？

——你此行的任务已经失败，你准备回到叔叔身边，协助他抗击疫情。

"贤侄？"冯镜明见你愣了好一会儿，便开口提醒。

你回过神来。此刻，你不记得你的叔叔，不记得疫情究竟如何了，但一股苦涩仍然从你心底升起，你不由自主地问道："伯父，真的没有商量的余地吗？"

冯镜明再次解释道："实非不愿，而是不能。"

"伯父，恕我失礼了，我明日便想返程。"你说道。

冯镜明又打量了下你的伤处，说道："还是留几天，好好养养伤吧。"

提起伤处，你感到剧烈的头疼再次袭来，四肢也渐渐无力起来。你坐在椅子上，浑身冒出了冷汗，你猜测此时自己的脸色一定同雪一般白得骇人。

见状，冯镜明伸手测了下你的脉搏，似乎认定你没有大碍，便打开书房门，喊来陈妈，扶你回房休息。

说来奇怪，回到客房喝了点茶水，你身上的不适便褪了下去。

"陈妈，府上有近来这些时日的报纸吗？"休息片刻，你想通过报纸了解下疫情状况。

陈妈却摇了摇头："老爷和小姐没有读报的习惯，所以府上没有报纸。"

"我出去逛逛吧。"你站起身子想走出房间。

陈妈急忙拦住了你，担忧地说道："先生，老爷吩咐过让您好好休息。"

你不以为意地向陈妈摆摆手："没关系，我已经休息过了。"

"哎哟，"陈妈突然握住了你的手，"您看看，先生您一个大男人，手还没有我一个老婆子暖和。您还是要好好休息。"

你不禁苦笑："我已经躺了好几天了，正该出去走走。"

"您晓得自己躺了好几天就行，这几天您正经吃过的东西就几个鸡蛋。"

你耐心地向她解释道："陈妈，你也说我躺了好几天了，我要联系下家里人，不然他们该担心了。"

"那我叫个人过来，同您一起出门吧。"

陈妈没多久就领回一个半大小子来。

"这是铁儿，管家的侄子，让他陪您出去吧。"

铁儿大概十二三岁，长得又瘦又小，脸上没什么血色，似乎有什么病的模样。他藏在陈妈身后，只有在陈妈提到他的时候，他才探出半个身子，向你点了点头，不说一句话。

看着铁儿这副样子，你觉得这孩子根本派不上什么用场。

"铁儿小时候得了一场大病，从那以后便不能说话。但这尧兴城他熟得很，脑子也清楚，能干事。您要去哪儿，要干什么，尽管同他说。"陈妈又拿出一个钱袋子，"这是老爷让我给您的，出门了，您直接叫辆车，省点力气。"说完，陈妈将钱袋塞到了你手上。

你带着铁儿出了冯府，南方的冬天同北方一样萧瑟，四处都是晦暗的。已是下午，日头斜挂在灰蒙蒙的天上，没有半点热气。

你身体不适，招手拦下一辆人力车，打算前往此间最热闹的茶馆。

一路上，你只见到穿着灰暗的人群，他们或低头急行或挎着竹篮或挑着担子，面色僵硬，眼里看不出有丝毫活力，气氛压抑得令人窒息。仿佛自古以来，冬天就该是这样的。

人力车拉着你们跑过了两条街，终于到了目的地。

茶馆里的景象总算有了些许活力，有人在厅中唱莲花落，有人闲聊，有人读报，小二在各桌间穿行，热情地招呼客人。

你要了一壶龙井茶和两碟点心，并让小二搜罗了近半个月的报纸，想要了解下从你出发到苏醒期间疫情发展得如何了。

瘟疫悚人，依报纸上的报道，当前的情形不容乐观。

鼠疫传染力之强宛如草原上的野火，疫情较重的区域，往往全家毙命。接触过病人的医护人员也纷纷病发死亡。对全家死亡的案例，采取的办法是将其房屋焚烧，可去执行焚烧任务的兵警也纷纷染病而死。

从城市到乡村都笼罩在死亡的阴影之下。

伍术之奔赴东三省后，开始了大规模的鼠疫防控工作，并抽调所有能调动的医护人员，但情况还未好转，民众所期待的转折点尚未来临。

你看着纸上一个个铅字，莫名地感到一阵眩晕，这些小字像虫子一般钻进了你的脑子，呜呜咽咽地叫喊着、哭泣着，你难以继续思考，脑海中只能冒出零星、破碎的惨状。

你只得抬了头，发现铁儿目不转睛地看着那两碟点心。

想来他平日难得吃到这些，你便将桌上的点心推往铁儿跟前："吃吧，不够再要，都是你的。"

铁儿听了，立马拿了点心塞进自己嘴里，没过一会儿便吃掉半碟。他又将那半碟点心推回你面前，无声表达着让你也吃点。

你肚中的酒糟蛋这时也消化得差不多了，于是你也毫不客气地往嘴里塞了几块点心，点心口感绵软，甜得发腻，但配上略苦的龙井茶，却很合适。在欧洲，蛋糕等甜点要配着咖啡、红茶这样微苦的饮品一道享用，与如今的情形似乎有异曲同工之妙。

东北疫情严重，连这尧兴城内也有不少人以此为谈资争论着什么。

"回去吧，铁儿。"你无心听这毫无意义的辩驳，疫情的惨况让你的心情无比沉重。

冬日的太阳落得格外早，西北风在街头肆虐着，你缩紧了脖子，渴望多锁住一丝热量。

你没叫到车，便在铁儿的带领下，慢慢往冯府方向走，手里拿着茶馆打包的茶点有一口没一口地吃着。

风已经刮起来了，路旁干枯的树枝在风中摇晃，朦胧的黑影如同鬼魅。

你也是一个鬼魅。

你找到了自己的身份和归处，也找到了你的目标。但在第一时间，你也得知你这一趟的任务算是失败了。

光凭报纸上的信息，你也知道叔叔和东三省的民众处境艰难，你为你自己不能出力而痛苦万分。

你不由自主地想将希望寄托在冯镜明手中的研究上。你想是否你再努力争取一下，冯镜明便会松口。

你总觉得你叔叔的故友并未对你说实话，不知为何，你对那药有莫名的信心。

正当你在异乡街道神游之际，铁儿突然有了动作，他焦急地拽着你的衣角，好似在喊着些什么。

"怎么了？"你问铁儿。

铁儿举手一指，你顺着铁儿的手指望去，远处冒出火光，染红了小半个夜空，细心嗅着还能嗅到风中带来的烟火味。

"是走水了？"

铁儿不会说话，没有别的反应，就是拽着你往失火处跑。见你不动，他索性松开了你，独自一人跑了过去。你放心不下铁儿，一路小跑跟上了他。

身体还未完全恢复，你跑得上气不接下气，终于到达了火场。

起火的是一座破旧的院子，现场乱作一团，有人叫嚷、有人哭喊、有人咒骂。

火焰在空中飞舞，如同张牙舞爪的野兽，也如同奔腾的洪水，又如同传说中地狱里爬出来的猛鬼……空中弥漫着一股皮肉烧焦的味道。火光照到你脸上，连你的脸都感到发烫。

救火队已经赶来了，四周的邻居也自发行动起来，用桶啊、盆啊接着水来灭火。

你看到地上躺着的牌匾，似乎写着什么慈善堂，你想要帮忙却凑不上去，只能加入递水的队伍。

火势越来越旺，眼见着根本扑灭不了，救火队员只能扒掉两边的房子防止火势蔓延过去。

两边都是废屋，年久失修，扒掉也花不了多少工夫。但至少火场中的被困者是难救出来了。

"这是什么啊！"现场突然一阵骚乱，连着众人救火的动作都一滞。

十多条大小、颜色不一的蛇正扭动着从火中爬出来，它们被火光照得通红，浑身像浸满了鲜血一般。这些蛇吐着猩红的信子，对挡在它们面前的人发出凶恶的嘶嘶声。

这诡异的景象令你也愣住了。

"蛇君恕罪呀。"

"蛇神仙一路走好。"

见此情景，不少民众居然丢下水桶、水盆跪下来向着群蛇磕头，不顾粗粝的路面会将他们的额头磕伤。

你抬眼望去，见大部分人停止了救火，转而跪拜群蛇，一边念念有词一边整齐划一地磕头，心中生出一股怪诞感，仿佛有一条蛇缠绕着你的脚脖子，正慢慢沿着你的腿肚子往上钻进你的心窝，吞下心头的热血。

就在这时，一名救火队员从火场中背出一人，他将人放在地上，扑灭身上的火苗，焦急地喊道："有大夫吗？救救我这老兄弟！"

他口中的老兄弟仰面躺在地上，被大火燎光了头发和眉毛，被烟熏得浑身发黑，正在地上不住地抽搐，口中吐出白沫，双眼向外凸出，翻着白眼，双手抓着自己的喉咙用力地抓挠，挠出一条条触目惊心的伤口。

"救救我这老兄弟吧！"

你忙丢开水盆，半跪在伤者身边，开始检查他的状况。这位伤者应该也是救火队员，他冲入火场救人受伤，幸而被同袍救了出来。

虽然你没有记忆，但看到伤者的情况，脑海中自动浮现出一些信息，宛如一片漆黑的夜空，浮现出点点星光。

——喉阻塞

——器官、窒息

——切口、插入

　　你来不及判断记忆的真实性和完整性，伤者的情况极其危急，过不了多久便要窒息而死，你只能下手施救了。

　　"铁儿，铁儿！"你大声叫喊，把忙着救火的铁儿唤到跟前。

　　"你替我找些东西回来，锥子、剪子，还有带刃的刀、干净的绷带，一截干净的芦苇或者竹竿，不要太大，手指粗细的，再来点酒，不要黄酒，要白酒，越烈越好。

　　"你记下了吗？"

　　铁儿冲你点了点头。

　　"快去寻，快去。"

　　你突然想起铁儿不会说话，遣他去寻怕是要花不少工夫，于是又向周围的人求助，救火队员们也央求着周围的人去寻东西。

　　"能有用吗？"

　　旁人问你，你正按着伤者，协助他呼吸。你判断伤者应该是吸入炙热的空气，导致呼吸道烧伤水肿，由此引发的呼吸障碍。

　　你心里并无太大把握，但现在找别的大夫也来不及救这急症。

　　不多时，你要的那些东西一件件到了。

　　出乎你的意料，大部分东西都是铁儿找回来的，看来他确实有过人之处。

　　"按住伤者，不要让他乱动。"你对伤者的兄弟说道，接着你又安抚伤者说，"忍着点疼，待会儿开了刀，你就能喘上气了。"

　　伤者的脸已经憋得紫红，他费力地点了点头。

　　你找了些杂物，垫在伤者肩下，让伤者的头后仰，使得气管更接近皮肤。

　　然后，你又用火焰和烈酒为那些器材消了毒。

　　你先用从屠夫那里取来的剔骨尖刀，自甲状软骨下缘至接近胸骨上窝处，沿颈前正中线切开皮肤和皮下组织。这画面惊悚而刺激，但你似乎不是第一次划开人体，双手稳当，没有一丝颤抖，倒是周边的人都倒吸了一口凉气。

接着，你将气管前组织分离，暴露出气管。确定了气管后，你深吸一口气，用剪子打开气管。

——刀尖勿插入过深，以免刺伤气管后壁和食管前壁引起气管食管瘘。

你遵循着内心的提示，完成了动作，然后你插入了一截在烈酒中浸泡过的芦苇秆作为气管套管，使得伤者能通过中空的套管畅快呼吸。

最后，你将气管套管上的带子系于伤者颈部，牢牢固定。

——切口不予缝合，以免引起皮下气肿。

"我这兄弟没事了？"

"暂时没事了，等他能正常呼吸了再把口子闭上。"你擦了擦额头上的汗珠，"这伤口寻常大夫也能处理。"

周围的人见你救下了伤者，都为你叫好。

而你做完这场小手术，已经心身俱疲，只想躺下来大睡一通。你扶着铁儿，摇摇晃晃地站了起来。

"铁儿，你怎么在这里？"

你们面前出现了一个男人，他的身高不及你，长得很敦实，给你一种铁塔的感觉，嗓门也大，一说话就像打雷。

铁儿指了指你。

"伍先生也在啊，你总算醒了。"

这人应该是参与了救火，浑身被熏得发黑，你看不清他的模样。他咧嘴对你笑了笑，露出白得发亮的牙齿。

"你还不认识我吧，我是冯府的长根。"他用大嗓门介绍道，还伸出手拍了拍你的肩膀。

你来不及消化这个信息，刚抬手准备和长根打招呼，便感到天旋地转。

你听到不远处传来激动的叫喊："抓住纵火犯了！"

你再也站不住，全身一软，栽倒在地，不省人事。

废墟之中

黑暗，一片黑暗，伸手不见五指的黑暗。

突然，前面出现了一点光，光慢慢扩大，直至溢满整个空间，抬眼望去，这个空间空空荡荡，似乎是无限的，却又那么狭小。存在某种屏障阻碍着我探索这里。

所谓自由是存在边界的，这边界是类似玻璃的东西。

上下左右皆有边界。

我蜷缩起身子，想要抵御求而不得的悲愤。

这个空间内又升起一阵浓雾，从稀薄到浓郁，香甜的气味中带着刺激性。

这浓雾仿佛一张黏性极重的蛛网，而我是一只虫子，空有翅膀却无法飞翔。

我被一只硕大无朋的巨手从背后捏起，一根针从我的背部垂直刺入胸部，巨大的痛楚险些将我的灵魂击穿。

我想要大声呼喊，但很奇怪，仿佛有一只手紧紧捂住了我的口鼻，我发不出一点声音。

他又用明晃晃的长针拨弄我的四肢，弄得我鲜血淋漓，他又用不同的针头钉死了我的四肢，使得我无法挣扎。

然后是古怪的药水冲刷着我的身体，刺激着我的伤口，我仿佛被蜡封住，灵魂被困在垂死的躯体内。

在这个时候，我才意识到，这不就是制作标本吗？

我是一个标本，是玻璃罩内的藏品。

你在床上惊醒过来，大汗淋漓。

又是一个荒唐的梦，对你无益，所以你打算忘掉它，不再在意。

铁儿正守在你床边，一见你醒来便急匆匆地跑了出去。

喉咙干涩，你挣扎着想起身为自己倒杯茶水。

这次起床与上次不同，你的状态还行，光靠自己就能起床倒水。但你刚刚倒完水将杯子凑到嘴边还没喝下去，陈妈就到了。

"先生缓一缓。哎哟，您总算醒了。"陈妈对你说道，"这水都不热了，我给您添点热水吧，您刚起不能喝凉水。"

说着，陈妈从桌子下拿出一个热水瓶，给你的杯子添上热水。

陈妈又作势打了一下铁儿："让你好好照顾先生，你怎么偏偏把先生带到火场去了？"

"陈妈你不要怪铁儿，他还是很得力的。"

你想到铁儿在紧要关头为你找来手术用具，于是为他说了句好话。顿了一下，你又补充道："如果不是铁儿，我也不能救下一条人命。"

"那都是先生仁心仁术。"陈妈以手抚着胸口，继续说道，"昨天晚上，长根弄得和黑炭一般，背了先生回来，我这个魂都差点吓出来了。"

不待你回应，陈妈又说道："您饿了吧，我让吴妈给您蒸碗鸡蛋羹。"

听到陈妈这样说，你发现自己的肚子确实饿了——上次进食只是吃了些茶点，于是向她点了点头。

"对了，昨晚起火的是慈善堂，和冯府有什么关系吗？"你问道。

陈妈回答道："是这样的，老爷心善，每年都捐钱给这些地方，长根也常去帮忙。"

江南慈善事业发达，几乎各地都有乡绅建立的善堂，平时主要负责育婴和施棺掩埋，如果发生疫病的话，善堂也会施药救人。

"阿弥陀佛。"陈妈垂下头又说道，"这造孽的大火，听说还烧死好几个病人。"

"病人？"你好奇地问道，"慈善堂还收留病人？"

陈妈压低了声音，悄悄告诉你："尧兴也不太平，和北边一样，也闹瘟疫。"

听到"瘟疫"，你心里一惊，立马追问道："鼠疫？"

"可不是鼠疫，要是鼠疫，一城的人都活不下去了。"陈妈回道，"我们这地方常有瘟疫，痢疾、伤寒之类的，病几个人，过段时间自然就没了。不过今年入冬以来，得病的人比较多，城里的大夫们也看不出什么来。"

"那这瘟疫就流行到了现在？慈善堂已经开始收容或者说隔离病人了？"你又问。

在了解过鼠疫后，你对一切瘟疫都很敏感。

"老婆子倒是不太明白您说的这些东西。"陈妈对你说道，"陆陆续续是有不少人得病，但上头不让说，北边的鼠疫闹得太大了，他们怕尧兴城也乱了。得这病的有好了的，也有死了的。穷苦人得了病，没人照料，或者病得太严重，周围人害怕被传染，就会被送到慈善堂安置。"

"哦。"你答应了一声。

"先生您先别想这些了，老爷给您检查过身体了，说您身体太虚，还是要好好养养。"陈妈道，"您先穿好衣服，出来吃早饭吧。"

此言不无道理，你便想先吃了饭再说。你出了门，路过厨房时，看到有个小小的黑影在里面忙活，你猜想那应该就是负责府上膳食的吴妈。

饭厅的桌子上已经摆好一锅白粥和几碟小菜。

你走到饭桌边上，拿起碗筷准备盛粥。

"先生您坐着吧。"陈妈忙不迭地夺过了你手中的碗，替你盛好了满满一碗粥。她又极其热情地将那几碟小菜都推到你面前。一碟黑的是梅干菜，一碟红的是红腐乳，一碟黄的是萝卜干，都是尧兴最常见的佐粥小菜。

"灶上还有咸鸭蛋，不过是凉的，您要我就给您拿来。"

你连忙摆了摆手："不用了，这些已经够了，不必再麻烦你了。"

你觉得她待你就像照看家里的晚辈，费尽心思想让你多吃几口，这让你在异乡感受到十足的温暖。

梅干菜酱香扑鼻，上面还撒了些许白糖，夹一筷子送入口中，又咸又甜，刺激着你的味蕾，让你食欲大开。

一碗粥刚刚落肚，你又听到了打雷一般的响声。

"小姐的早饭好了吗？"长根问着话，从外面走进来。他的嗓音还是那么大，震得你的耳膜都疼。

被惊到的不只是你，饭厅角落的一个什物也被惊到，"嗖"的一声蹦出来，它就像是一团活过来的影子，发出一声急促的怪叫，一下子从饭桌底下窜到门外去了。

"这煨灶猫……"陈妈单手抚胸，"吓了我一跳。"

"别说是陈妈你了，我也吓了一跳呢。"长根也这样说道。

你看陈妈责怪似的瞪了长根一眼："还不是因为你总是这样咋咋呼呼的，不光是猫，我们几个也被你吓了一跳。"

长根说道："好了好了，下次我一定注意。"

你看着这一切，觉得冯府不像寻常人家，下人之间也有些家人般的情谊。

转脸，长根依旧大着嗓门道："陈妈，饭好了没？"

"找吴妈要去吧。"陈妈说道。

长根突然转过头问你："伍先生，您吃完了吗？吃完和我一起去见小姐吧。"

去见一位仍在闺中的小姐，这提议很是突兀，不止你觉得不妥。陈妈说道："和老爷说过了吗？小姐可不能见外人。"

"伍先生的叔叔和我们老爷是老交情，伍先生不算是外人。"长根辩解道，"这几日小姐心情也不好，见见伍先生权当散心了。"

"去吧，去吧，拿了食盒就去。"陈妈无奈道。

长根走到隔壁厨房，提了一个食盒："伍先生，麻烦跟我来。"

既然如此，你也不好再多说什么，起身跟在长根身后，冯府是四进的大宅院，你知道在第四进有座三层小楼，却不知道那就是冯家小姐的闺房所在。

接下来的所见所闻有些出乎你的意料，你没想到这座小楼竟是一座绣楼。很多乡绅家都有绣楼，家中小姐年纪稍长，度过了无忧无虑的童年后，就会被单独送上绣楼，除了送饭、送水之类必需的供给外，小姐不得与外界接触，绣楼的木梯也会被抽掉。

就这样，小姐开始了近乎监禁的生活。被送入绣楼后，小姐只能整日学习刺绣、针织之类的女红和《女诫》之类的女性典训。

"您帮忙提一下吧。"到了楼下，长根又大着嗓门对你说道，并把食盒递给你。

你提起食盒，发现食盒比你想象得要重很多，这里面的食物分量不像是一个年轻女性的饭量。

长根从绣楼一层搬出一截梯子。按照绣楼的设计，只有通过这个梯子才能到达二层。

放好梯子，长根拿回食盒，并提醒道："伍先生，小心脚下。"

这楼梯又窄又陡，似乎已经使用了很长时间，散发着一股老木头特有的怪味。

到了二层，你才发现此处别有洞天，这绣楼朝东，上去之后，有两扇窗户，一扇窗户对着楼梯，另一扇小一点的对着小姐的房间。

二层只有两个房间，由特制的玻璃从中间隔开，你一上楼就看到了小姐的房间。

没错，这个设计让小姐的房间毫无私密性。你和长根所在的地方算是楼梯间，却可以看遍小姐的房间。

房间的摆设很简单，靠墙放着书架，边上是一张书桌，桌上放着台灯、笔筒之类简单的用品，另一边有一扇小窗户，窗户上面也封着玻璃，里面的人只能通过窗帘改变光照情况，并不能真的把窗户打开。房间另一边是一张榻子，用作歇息，一旁放了一个小几，摆了些茶壶水杯。但里面并没有小姐的身影。

在你疑惑之际，长根拉响了玻璃前的一根红绳，同时里面传出清脆的风铃声。

你立刻明白小姐的卧室应该在三层，红绳一头在玻璃外，另一头系着风铃，来人只要牵动红绳，风铃就会提醒小姐有人来了。

屋内响起了脚步声——原来楼梯就藏在房间角落的屏风之后，小姐下来了。

长根恭敬地垂下了头，你却好奇地盯着屏风，只见一个美丽的女子，从后面走了出来。

最先抓住你眼睛的是一头飘逸的微卷长发，它柔顺地披在小姐肩上，带着点红褐色，就像暗烧着的炭火。然后是一双眸子，明净清澈，灿若繁星。再然后是那高挺的鼻子和娇嫩的红唇。

冯家小姐五官带着一点异国风情，身材也高挑，她穿着一身青色的旗袍，披着皮草，旗袍将她原本就白皙的皮肤衬得更加白嫩，而收窄的腰身，更是勾勒出她曼妙的曲线。

"麻烦你了，长根，今天你给我带了什么呀？"

你看到冯伊曼对着长根露出了笑容，她笑的时候，眼睛弯的像月牙一样。

"带了早饭，小姐，我还把伍先生请来了。"长根的声音又轻又柔。

你忍不住歪着头去看长根，一时之间，你不敢相信嘴巴像大炮、嗓门像雷鸣的长根居然也能这样温柔地说话。长根还是低着头，只是不时地抬头看一眼冯伊曼。

你忍着笑看着长根将食盒打开，他只把最上面的两格放进了玻璃下的一个小隔间内，然后又细心地喷洒了什么液体，才将隔间的小门关上。

冯伊曼从自己的房间内打开了隔间另一端的门，拿到了早饭。

这个小隔间，应该是冯伊曼房间和外界的缓冲室，错向开门。长根喷洒的液体就放在地上，容器上面还标注了西洋文字，你认出是石炭酸水溶液。

"伍先生似乎有些疑惑。"冯伊曼对你说道。

长根也发现你正目不转睛地盯着冯伊曼，颇为不满地拽了拽你的袖子。

"我是没看明白这栋绣楼。"你如实说道。

"我父亲不是按照风俗将我放在这绣楼的，而是另有原因。"冯伊曼解释道，"伍先生是医生？"

你点了点头。

你不知道失去了大量记忆后是否还可以恬不知耻地承认自己是个医生。

冯伊曼又对你露出了微笑，你发现当她嘴角上翘到某个角度时，右侧脸颊上就会出现一个浅浅的酒窝。

"有一种遗传病，不幸患有此病的人免疫力终生低下。这个世界对他们而言太危险了。"冯伊曼叹了一口气说道，"他们的身体难以抵御外界随处可见的致病体。"

"这里是个无菌室？"你似乎明白了什么。

"尽可能保持'洁净'的温室罢了。"冯伊曼道。

冯伊曼的话解开了你的疑惑，据你所知，大户人家的小姐养在深闺是不能随意出门的，也不能随意见外客，更别说男性客人了。但冯伊曼只是因为身体状况才被困在绣楼。怪不得长根会毫不避讳地提出带你来见她。

也对，冯家这样一个家族，冯镜明接受的又是西式教育，怎么会遵循封建礼教关着女儿。

"小姐，别光顾着聊天，早饭要凉了。"长根提醒冯伊曼道。

"啊，我的确饿了。长根你也饿了吧，我们用早饭吧，伍先生呢？"

长根替你回答道："他已经吃过了。"

你点了点头，退到墙边，你不经意间转过头望向窗外，看到了冬日明媚的阳光。外面的光照射进室内，你和长根所处的空间虽小，但窗户却开得大，冯伊曼的房间大，窗户却小小的。她就像是躲在了阴影里。

冯伊曼的早饭是一碗白粥和一碗鸡蛋羹，没有任何配菜。

"父亲只让我吃些高温烹煮、还热着的食物，口味还要清淡。"她不无遗憾地解释道，"所以很多美食，我都无福消受。"

她端起食盒，吃了几口，露出惊喜的表情："吴妈终于舍得给鸡蛋羹加点滋味了，里面放了点猪油。猪油的味道比我想象中还要香浓！哦，鸡蛋羹下面还撒了冬笋丁和香菇片！"

见此，你心里不由得生出几分同情。

长根的早饭则要直接得多，大饼、油条，还有一大碗豆腐脑。

他拿大饼夹着油条，一起塞入嘴里，然后将豆腐脑用筷子捣得粉碎，呼噜呼噜地喝下去。见长根的嘴被塞得满满当当的，冯伊曼又笑了起来。

"不知道为什么光是看着你用餐，就能感到愉悦，就像我自己享用了美食。"冯伊曼转向你问道，"伍先生，我这样会不会很奇怪？"

美人总能得到一些优待，更何况这里还是冯府。

你急忙说道："不奇怪，这就像是和吃饭香的人一起吃饭一样，自己会觉得饭菜比平时更有滋味。"

"因为我从未去过外面，多少会显得有些奇怪，请你不要见怪。"突然，冯伊曼惊喜地叫道，"长根你又骗我，不是说只有早饭吗，这又是什么？"

说着，她从食盒里取出一个拳头大小的酒坛，打开盖子深深吸了一口气。

"小姐，是黄酒。我已经煮过了，小心烫。"长根提醒道。

"不烫，温度刚刚好。"

你看着冯伊曼愉快地拿来茶盏，给自己倒了一杯酒。

她嘟起嘴吹向琥珀色的酒液，吹了几口，便迫不及待地举到嘴边，长长的睫毛随着酒液流入喉咙而微微地颤动着，两杯酒下肚，她白皙无瑕的皮肤透出淡淡的粉色，双唇宛如玫瑰花瓣一般娇艳欲滴。

借着一丝酒意，她说道："和我说说昨天晚上都发生了什么吧，似乎挺热闹的。"

长根闻言将嘴里的食物咽下，将昨晚的事情一五一十地说来。

昨天傍晚时分，长根去慈善堂送物资，慈善堂的几个嬷嬷正趁着晚饭后的闲暇做些简单的杂活。

有人不知从哪里搬来了蜡烛、稻草、木材这样的易燃物，堆在了慈善堂前后门的过道上。慈善堂周边的环境不是太好，平时也常见邻里堆放杂物，因此无人在意。起火后，慈善堂砖木结构的房子很快就被点燃，火势迅速蔓延。

长根和后续赶来的救火队员明白大火不可能被及时扑灭，只得尽可能地冲入火场救人。

长根添油加醋，把自己救火和你在火场救人的事说得险象环生、精彩万分。

到了最后，你忍不住打断长根问道："我昏迷前听到有人说抓住纵火犯了？"

冯伊曼也感到好奇："纵火犯究竟是谁，他跟慈善堂有什么恩怨？"

"是抓到了，是个疯子，也是慈善堂收容的病人。"长根说道，"这个人叫小阿头，原来还有个老阿头，这两个人脑筋都不太正常，搭伙过日子，不知道的人还以为两个人是父子，其实他们根本没有血缘关系。入冬后，这两个人都染上了瘟疫，老阿头年纪大了没熬过去，小阿头则一直待在慈善堂里。"

"难道是慈善堂因为他的疯病，把他赶走了，他怀恨在心？"你猜测道。

"没，他的病一直没好透，一直住在慈善堂里。"长根说道，"没人知道他为什么放火。不过他现在就被关在冯府。"

"为什么会关到这里来？"你有些诧异。

"他身上可能还带着瘟疫，警察厅不敢把他关进监狱。按监狱里的条件，他一个人进去就得送好几具死尸出来。所以他们借口慈善堂是我们冯府的产业，将这人绑来冯府了，就关在后院的仓库里。"

"长根，待会儿你去打听一下这个事情。"冯伊曼又问道，"火场里还发生了什么？"

"对了，最后蛇仙显灵了。"

接着，长根详细描述了蛇群爬出火场的惊悚画面。你想起那个场面，还是会感到不寒而栗与恶心。

"你相信蛇仙吗？"说话的工夫，冯伊曼又饮了几杯黄酒，此刻她的脸色如桃花般灿烂。

长根顿了下，开口道："我小时候在一条没水的河沟里打伤过一条白色的蛇，还把它捉回家了，第二天一早，我发现扣在桶里的蛇不见了，没当回事，结果没过几天我就摔下牛背，摔折了胳膊……村里人都说是白蛇报仇了。"停了会儿，长根又补充道，"我们村的大户人家搬家都要拜祭家蛇，让家蛇同他们一起搬家，要是家蛇没有一同前往，那户人家就会衰败。"

"群蛇出没……我在书中看到过类似的描述。"冯伊曼若有所思地放下酒杯，"说万里之外的另一片大陆上，有一望无际的丛林，林中有一种群居的绿蛇。每当寒冬来临，它们便挤在蛇洞开始冬眠，入春之后，它们又几乎在同一时间苏醒，爬出蛇洞，因此地上和树上一时间爬满了蛇，远远看去，还以为芳草萋萋、绿满枝头了，可比火场中爬出几十条蛇来得壮观。"

"小姐你觉得那是怎么回事呢？"

"因世间的一切就像根锁链，看透其中一环，就能推出下一环，甚至可知晓其全貌。"冯伊曼又端起了酒杯，"蛇类会在冬季冬眠，它们突然活跃只可能与大火有关，大火的热度唤醒了群蛇，让它们不避生人，惊慌逃离火场。是这个道理吗？"

长根点头说道："小姐说得有理。"

"慈善堂环境脏乱，闹过鼠患吧？而蛇是鼠类的天敌。"

"我懂冯小姐你的意思了。"你恍然大悟，"由于老鼠，大量蛇在慈善堂周围聚集。蛇吃完了老鼠，留下大量鼠洞，恰逢入冬降温，吃饱了的蛇没有斗争之心，便钻入鼠洞深处安眠，直到大火唤醒它们。"

你听冯小姐这样说道："正是如此，种种巧合构成了群蛇出火场的奇景。"

长根对冯伊曼佩服得五体投地，在旁边一个劲地点头。你也不得不承认冯伊曼博闻强识、心思缜密，长年身处绣楼的她，仅凭借笔记、异闻和一些生活常识，便给了诡异现象一个合理的解释。

长根又由衷地夸赞道："小姐真是冰雪聪明，就像是能掐会算一样，那句什么锁链的话，也有点像大和尚打的机锋。"

"那句话是？"你也觉得那句话的说法有些耳熟，似乎在哪里看过。然后，你就发现冯伊曼书桌上放着一套《福尔摩斯探案大全集》。

仿佛是为了回答你的疑问，冯伊曼站起来，把《福尔摩斯探案大全集》拿在手里："那句话是化用自这本书的。伍先生你一直盯着这本书，是不是看过，你也喜欢侦探小说？"

你记不清太详细的事情，只知道那本书的作者是柯南·道尔，只能开口搪塞道："嗯，我觉得这本书作为一种有趣的消遣很不错。"

"我们也遇到了一个有趣的巧合，这本书的作者曾在爱丁堡大学学习医学，毕业后当过一段时间的随船医生。它问世之初就有着医学和侦探两种属性。而摆在我们面前的难题正对应着这两点，首先，尧兴城中有瘟疫蔓延，其次，冯府也有纵火案要处理，我担心长根应付不来这种案子。伍先生近期应该不会离开尧兴城吧？您既懂医又是侦探小说爱好者，能不能帮帮我们呢？"

你还来不及拒绝，绣楼下就传来了陈妈的声音："小姐你用好早饭了吗？我上来取换洗的衣服。"

"不好，陈妈看到我这副样子一定会向父亲告状。"冯伊曼像早晨那只受惊的小猫一样，赶紧将吃完的餐具和一包脏衣服塞到缓冲室内，随后她抱着小酒坛，风一般地跑回了三楼的卧室。

"那么刚才所说的事就交给伍先生了，有什么新情况记得第一时间告诉我哦。"

她的身影已经消失，只剩下动听的声音回荡在楼梯间内。

——你是谁?
——你是伍成穆。

——你需要做些什么?
——接受冯伊曼的委托。

——你要到何处去?
——调查瘟疫和案件，回到绣楼，将结果告知冯伊曼。

你被初次见面的冯小姐安排了工作，心里却并不抗拒。

凭你现在的身体素质，很难顺利返回东北，不光帮不到叔叔的忙，反而添乱。如果只是救人性命，在尧兴处理这里的瘟疫也是一样的。

"哼。"长根取出缓冲室内的食盒，没拿衣服，没好气地对你说道，"别看了，小姐都走了。"

"那衣服呢？"你问。

"不要乱动小姐的衣物，陈妈会来拿的。"长根白了你一眼，似乎是在怪你不懂礼数。

你徒劳地张了张嘴，却不知道自己现在能说些什么。

你跟着长根下了绣楼，看到陈妈提着消过毒、包在纸袋里的换洗衣服爬上绣楼二层。

"伍先生，你是需要先休息一下，还是和我去见一见那个放火的疯子？"出了楼，长根的嗓门又大了起来，你与他并排而行，他突然说话，你的耳膜被震得生疼。

"铁儿呢？"你问道。

"出门替老爷办事去了吧。"长根咳嗽了几声，清了清嗓子，又问了一遍，"伍先生，你是先休息一会儿，还是现在就和我去见见那个纵火犯？"

你的脑袋隐隐作痛，但对你而言，这不是什么要紧的事情。就算休息得再久，这种不适感也不会消失。于是，你冲着长根点了点头。

"去看看那个小阿头吧。"你说道。

第三进院落里有四个仓库，分别是一号、二号、三号和四号。

小阿头被关在一号仓库内，上面挂着一把锁，是那种最普通的黄铜锁。

"钥匙在徐管家那里，我们去拿一下。"长根和你说道。

于是，你们又去了前院倒座房内徐管家的住所。

徐管家和铁儿一起住，冯府分给他们两间房，靠内的小间作为卧室，外面稍大的一间摆了张小桌子和一些板凳、木箱。中间只用稀疏的帘子隔开，站在门口都能看到里面的情况。

你们去时，徐管家正好在屋内。

他大概五六十岁，眼角微微下垂，显得没有精神，额头和眼周满是皱纹，下巴蓄着山羊胡，透出一股苍老，正靠在外间的桌子上，拨弄着算盘，似乎是在算账。

你看到徐管家这副模样，觉得铁儿更像是他孙儿。

"老徐，库房的钥匙呢？"长根问道，"就是关小阿头那个仓库。"

"就在墙上挂着呢，带着红穗的那把。"徐管家头也不抬地回答道。

"就这么挂着不怕丢了吗？"你好奇地问道。

徐管家这时才抬起头看了你一眼："那一排几间仓库只堆了些寻常的杂物而已，没人惦记。"

长根取走钥匙，对徐管家说道："待会儿还你。"

你看到一个铁环上面挂着四把钥匙，应该分别对应着四个仓库的门，只有一把系着半旧不新的红穗。

长根用带红穗的钥匙，打开了一号仓库的门。

仓库内清出了一块空地，西北角有一床被褥，有个人形窝在里面。仓库里还有一条铁链，一头拴在柱子上，另一头伸进了被褥里。

"小阿头快点出来！"长根用大嗓门喊道。

被窝里的人似乎受到了惊吓，整个被褥都抖了一下。

长根见小阿头不愿意出来，便走到被褥边上，用脚将被子踢开。

你也借此看到了小阿头的模样，他惊恐地起身，去抓被掀开的被子，又把自己裹到了被子里。

"别装死了，你还记得你昨晚干了什么吗？"长根厉声问道。

"我？我什么也没做！"小阿头的嗓音又破又沙。

"伍先生，你躲远点，小心他发疯了咬你。"长根好心提醒道，"他身上还带着病呢。"

你倒不是很在意这些。

"你仔细想想，昨晚你在慈善堂做了什么？"你低声问道。

一听到"慈善堂"三个字，小阿头情绪突然激动起来。

"有鬼，那里面有鬼！"小阿头惊恐地喊道。

你抓住他话里的关键信息追问道："什么鬼，放火的是鬼吗？"

长根冷冷哼了一声："放火的就是他，哪儿有什么鬼，不少人都看到他往慈善堂搬柴火。"

"我我我，我不是故意的。"小阿头的声音已经带上了哭腔，"我要除掉鬼，那样大家才能活下去。"

你觉得小阿头口中的鬼很可疑，便继续问道："你说的鬼是什么样子的，它干了什么？"

一回忆"鬼"，小阿头的反应更加激烈。见状，长根伸手想要将你拉离小阿头。你推开长根的手，走到小阿头身边，小心翼翼地帮他盖好被子。

可能抓捕小阿头的时候，警察没留情，小阿头身上有不少伤口。

"长根，麻烦帮我拿一点药水来。"你对长根说道。

长根似乎看不惯你待一个疯子这样好，语气明显不善，对你说道："你也不看看他害死了多少人。"说完，他又朝地上吐了一口唾沫。

"拿点药水过来吧。"见他不为所动，你再次请求道，"一点就行。"

"你们这些读书人就是心善。"长根叹了一口气，离开了仓库，不多时就拿来了红药水，不过他回来时，身后还跟着两个人。

这两人均作新式打扮，一人国字脸，戴着一副眼镜，算是仪表堂堂，但与这府邸的主人冯镜明一比，也只能算是平平。另一人的五官则更加精致，英挺剑眉下是一双大眼睛，眼神中有股英气，身材修长高大。

你发现这两人都有些脸熟——你昨天在茶馆见过他们。

"您好，伍先生，昨天多亏您救了我们兄弟一命。"其中一个人说道。

"您是？"

"您瞧我，忘了自我介绍。"他说道，"我叫孔森，是警察厅的警察，现负责慈善堂的纵火案。"

警察厅其下各类业务没有细分，刑侦、交通、巡逻、救援都归在一起管理。他将救火队员称为自己的兄弟，倒也没有什么问题。

"你们都是警察厅的吗？"你问道。

"在下沈冰淼，是卫生厅的，在调查尧兴不知名疫情的事情。

听闻伍兄是那一位伍先生的子侄。"

"嗯，伍术之正是我叔叔。"

你感觉到沈冰淼手上的力度加大了一分："久仰久仰！"

他握了很久才把你的手松开，随后推了一下鼻梁上的眼镜。

长根对你说道："这两位先生也想问小阿头一些问题，所以我就把他们一起带过来了。"

小阿头是纵火案嫌疑人，又是瘟疫患者，而慈善堂是收容病人的隔离地。两人虽然职责不同，但都有理由来冯府见一见小阿头。

你拿着长根带来的药，仔细地为小阿头处理伤口。他似乎能意识到你没有恶意，放下了戒心。

这当口，长根把之前你们与小阿头的对话告诉了沈冰淼和孔森。

小阿头接受了治疗，情绪也渐渐稳定下来。

孔森向你求证道："伍兄，我们是否可以进行询问了？"

你点点头说道："可以，只是不要逼得太紧，万一激得他又说起疯话，我们还是问不出什么。"

孔森点了点头示意自己明白。

"小阿头，你昨晚放火是为了除掉一个鬼？"

作为警察，孔森自然最关心纵火一事。

"对，对。"小阿头回答道。

你闻言看向孔森。孔森并没有问小阿头是否承认昨晚放火之人是他，而是直接问他放火的理由。这问话方式很是高明。

孔森又问长根："这个小阿头以前放过火、伤过人吗？"

长根想了一会儿说道："有伤过人，但一般都是别人惹了他，他才反抗的。他和老阿头脑筋都有些不正常，不过都不是什么坏人，不然也不会有人家招他们做短工了。"

孔森再问道："你还记得你看到的鬼是什么样子的吗？"

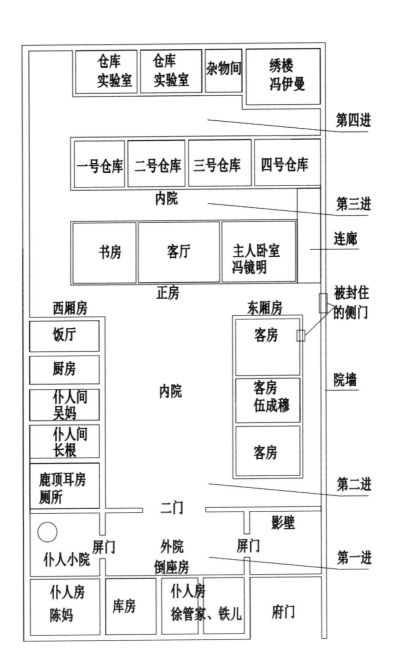

小阿头身体微微颤抖，他虽然很害怕，却还是鼓起勇气勉力回答道："浑身漆黑，跟在人的后面，就像影子一样。"

听了这云山雾罩的描述，孔森皱了皱眉头："那它还有什么特殊的地方吗？比如脚半浮在空中，或者能穿墙而过？"

"不……不知道。"小阿头说道。

"那它究竟对你做了什么？"孔森又问道。

你看到小阿头颤抖得越发激烈，他用发颤的声音说道："就是它害死了老阿头，我亲眼看到它跟在老阿头身后，把老阿头的魂吸走了，所以老阿头才会死的！都是我太害怕了，不然我一定能救下老阿头。"

长根补充道："他和老阿头都得了病，住在慈善堂里。前段时间，老阿头病重走了。"

"他不是病死的，是被鬼给害死的！"小阿头立即反驳道。

"好了，好了，你说的对。"长根随口敷衍道。

感觉问不出更多的信息了，沈冰淼拍了拍小阿头的肩膀说道："你先好好休息。"

随后孔森和沈冰淼示意你们到仓库外说话。

你们走出仓库，长根又锁上门，把小阿头关在了里面。

孔森率先开口道："纵火案的犯人毫无疑问是小阿头，但他的动机让人疑惑。我认为，他口中的'鬼'是存在的。"

你立刻就明白了孔森的想法："你是说在慈善堂有人对病人下手，被小阿头错认成鬼？"

"嗯。"沈冰淼也认可这种推断，"疯子本就活在幻想的世界里，他混淆幻想和现实，因此将让他感到害怕的杀人凶手直接臆想成了鬼。"

长根摇了摇头叹道："我没那么大学问，只觉得先生们说的都有道理。"

　　这时，孔森提议道："我准备再去火灾现场看看，诸位有想要同去的吗？"

　　既然孔森发出了邀请，你又想到冯伊曼的委托，便准备一同前去。

　　你去了，长根自然也要陪同。

　　出乎你的意料，沈冰淼居然也要同去。

　　看你露出疑惑的神情，沈冰淼解释道："一来，如果有人在破坏防疫工作，我不能坐视不管。二来，我也想凑个热闹，跟着学点东西。"

　　于是，长根和徐管家打过招呼，你们一行人便匆匆赶往火灾现场。

　　慈善堂已经化为了废墟，周边的房子也被火情波及。这些人家能与环境恶劣的慈善堂做邻居，家境自然不好，他们现在正在废墟上搜罗自己仅有的一些什物，希望可以搭起一个堪堪过冬的棚子。

　　"唉，民生多艰啊。"沈冰淼看到这副惨相感叹道。

　　你也想感叹几句，却听孔森说道："这一切总会过去的，冬天过了，春天就会来，大家也就都好起来了。"

　　你觉得他的乐观来得莫名其妙，又轻佻、又做作，不太符合他这一副英气的模样。

　　"放心吧，诸位先生，我们老爷已经答应出一笔钱安置受灾的邻里了。"长根说。

　　"还是冯老爷心善，必有好报。"孔森点头道。

　　你觉得他脸上的笑容似乎有些不合时宜，就像他莫名其妙的乐观。

　　"先去看看吧。"你往慈善堂走去。

　　孔森从怀里掏出一个巴掌大小的笔记本，低着头查看现场。

"从燃烧的程度看，起火的地方确实是几个出入口，与证人口供一致。然后大火蔓延，点燃了库房和柴房，来不及逃离的病人和老幼妇孺被困火场，哪怕救火队员及时赶到，也只救下了部分人。"

你按孔森所说的看去，门槛附近的木头都快烧成灰了，连砖头都烧裂了。

沈冰淼问道："从慈善堂里救出来的人呢，他们都在哪儿？有一些还是病人，如果随意安置的话，可能会导致疫情扩散。"

长根回答道："都被安置到城东另一个善堂里面了。"

"那我们是不是要去城东？"沈冰淼问道。

孔森摆了摆手，看了眼笔记本："先等等，我这里只有周围住户对火灾的描述，我准备再去问问其他情况。"

"小阿头说到那个'鬼'时用了影子这个比喻，是不是指凶手穿着黑衣？"沈冰淼像是想到了什么，突然问道。

孔森愣了一下，转而问你："伍兄，你有什么看法？"

你突然被问到有些措手不及，思索片刻，开口道："小阿头至少见过那个'鬼'两次，一次老阿头死，一次纵火。这是不是说明对慈善堂而言，这个人不算什么外人，或者说这个人来慈善堂的次数不少？"

长根眉头一皱，说道："我有不同看法，如果那个'鬼'不是什么外人的话，老阿头都死了半个多月了，小阿头应该见过他很多次了，那他早就该做出一些过激的事情了。"

孔森点了点头："整理一下，我推测这个'鬼'应该是男性，能控制住老阿头，并能威慑住小阿头。他能名正言顺地进入慈善堂，但来得不频繁，穿着深色衣服。三位还有补充的吗？"

你觉得孔森整理归纳得合理，便点了点头。

孔森拿着纸笔在慈善堂外转了一圈，询问邻里有无见过符合他描述的可疑人物。

但一来，当时天色已晚，大家忙着生计，没有注意；二来，大火蔓延后，大家注意力都在救火上，以至于对其他事情的记忆都模糊了。

沈冰淼等得无聊，便在慈善堂废墟上闲逛，弯着腰想找出一些线索。他翻了小半天，弄得两手黑乎乎的。你和长根在一旁，不好意思站着不动，于是跟着沈冰淼一起翻找起来。

"这个是什么？"沈冰淼还真发现了什么东西。

他手里是一截手指长短的细针，被熏得黑黢黢的。乍一看，就像一根黑线。

长根说："这不就是根针吗？慈善堂缝缝补补的地方多了，有针不是很正常吗？"

沈冰淼道："这不是普通的针，这是西医注射器的针头。你们看，它是中空的。"接着，他朝孔森大喊道："孔兄，你有什么收获吗？"

"没什么。"孔森回答道。

"那快过来，我们有发现。"沈冰淼对孔森招了招手。

孔森拿过沈冰淼手里的东西端详了一会儿："这是个针头，伍兄，你看看。"

他们说得没错，这就是注射器的针头。即使失去了大部分记忆，你也能够确定这点。

"慈善堂有没有请过西医？"沈冰淼问道。

孔森摇摇头："慈善堂一般都施些中药汤剂，西医开销太大，不会请西医来看病。能请西医来看病的人又怎么可能会沦落到慈善堂？"

长根插嘴道："难道这个是'鬼'留下来的？"

"有这个可能，需要深入调查。"孔森从怀里掏出一个证物袋，将这截针头封存起来，"去城东吧。"

此处的疫症

到达城东慈善堂时已是晌午，你们在街边小店简单地吃了点小笼包和豆腐脑，当作午饭。

晌午一过，天上日头的火力便渐渐减弱，街上也冷了起来。

你的四肢渐渐发凉，靠着才入肚的伙食，才从心窍里挤出一点热血，温暖整个身体。

"伍兄，你的脸色不太好，没事吧？"孔森注意到你的脸色不对。

"没事，被北风一吹，有些头晕罢了。"你逞强道。

"是我思虑不周。"沈冰淼也说道，"别坐黄包车了，我们叫辆小汽车吧。"

"不用破费了。"你试图阻拦他们。

"不行，不行，伍兄，你有伤在身，还是注意点好。"沈冰淼不由分说地拦下一辆汽车，让你坐到前座，他、孔森和长根则一起挤在后座。

尧兴城不大，开了一个钟头都不到，你们就到了目的地。

车一停稳，长根就冲出去扶着墙吐了起来。看来他是晕车了。

"你还好吧？"孔森问道。

长根一边吐酸水一边皱着眉头抱怨道："这车真不是人坐的，

开得这么快，拐弯也不喊一声，直接就拐过去了。里面的味道也太大了，皮革的臭味，还有那股汽油的怪味，一坐上去就头晕。"

你让长根在路边好好休息，转而望向城东慈善堂。慈善堂的门面没有什么特殊的地方，上面挂着一个牌匾，上书"皆有"两字。

"这个慈善堂也有老爷的资助。"长根吐完一口酸水说道。

"'皆有'这个词是出自《孟子》吧。"沈冰淼说道，"孟子说过人都是善良的，因为四心是人皆有之的。"

孔森搭嘴道："恻隐、羞恶、恭敬、是非，四心吗？不过我倒是觉得'皆有'应该出自《礼记》的'鳏寡孤独废疾者皆有所养'。"

"我没事了。"长根终于直起身子，用手背擦了下嘴巴，"两位先生不要卖弄学识了。慈善堂是我们穷苦人来的地方，取名叫皆有，不就是说受苦受难的人来到这里什么都有，碗里有吃的，身上有穿的。不过皆有太绕口，我们一般就管它叫城东慈善堂。"

说完，长根叩响了大门。

须臾，门打开了一条缝，从缝隙中探出一个脑袋。

"长根，你又来了。辛苦辛苦。"开门的人与长根相当熟稔，见到他，忙不迭地招呼道。

"这是苏阿婆，慈善堂的管事。"长根如此介绍道。

这位苏阿婆穿着洗得发白的棉衣，嘴鼻处蒙着一截纱布。

"苏阿婆，给我们开下门，这次我还带了三位先生来，一位查案的，两位看病的。"

苏阿婆手脚麻利地打开了大门，又给你们拿了四个布包："三位要是不嫌弃的话，戴上这个再进来吧，都是洗过之后再蒸过的。"

布包里面是一个围裙样的外套，一双袖套，还有一个和苏阿婆差不多的纱布口罩。

长根说道："我就不用了吧，来回跑的，要得病早就得了，也就苏阿婆这里有这套东西。"

"哎呀，我这边收容的病人最多嘛。"苏阿婆说道，"进来的人最好是戴上，能保护你们的。"

你与沈冰淼、孔森对视一眼，老老实实戴上了防护工具。

孔森也不兜什么圈子，开门见山道："苏阿婆，昨天晚上转移到此的人都在哪里？我们有些事情想要问下他们。"

"跟我来吧。"

原来慈善堂内加上工作人员共有三十六人，五人在火灾中遇难，六位在慈善堂做工的人已经回家休养，小阿头被关在冯府，现在转移到城东慈善堂的一共有二十四人。

外侧的病床上并排躺着好几个重伤者，身上涂着烧伤膏，但烧伤面积太大，很难治愈。

你默默地摇了摇头，在现有的医疗条件下，伤者只能等死。

你想捂住耳朵，不去听他们的呻吟，但这些声音就像是有生命一般往你的脑子里钻。

你不由得加快脚步走过这些重伤者，走到最里面那一间病房，有十来个相对伤势较轻的病人，他们各自躺在自己的床铺上休息。

孔森先问了一位路姓病人，他被唤作老路。

"昨天，你见过小阿头吗？"孔森拿出纸笔，边问边记。

老路回答道："见过，慈善堂就这么大，他整天都在，我怎么可能没见过？"

"那你见到他的时候，他有什么奇怪的地方吗？"孔森继续问。

"小阿头一直都很奇怪。"老路说道，"他和老阿头是尧兴城内出名的文疯子。"

"疯子还分文武吗？他们两个不像是念过书的。"沈冰淼插嘴道。

"文武靠打不打人来区分。"老路解释道，"一般来说，小阿头不会伤害别人。他喜欢一个人躲在角落自言自语，和石头或者柱子说话，他似乎能看到一些别人看不到的东西。"

你说道："可能是某种精神疾病，比如妄想症之类的。"

"唉，他虽然奇怪，但一点也不像会放火的样子。"说到这里，老路叹了口气。

孔森接着问道："那你见过什么可疑的人物进入慈善堂吗？"

"应该没，如果有生面孔的话，我应该会注意到。"老路摇了摇头。

"是不是可以认为有个熟面孔再度刺激到了小阿头？"沈冰淼猜测道。

孔森停下笔，反驳道："那就和我们之前的推测不符了，那个'鬼'应该是偶尔才去一次慈善堂的。"

这确实是一个问题。老路说昨天没有生面孔进入慈善堂，那小阿头究竟看到了什么才会纵火呢？

"不对，这两个想法不冲突。"孔森一拍手说道，"他可以是熟人，但在伤害其他人时换了装扮，比如穿上了黑衣或者戴上了面罩，这样一来，小阿头不就看到一个陌生的'影子'了吗？"

听了孔森的分析，你赞同地点了点头。

"那么老路，你有看到类似装扮的人吗？"你问道。

"那天没有留意。"

一连问了十来个问题，老路一一耐心作答，但你们并没有获得什么重大线索。

长根忍不住插嘴道："要不然你们还是回去想想办法撬开小阿头的嘴吧，我看老路都被你们问累了。"

闻言，老路憨厚地笑了笑："我没有这么娇弱，要没有慈善堂收留，前段时间我就死在街上了。只要能找出真相，我不累的。"

沈冰淼又问老路："老路，你能说一下你是什么时候生病的，生病前有什么特别的感觉，这些日子都有什么症状吗？"

老路仔细回忆了一下："我大概是两周前病的吧，发病前一晚，我还和朋友一起推了牌九，赢了一点小钱。我还以为是赢钱太亢奋了，所以才失眠，如今看来那天晚上我就生病了。第二天，我感觉全身无力，发了烧，根本没力气上工。"

沈冰淼也从怀里拿出一个笔记本，把老路的话都记了下来。

老路继续说道："这病来得又急又凶，我就托人抓了几副中药回来。但吃完药，病还不见得好，体温越来越高，头疼恶心，吃不下饭。赢来的钱花得干干净净，又几天没上工，袋子里一个铜板都没有了。"

"你觉得你的病像什么？"沈冰淼又问道。

"开始和一般的伤风着凉一样，只是后面越来越严重，让人吃不消。"老路说道，"我感觉有些像'打摆子'。"

打摆子就是疟疾，得了之后，会反复高烧，全身发抖。不过疟疾多发于夏季，而现在是冬季。

"后来，我趁着还有点力气就爬到街上求助，被人送到了慈善堂，还是喝了几天汤药，这两三天就有了好转，估计再养几天，就能好了。"

你替老路检查了下身体，他的身体状态良好，确实再过几日就能完全康复。

得到了初步的信息，你们四人开始分头行动，你跟着沈冰淼记录大家发病的经历和症状。长根跟着孔淼调查纵火的事情。

你听了十来个病人的讲述后，归纳了本地瘟疫的症状。

初期症状和普通的伤风类似，往往难以引起注意，常常有全身不适、乏力、食欲减退、咽痛与咳嗽等症状，并伴有持续的发热，有畏寒的情况，同时发热会反复数次，拖垮病人的身体。也有相当一部分的病人出现了腹胀、腹泻的症状，一些人甚至还有过昏迷、呆滞、精神恍惚等症状。

从这些症状来看，霍乱、伤寒之类的传染病似乎都有可能。

然而更奇怪的是到了末期，一些病人呆滞、恍惚的症状会加剧，逐渐进入高度亢奋的状态，多表现为恐惧不安、恐水怕风，部分患者可能出现精神失常、谵妄、幻想、幻视、强行挣扎，并试图逃出室内。最后，病人会失去理智，陷入一片混沌之中。

他们在描述这件事的时候，用了同样的表述——失魂。

皆有慈善堂内恰好就有这样一个末期病人，你检查了他的身体，发现单从身体状况来看，他已经恢复了正常，但他对你的任何询问都无动于衷，两片嘴唇上下碰撞，只发出意义不明的古怪噪声。

这比面对一具死尸更让你们感到不寒而栗。

正当你们询问进行到一半，慈善堂前院传来一阵嘈杂声。

你看到三四个地痞模样的男人吵吵嚷嚷地拥着一位老妇人走进来，老妇人身后还跟着八个人，左侧四个，右侧四个。

长根皱着眉头说道："他们怎么在这里？"

"人手不够，有人肯来帮忙就不错了。一般人哪敢照顾这些得了瘟疫的人。给点钱或者管顿饭就肯来帮忙的，也就是这些人了，放心，我会盯着他们的。"苏阿婆颇为无奈地解释了几句。

你小声地问长根："他们是谁？"

"老拱、赖皮五和阿胡他们啊。"长根也尽力压低了声音回答道，"都是街上的混子，名声不太好。"

"那个妇人呢？"你又问道。

长根答道："是白莲婆，是个神婆。"

"苏阿婆，我们替你把白莲婆请回来了。"那几个不三不四的男人走到你们面前，为首一人对苏阿婆说道。

苏阿婆摘下面罩，满脸堆笑，迎了上去，她的身子躬得像一个虾米："白莲婆婆，你总算来了。"

"苏阿婆，你来请我，我一定来的呀，前段时间，我不在尧兴，被萧山的濮老太爷请去做了场法事。"

苏阿婆笑着，语气越发恭敬："白莲婆婆你来了就好。"

白莲婆说道："放宽心，放宽心，东西都准备好了吗？"

"晓得你一定会来，我早就准备好了。"说着，苏阿婆吩咐老拱他们搬出了一张八仙桌。

接着，一盘盘点心、水果，还有煮熟的整鸡和一条猪肉，被规规整整的摆在桌上，最后还上了一尾活的白鲢鱼，鱼眼上贴着一张红纸，确保它不会乱跳。

白莲婆的随从从随身携带的包裹里，取出了袍子，这袍子有点像道袍，但又不完全一致。在一系列准备工作完毕之后，你见白莲婆和她的随从如戏子一般唱念做打，他们的唱词带着厚重的乡音，又带着数不清的连音，你一句也听不懂。

唱罢，白莲婆又在八仙桌边上的一个铁桶内，烧起了一沓沓的黄纸，上面有朱砂书写的不知名经文。除了黄纸，白莲婆还烧了好几个用纸糊成的塔，塔上挂着彩纸扎成的装饰。

又过了好一会儿，法事终于要结束了，八仙桌上两根大蜡烛的火焰疯狂摇动着。

白莲婆接过苏阿婆递上的汗巾，擦了擦额头的汗珠，吩咐道："苏阿婆你拿个大碗盛点符灰。"

苏阿婆拿来一个白瓷碗，里面盛了大半碗清水。白莲婆取了点之前烧出来的纸灰化在水里，又掏出一张符纸，在大蜡烛的火焰上引燃，用手指捏着一角，让符灰落入水中。她嘴中还念念有词，你同样没有听明白。

"好了。"白莲婆将那碗水交给苏阿婆，"让大家都喝下去吧，这个时候喝效果好。"

你想要开口阻止，沈冰淼看出了你的意图，他扯了扯你的衣角。

孔森却先开口了："白莲婆婆，这点符水不够这么多人喝，能不能多加点水，多分几个碗，起码一般人和病人用的需要分开。"

白莲婆连看都不看他一眼："可以。"

苏阿婆赶忙又让人搬来了一堆碗。

众人各自取了碗，倒了一点符水，然后加点清水喝了下去。

你们四人也分到了一碗。沈冰淼和孔森都不想喝。长根便一个人喝了大半碗，喝完擦了擦嘴道："反正不要钱，万一有用呢，不喝多吃亏啊。"

你好奇符水的味道，端起碗浅浅地饮了一口，符水的味道又苦又辣，这辣味同辣椒的辣和酒精的辣都不同，你觉得自己整条舌头都辣麻了。

"剩下的这些神灰你都收起来。我再给你一叠符。"白莲婆对苏阿婆说道，"每天取一点神灰，再烧一张符，把两种灰混在一起泡水喝，一直喝下去直到喝完，能防疫鬼。"

言罢，白莲婆又让自己的随从拿出了一叠黄纸交给苏阿婆："这个是观音咒。我晓得你不识字，你可以照着描，把这叠都描好。每天清晨，还要净口念七遍这个咒。我先教你念几遍。"

"好的，好的。"苏阿婆如小鸡啄米般连连点头。

接着，白莲婆读了一段意义不明的咒文。

不光是苏阿婆，全慈善堂的人几乎都在跟着念。念经声响彻整个慈善堂。

江南民间那些自然产生的迷信活动，满是荒诞、怪异的元素，不能归入儒释道中的任何一类。而这种"民间教派"吸纳儒释道中的一些"流行元素"后，就会成为一种"四不像"的产物。

白莲婆教完咒文便离开了，走时她还让随从打包走了祭品。一堆废纸和一场表演就换了实惠的鱼肉，说不定还有钱拿。你在心里感叹神婆这一行过得真是轻松，也感慨苏阿婆虽然干练，但仍囿于狭隘的一方世界，她居然会相信这种把戏。

时间不早了，你们也准备离开皆有慈善堂。沈冰淼、孔森和你们回家的方向不一样，于是你们在慈善堂门前话别之后，分道扬镳。

你与长根往北走去，想在前面的路口叫一辆车。

你刚刚站定还未来得及招手，便看到孔森气喘吁吁地朝你跑来。他居然在与你分手后，又避开沈冰淼回来找你。

"长根，我有些事情想和伍兄私下沟通，麻烦你回避下。"

长根没有多说什么，闻言，便去不远处闲逛了。

"伍兄，请恕我无礼了，我一直想找你确认一些事。伍兄是从凤天来的吧？"

"我从凤天坐火车来的。"你回答道。

"我就是凤天人。"孔森说道。

当他说出这句话后，你就明白他想问什么了。所有在外的游子都心系家乡的亲人。

"我是在天津念的书，毕业后来江南讨生活，最后落脚到了尧兴。"孔森咧开嘴对你笑了笑，你感觉他的笑容有些僵硬，"母亲和妹妹还在凤天，我本打算开春就把她们接到尧兴来生活，谁料到会突发鼠疫！"

你徒劳地张开了嘴，却不知道能说些什么。所有的安慰之语在此刻都显得苍白无力。

"伍兄刚从凤天过来，能告诉我现在凤天情况如何吗？伍术之先生医术高明，有他坐镇东三省的话，鼠疫应该很快就会得到控制吧？"他不知道你失忆了，满怀期待地看着你。

"你家人有发电报给你吗？"你问道。

"有是有，但电报费这么贵，每次就寥寥数字，说不了什么话，最近更是断了联系。"

你知道疫情严峻，但还是对他说道："应该不会有事的，凤天是重城，防护等级极高，居民肯定是安全的，不乱跑，注意家中卫生，不会有事的。"

"不会有事"这四个字仿佛正中孔森的心扉。

孔森露出了满意的神情，双手紧握，来回摩挲："这真的是太好了，多谢伍兄。我们明天见。"

孔森心满意足地走了，但长根却没有回来。你隔着街道向长根招手，长根看到了却没有过来，反而走得更远了。你心生疑惑，转头四处张望，看到沈冰淼从街道另一边朝你跑过来。

这两个人假装要走，其实都想私下和你说些事情，真是奇怪。

"伍兄，你没走真是帮了大忙了。"沈冰淼道，"其实我有一个不情之请。"

"沈兄请说。"

"伍兄是学医的吧？我听孔兄说，昨晚你轻而易举地救下了一名救火队员。"

你很想说那可不是轻而易举。

"说来惭愧，我根本不懂医学，当然也不懂防疫工作。我读的是机械，蒙长辈照顾，暂且于卫生厅任职，等长辈打点妥当后，我就会去工业部门工作。"沈冰淼对你如实相告。

"那为什么这次调查工作会是你来呢？"你对他的坦诚感到意外，好奇地问道。

"因为年年都有些小瘟疫，上面并不在意。说不定是抓阄，抓着我了，就派我过来了。"沈冰淼苦笑道，"我也想过推辞，但最后没有推掉，还是来尧兴了。"

"沈兄如今自曝其短，没有问题吗？"你见沈冰淼如此诚恳，不由得放松起来，甚至有闲情与他开个玩笑。

"伍兄不要取笑我了。再说敢于承认自己的不足，及时找专家帮忙，绝对是正确的做法。"

"你找的专家就是我吗？"你感到难以置信，"尧兴的医生可不少。"何况你还失忆了，当然，后半句你是断然不会让他知道的。

"伍兄是最佳人选。"沈冰淼推了下眼镜说道，"我不相信中医。至于城中西医，或是些欺世盗名之辈，或是眼中只有蝇头小利之徒，我来到此地这么久，一直没有靠谱的人选，直到遇到你。伍兄，这场瘟疫绝对不简单。一个慈善堂内就收容了几十人，普通居民中又会有多少病人？据我所知，随着感染人数的增加，瘟疫的传播速度也会加快，如果不及时介入的话，很可能酿成一场可怕的灾祸。我只是个刚进入卫生厅的外行，回去后要是只笼统地说很严重，他们只会当我是被吓坏了，反应过激罢了。所以我需要伍兄你的协助，帮我出具一份有理有据的报告。伍兄不用急着给我答复，我明日再到冯府拜访你。"

说完，沈冰淼就告辞离开了。

你知道他是害怕你当场拒绝他，但他不知道你实际上已经想要当场答应下来。

长根见沈冰淼走了，才回到你身边，同你一起返回冯府。

冬日的太阳落得本来就早，你们到冯府时，冬星已经挂了半片天空。

冯府门口有个小小的红点上下飘动，你走近了才发现是铁儿提着灯笼正在等你们。铁儿看到你们回来了，马上跑到你们面前，给你们照路。

你们刚一进门，陈妈赶忙迎上来："伍先生，您总算是回来了，可把我急坏了。长根你也是的，伍先生身体不好，你还带着他到处乱跑。"

"我错了，我错了。"长根老老实实地认错，"饭呢，让吴妈给我们留饭了吧？"

陈妈又对你说道："伍先生，您也要注意身体，之前跟着铁儿跑，现在又跟着长根跑，这样可养不好身子。"

你心虚地答应道："好的，我一定会注意的。"

陈妈这才满意地说道："去吧，我在饭厅给你们留了饭。"

你们到了饭厅，长根又问道："食盒呢，我还要去给小姐送饭。"

"省省吧，小姐要是等着你去送饭早就饿死了。"陈妈白了长根一眼，"快点吃饭吧，对了，昨天你是说有个衣服破了要我补的吧，吃完晚饭记得拿给我。"

陈妈对长根说完，又轻声细语地对你说道："伍先生，您慢慢吃，吃完后去见一下老爷和小姐，他们都有话想对您讲。"

长根在边上不满地哼了一声，埋头吃饭。

你的胃口并不好，勉强吃了半碗饭便饱了，回房稍作休息后，你就在铁儿的带领下去见冯镜明。

你们依旧是在书房会面。

冯镜明静静地坐在书桌之后，在电灯的笼罩下，身体的边缘隐隐有些透明。

冯府有电，大部分房间都设置了电灯，只有外出时才需要带上灯笼。

"贤侄，你来了，今天过得如何？"冯镜明道，"听说你在外面跑了一整天，尧兴如何？"

你恭敬地回道："还行，尧兴城是座繁华的小城，挺不错的。"

"论繁华尧兴不如杭州，更比不过上海，但别有一番滋味，只可惜是在冬日，要是春秋时节来，鉴湖、会稽山、沈园、戒珠寺等地都可以去去。"

你点了点头。

冯镜明又问道："贤侄，你的身体如何了？"

"没什么大碍了，只是还有些虚弱。"你回答道。

"那还是在尧兴再待一段时间吧。"冯镜明露出一个微笑，"你似乎对尧兴的瘟疫很关注。这是对的，真正的医者不会对面前的病患视若无睹。"

　　你原打算不做停留尽快离开的，但尧兴城内的怪事如雨后春笋般接连冒出来，你实在放心不下。面对冯镜明一再挽留，你点了点头。

　　"那小侄就多叨扰几日了。"

　　"安心住着吧。"冯镜明点头道，"我也想看看伍兄的侄子会有什么表现。"

　　看来冯镜明对你的期待很高。

　　你只能点头应下来，又恭敬地退出冯镜明的书房。

　　之后，你再往小姐的绣楼走去，经过仓库时，你听到了小阿头凄惨、痛苦的嚎叫声。

　　"冷啊！冷啊……"

　　他还发着烧，会发冷也正常，而且仓库平时不住人，没什么人气，更没什么取暖设施。

　　"长根。"你喊道，"麻烦来一下。"

　　长根吃完了饭正在附近，听到你的喊声便过了来了："伍先生，你喊我过来有什么事情？"

　　"小阿头在喊冷，你有什么办法？"

　　长根不以为意地说道："不是给了他被褥吗？"

　　"有炉子之类的吗？给他生一个吧，他叫得也太凄惨了。"你坚持道。你毕竟是客人，只要是合理请求，他没道理拒绝。

　　"另一个仓库里应该有旧炉子，铁儿，你过来帮我的忙。"长根虽然不情愿，但还是往倒座房走去，准备去拿仓库的钥匙。铁儿把灯笼交给你，跟着长根去帮忙了。

　　你提着灯笼往绣楼走去，学着长根的样子，找到移动楼梯，推到绣楼下。

　　又要见到冯伊曼，你的心跳突然开始加速，头脑也晕乎乎的，不知道自己在期待什么。

二层楼上亮着灯，鹅黄色的暖光淡淡挥洒下来。冯伊曼似乎是在等你，她半闭着眼睛，斜靠在椅子上，优美的曲线在椅子上若隐若现。你舍不得打破这美景，却还是拉动了红绳。

冯伊曼被清脆的风铃声叫醒，一扭头就看到了玻璃另一边的你。她就像一只受惊的小鸟，立马从椅子上站了起来。

"伍先生，"冯伊曼红着脸对你说道，"麻烦转过身去，不要在女士整理自己仪容时，盯着对方。"

你也意识到了自己的失礼，赶紧转过身，不知道背后的冯伊曼在干什么，只觉得心里痒痒的，像一只宝石蓝色的小甲虫在心脏上爬过。

过了一会儿，冯伊曼对你说道："好了，伍先生你转过来吧。"

你却鬼使神差地对她说道："小姐可以不喊我伍先生吗？今天我交到了不少朋友，他们都称呼我叔叔为伍先生。"

你不想混淆你和叔叔的称谓，你不认为自己能和叔叔相提并论。

"那他们怎么称呼你呢？"冯伊曼饶有兴趣地问道。

"他们喊我'伍兄'，但小姐这样喊似乎有些不合适。"你鼓起了勇气，"我叫伍成穆，小姐直接叫我成穆就好了。"

"你长辈没有给你取过什么表字吗？"

"叔叔是西式人。"就算你真的有过表字，你也记不起来了。

"那你也不要再叫我小姐了，直接叫我伊曼吧。"

"好的，伊曼。"

"成穆。"她柔柔地叫了你一声。

你觉得自己的脸有些发热。

"快讲讲今天的事情吧。"冯伊曼又说道。

你将这天发生的事情慢慢道来，从疯疯癫癫的小阿头到干练的苏阿婆，最后讲到白莲婆的奇怪法事。

对此，冯伊曼却见怪不怪："'乡俗故多淫祀，人有疾病，医药非所急，凭女巫瞽卜之口，信鬼神为灾。'这是地方志上的原话。不光焚化冲服，还有将符纸贴在门上驱疫的做法。这些骗钱为业的野道士的勾当居然还被医书《松峰说疫》收录了。成穆，你曾在其他地方听到过这样的事吗？"

你思索片刻，在脑海深处翻出了一些记忆碎片："在国外一些医书中也会记载这样的内容。"

"是吗？"冯伊曼歪着头问道。

"美索不达米亚人的医学，是被巫术和僧侣支配的。他们的生活受到底格里斯河和幼发拉底河定期泛滥的影响，而这种泛滥的周期与星辰运行有关，于是他们便认为季节和星辰能影响人体。他们的医学教导他们从不同的星辰获得力量抵御不同的疾病。"

她向你的方向微微倾了倾身子，表现出一副用心倾听的模样。

你似乎受到了鼓舞，说得更加起劲了："埃及人由于独特的死亡观念，会将死者的尸体制作成不朽的木乃伊。在制作木乃伊的过程中，他们得到了众多解剖学知识。埃伯斯纸草书中就曾提到心是全身血液的中枢，人体有大量血管通连各个部位，这使得埃及人在外科领域的造诣远超同时代其他文明。"

"希腊的医神是阿斯克来皮斯，希腊人把他的神庙建在有矿泉的地方，凡是要向神祈祷治疗疾病的人，都要先斋戒沐浴。只有经过这种步骤，才能进入庙堂，并且神庙里还有严格的饮食规定。在夜晚，祭司会戴着神的面具，由女祭司陪着，对病人进行各种治疗。"

听到这里，冯伊曼露出了然的微笑："一般的疾病，经过沐浴、忌口和安心休养八成就能痊愈了，而这痊愈就成了神迹。"

你点点头："正是如此。"

"我还是第一次知道这些事情。"

"你父亲没教你一些西方的知识吗？"

冯伊曼摇了摇头："父亲没有教过我，我看的那些书，大多都是无用之物。"

"不会无用，它们能充当我们此刻的谈资就够了。"你试着安慰她。

"也是，知无用之事，虽成不了有用之人，却也可以成为有趣之人。"

你点了点头："有时候，有趣比有用还有用。"

"话归正题，成穆，你今天对尧兴的疫情有了初步的了解，觉得如何？"冯伊曼问道。

"已经处于失控的边缘，不知为何居然还未引起当局的重视。"你说道，"不过，负责此事的沈冰淼是个可靠的人。"

"所以你寄希望于他吗？"

"是他和我。"

你又与冯伊曼谈了你与沈冰淼的调查结果，冯伊曼认真听了一会儿，眼神便渐渐游离。

她捂着嘴打了一个哈欠，而哈欠仿佛会传染一般，你也跟着打了一个哈欠，一股疲倦感向你袭来，你意识到夜深了，便想借此向冯伊曼告别。

透过玻璃，你看到她撩了撩鬓角有些凌乱的发丝，抬头刚好与你视线相对。由于刚刚的哈欠，她又大又亮的眼里满含水雾，你竟然读到了一丝妩媚。

"成穆你也累了吗？今天就到这里吧。"

你点了点头，但见冯伊曼似有话讲，就站在了原地。

时间似乎停顿了五六秒。

"成穆，能与你这样交谈，我真的很开心。"冯伊曼的语气带上了一点恳求，"如果可以，请一定要再来。"

"你父亲，还有长根他们难道不是经常来看你吗？"话一出口，你便后悔了。

冯伊曼没有生气，解释道："我的父亲虽然博学，但他还将我视作孩童，而不是个能对等沟通的对象。长根、陈妈他们对我关怀备至，却也不会和我聊这些。"

你意识到了她长久以来的孤独。

你没留意自己是如何回到自己房间的。

你的记忆尚未恢复，这几天又认识了不少人，便取了一张纸，简单记了几笔。

序号	姓名	性别	身份
1	伍成穆	男	自己（失去了记忆）
2	伍术之	男	叔叔，正在处理东北疫情
3	冯镜明	男	冯府的主人，其某项研究可能改变疫情
4	冯伊曼	女	冯府的小姐，被关在阁楼内，已见过
5	陈妈	女	冯府下人，对人和善
6	徐管家	男	冯府下人，五六十岁
7	铁儿	男	冯府下人
8	吴妈	女	冯府下人
9	长根	男	冯府下人，因冯小姐之故，对自己似乎存在敌意
10	苏阿婆	女	皆有慈善堂管事
11	孔森	男	尧兴警察
12	沈冰淼	男	卫生厅特派员

一夜无梦。

你睡了一个长久未有的好觉，穿上衣服，你推开门准备唤来陈妈，要点热水，结果却看到铁儿在来回奔跑，将冯府其他下人一一带过来。

铁儿不能说话，但你从他的表情就能看出冯府一定是出大事了。

这时，长根也瞧见你了，对你喊道："出大事了，伍先生，小阿头死了。"

小阿头怎么会死？他的病应该没有那么严重。被害的吗？可他被关押在上锁的仓库里，谁能进去？

你顾不上洗漱，急忙往第三进院子的仓库跑去。

谁知长根又喊出了下半截话："陈妈也死了！"

这句话仿佛当头一棒，打懵了你。

陈妈？陈妈怎么可能死呢？

不期而至的死神

不论你多么不愿意相信，陈妈确实死了。

你一进仓库就看到了她的尸体。

她侧躺在靠近门口的位置，右手边是一个打翻的篮子，从篮子里滚出两个菜馒头和鸡蛋。陈妈张大了嘴巴，眉毛蹙在一起，眼角下还有一道很深的泪沟，五官都因惊恐而扭曲，看起来十分可怖。她的右手在篮子边上，左手紧紧捂住了自己的胸口。

顺着陈妈临死前的目光往前看，你看到了小阿头的尸体。

他悬挂在半空中，双目圆睁，舌头吐出，一副标准的吊死鬼模样。挂在他脖子上的正是被子的被套。

看着这两具尸体，你浑身冰凉。

冯镜明也赶来主持大局，他有条不紊地指挥众人："长根，你把小阿头的尸体放下来，老徐，你去找警察。其他人都先退出去，不要乱动这里的东西。"

你终于缓过神来："我陪徐管家去报警吧。我有个相熟的警察朋友。"

不知为何，你对孔森很信任。

冯镜明深深看了你一眼："好吧，那就麻烦贤侄了。"

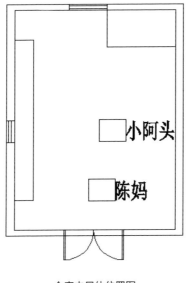

仓库中尸体位置图

你得到冯镜明的许可，便与徐管家一起叫车赶往警察厅。

到了警察厅，你却没有见到那张熟悉的面容。

你随手拉住一个路人："请问，孔森在哪儿？"

然而，对方挣开了你的手，仿佛没听到你的话一样，继续向前走去。周围的人听到这个名字，就像是听到了什么不可触碰的禁忌，纷纷避开了你。

这让你觉得很奇怪，孔森在警察厅为什么会是这种待遇？

终于，一个打扫的老人在你的请求下，带你找到了孔森。

孔森的办公室在警察厅后头的一个偏房里，穿过一段长长的走廊，你们才找到了他，他正窝在案台后面呆呆地看着一张合照，照片上有一个面容慈祥的妇人和一个明媚的女孩子，这应该就是他的母亲和妹妹。

他的案台大概已经用了很多年，油漆都剥落了大半，露出木色，他脚边只放着一个用于临时取暖的炭盆子。

你不由得皱起了眉头："孔兄，你怎么会坐在这里呢？"

这里明显不像个正经的办公室。

孔森似乎没想到你会来找他，脸上露出一丝惊诧和一丝窘迫。他伸手挠了挠自己的鼻子说道："我毕竟是从外地调来的，来时已经没有什么位置了，暂时被安置在此。"

他的"暂时"说得比其他词都要重一些，然后，他又补充了一句："而且环境永远不会十全十美，消极的人受环境控制，积极的人才能控制环境。"

他很突兀地同你讲了个大道理。

边上的徐管家见你们说了一串话，却没一句在正题上，急得大冬天脑门都沁出了汗珠，催促道："先别寒暄了，冯府出大事了！"

你也没有继续寒暄下去的意思，急忙握住孔森的手，将他往办公室外拉："你们警察厅关在冯府的小阿头出事了，在冯府做工的陈妈也死了。"

孔森微愣一下，立即去前面点了两个值班的小巡警，和你们赶到了冯府。

由于冯镜明的命令，仓库内的死亡现场并未遭到破坏，只是小阿头的尸体被放到了地上。

孔森先查看了门口陈妈的尸体，陈妈面色紫黑，一只手还捂着胸口。

"伍兄，你觉得陈妈是怎么回事？"

"清晨送饭看到小阿头的尸体，一惊之下，导致猝死。"你补充了一句，"这只是初步判断，具体情况还需要验尸。"

孔森点了点头。

长根说道："和老爷说的一样。"

孔森道："你们老爷也这样说，那陈妈十有八九就是被吓死的。"

他又去检查了小阿头的尸体："身体有多处外伤，应该是在他纵火后被打伤的。"

"所以他真的是自缢？"你问道。

"小阿头脖子上留有索沟。"孔森解释道，"勒死和缢死都会在颈部留下索沟，但缢沟的特点是着力侧深，两侧渐浅，最后出现'提空'；勒沟的特点则是水平、均匀、环绕、闭锁，没有'提空'的现象。"

你蹲到孔森身边查看小阿头的脖子："按你所说，小阿头脖子上的是缢沟，陈妈的死是意外？"

孔森问道："这个仓库一直是锁着的吧？除了陈妈，最后一次进人是什么时候？"

长根回答道："是我，昨晚，我和伍先生回冯府用了晚饭已经是七点了，伍先生去见老爷小姐，小阿头在屋内喊冷，伍先生叫我去看看，我先拿了钥匙进仓库看了看他，然后就和铁儿一起寻了个旧炉子，给他取暖。"

"确实如此，我能为长根作证。"你对孔森说道。

孔森一拍脑门，露出懊恼的神情："这屋里一直有炉子加热，温度会对死亡时间的判断造成干扰。不考虑炉子的话，小阿头的死亡时间是凌晨两点到三点之间。考虑炉子的话，就不好说了。"

长根白着脸说道："总之我和铁儿给他拿炉子时，小阿头还活着。铁儿能作证。"

铁儿站在长根边上用力点了点头。

"那时小阿头的状态怎么样？"孔森又问道。

"他还能怎么样，就躺在床上，动了一下。"长根回答道。

你问道："你们没看到他的脸吗？"

"没有吧……我们进去时他没再喊冷，只是躺在那边。"长根道。

"你们生起炉子后就走了，门也锁上了吧？"

"我让铁儿把钥匙放回徐管家屋里了。"

——只有徐管家的钥匙才能打开仓库的大门。

孔森又问长根道："今天早上你在干什么？"

"我？"长根回答道，"我和往常一样六点不到就起来了，大概在六点十分左右，老爷也起了，让我帮他去第四进的杂物间搬东西。"

"冯老爷起得这么早吗？"孔森问道。

长根回道："我们老爷一贯早起，天蒙蒙亮，他就起了。"

孔森"哦"了一声，又问徐管家："期间没人再来拿过钥匙吗？"

徐管家说道："铁儿拿回钥匙后，我们就梳洗睡了，临睡前，我把门给闩上了。如果有人在这个时间段内拿钥匙，我一定知道。直到早上六点，我起床打开房门，铁儿还在里间睡觉。陈妈大概是想给小阿头送饭，所以那时拿走了钥匙吧。"

"你没有看到陈妈？"孔森问道。

"没看到，我当时还在屋里，铁儿也还没起。"徐管家摇了摇头，"但钥匙刚才就掉在陈妈身边，我见到后给收起来了，应该就是陈妈拿了钥匙提着食盒到了仓库，看到小阿头的尸体，一口气没缓过来。"

孔森想了想又问道："地上的早饭是今天的？"

"是的，菜馒头是吴妈五点多起来做的。"徐管家说道，"从长根离开到陈妈进门这段时间里，仓库里就只有小阿头一个人。"

孔森在仓库内踱了几步，又看了看仓库的窗户，仓库一共两扇窗户，靠近小阿头床褥的窗户上了锁，而且上面还挂了不少蜘蛛网，不像打开过。杂物架上还有一个长宽都是十厘米左右的气窗，估计只有猫能钻过。气窗有开过的痕迹。

"这个气窗是我打开的，我怕小阿头煤炭中毒就开了一条缝。"长根说道。

"几乎已经可以断定，没有人进过仓库了吧？"你说道。

这么看来小阿头确实是自杀，而陈妈遭受了无妄之灾。

　　自你醒后，陈妈就对你关怀备至，真真切切地让你在寒冬中感受到了一丝暖意，而现在这抹暖意消失了，你的眼睛变得朦胧湿润，泪水不由自主地滴落下来。

　　"有梯子吗？"孔森突然问道。

　　你一时间没明白他又要做什么。

　　徐管家忙叫长根给孔森搬来了梯子。

　　孔森爬上梯子，检查仓库的横梁："你们打扫过仓库吗？"

　　"简单扫过，为了给小阿头腾地方，还把一些杂物丢出去了。"徐管家回答道。

　　"那横梁上面不会动吧？"

　　"没有扫得这么仔细，上面没动过。"

　　孔森脸上露出了玩味的微笑："那这上面的痕迹就有问题了。"

　　你被孔森的表情勾起了好奇心，正想询问他，外面却传来了沈冰淼惊慌的叫喊声。

　　"孔兄，伍兄，你们在里面吗？大事不好了！"

　　沈冰淼满头大汗，跑到你们面前，扶了下眼镜说道："我可算找到你了，孔兄，我先去警察厅找你，他们说你跟着冯府的人走了，我又立马赶过来了。"

　　"你先别急，发生什么事了？"孔森问道。

　　沈冰淼气喘吁吁地说道："皆有慈善堂发生命案了！有个病人暴毙在房内，看样子似乎是被毒死的。整个慈善堂都乱成一团了！"

　　你心中震惊不已，一天便出现了三具尸体，而这也太巧合了吧。

　　沈冰淼拉着孔森就想出门。

　　"等一等，"长根大着嗓门道，"我们府上的案子呢？"

　　火急火燎赶来的沈冰淼还不知道冯府发生了什么，一脸吃惊地问道："冯府也有案子？"

　　"之前纵火的小阿头死了，连累府上的陈妈也……"孔森解释道，"不过这里的事情，我已经有眉目了。徐管家，麻烦你锁好这间仓库，不要让别人进去。我去皆有慈善堂看看。"

你们又征求了冯府主人冯镜明的意见。

冯镜明认为慈善堂人多口杂，更容易酿成恐慌，万一患有传染病的病人从慈善堂跑出去四散到尧兴城各个角落，后果不堪设想，所以他大手一挥，让你们先去慈善堂，还特意点了长根和铁儿一同前去。

一出门，长根看到门口的小汽车，脸都黑了。

"怎么又坐这鬼东西？"

"不坐车还能坐什么，汽车快。"沈冰淼道。

长根一摆手说道："这不一定，按我的走法，我们还能更早到。昨天我回来时就想过了。坐船比坐车还快。你们和我一起走一里地到河边，我划船带你们去吧。"

"真的吗？"沈冰淼质疑道。

"我划了十多年船了，这尧兴城里大大小小的河道，我都知道。坐船比坐车快，不相信你们可以计时。"长根自信地说道。

孔森说道："我们试试吧，我早就听过水网密布的地方，船比牛马都有用，只是一直没机会尝试。"

尧兴是江南的水乡，城内外大小水道，都是连通的，河道内来去自如的乌篷船就是最好的交通工具，平时送货、送人、出远门都可以用乌篷船。

你们一行人跟着长根到了河边。

一条乌篷船拴在河道边的石柱子上。乌篷船，就是船身狭长的木船，上面盖着遮风挡雨的竹篾篷，因竹篾篷被漆涂成黑色而得名。

乌篷船船篷低矮，船身狭小，你们只能弯着腰一个个钻进去，每上一个人，船都剧烈地抖动。

长根看你们畏首畏尾的样子，笑道："不要乱动。安心坐稳就行。

有我在呢，只要你们不在船上摔跤，这船就翻不了。"

长根操弄船桨就像一条鱼摆弄自己的尾巴，灵活而熟练。但你心里还是忐忑，直到探头望见四周景色飞速掠过，才放下心来。

黑瓦、白墙、石桥、流水，伴着妇人的洗衣声、谈话声，虽是萧索的冬日，但也有了些江南小镇的意象。只是这景色背后还藏着瘟疫和凶案……

船上有两把木桨，长根拿了一把，剩下那把，你们每个人都上手试了试，但只有你得到了长根的肯定。

"伍先生，你划得不错，上手很快。"长根道，"你以前也划过船吧。不能光使劲，要掌握好划桨的方向，不然船只会在原地转圈或者倒退。伍先生，你不用一直划，要是累了就停手。"

你应道："行。"

沈冰森在乌篷船上说起了皆有慈善堂事件的经过。他一早起来便赶往皆有慈善堂，继续昨天未完成的工作，详细记录下病人此前的住所、发病经过、病情等，用于确定瘟疫种类，排查传染源。

沈冰森到时皆有慈善堂的人正在服用符水。符灰和符纸都由苏阿婆保管，没有第二个人经手。她调配完之后，就让帮佣，也就是老拱、赖皮五和阿胡他们，分给其他人。

老拱负责倒水，阿胡负责端着托盘把水分给众人，赖皮五负责把符水送给伤重或病重不能来饭厅的伤病患。

众目睽睽之下，按说没有人有下毒的机会。

阿胡和慈善堂收容的一个病人有些矛盾，吵了几句。那个病人叫赵三。赵三也没拿阿胡端到他面前的符水，而是拿了托盘边上的一杯。结果，他喝完符水就咬定阿胡在他的符水里下了药，阿胡当然不肯承认，于是赵三愤而离席，回房间去了，连早饭都没吃。

其他人吃完早饭回房间，发现房门从里面闩上了。觉察出不对，众人用力顶开房门，却发现赵三躺在地上，已经气绝身亡，现场乱作一团。

赵三死得蹊跷，不像是急病而亡，倒像是被毒死的。谋杀案不是小事，沈冰淼立即就来找孔森了。

沈冰淼讲完事情经过，你们也到了目的地。

长根对你们说道："下船吧，再走个半里路就是慈善堂了。"

到了慈善堂，沈冰淼一看手表，坐船确实比坐车还快了十多分钟。

你们进了皆有慈善堂，看到一位五六十岁乡绅模样的男人坐在大厅的正位上，苏阿婆在边上毕恭毕敬地端茶倒水。

沈冰淼告诉你们这个男人是濮老爷，是出资维持皆有慈善堂的资助人之一。他比沈冰淼稍晚到达皆有慈善堂，遇到了赵三的案子，便坐镇慈善堂。

你依稀记得昨日那个神婆提到过一个萧山濮老太爷，不知道同这位濮老爷是否有关。

像是为了解答你的疑惑，沈冰淼随后又向你们介绍了濮老爷的详细情况。濮老爷，原名濮春年，原籍萧山，家中做药材生意，开了好几个铺子，现在住在尧兴，前不久请白莲婆去老宅做过法事。那么萧山的濮老太爷应该就是濮老爷的长辈了。

你们与濮老爷打完招呼后，立刻开始调查，濮老爷则饶有兴趣地跟着你们。

孔森看了看喝剩的符灰和符纸说道："这些东西应该没有问题，它们都混在一起，如果有毒，出事的不止赵三一人。而且苏阿婆也没有杀人的动机，她想让赵三死的话，只要在一开始时不收容赵三即可，所以嫌疑人还是老拱、赖皮五和阿胡三人，毕竟只有他们直接接触过符水。"

沈冰淼接过话来："老拱负责倒水，虽然在众目睽睽之下，他很难做出下毒的行为。但没人检查过水杯，其中一个水杯内可能涂了毒，然后让阿胡送给赵三。"

"下毒的思路不错，但你自己也说过赵三怕水有问题，特意挑过水杯。"孔森说道，"其实阿胡也有各种方法下毒。比如一些小店上菜时，小二会抓着菜碟的边沿，大拇指落在碟内，有时大拇指甚至会浸到汤汁里，让人恶心。阿胡就可以把毒药藏在自己大拇指的指甲缝里，然后用这种方法把毒药下到水里。但他一样不能确定自己动过手脚的水杯会到赵三手上。"

你也赞同道："对，赵三换杯子是突发事件，难以预测。"

孔森思索道："我们应该问下当事人。"

沈冰淼提议道："老拱和阿胡都说自己是无辜的，尤其是阿胡，他说自己的那些话只是随口说的狠话，做不得准。我当时忙着整理病人的资料，对他们的争吵没太关注，但老路就坐在赵三边上，我们可以问问他。"

他立马派人喊来了老路。

老路气色看上去还不错，见到你们便问："几位先生找我有什么事？"

你道："听说你今早就坐在赵三边上，我们要找你了解一些情况。"

老路点头道："先生们问我，我自然是知无不言，言无不尽。"

孔森便问道："赵三和阿胡他们三人关系如何？"

"阿胡和赵三是老仇家了。"

孔森眉头一皱："具体说一下。"

"没什么好说的。"老路咂了咂嘴，"胡家和赵家早年间是邻居，在尧兴城郊都有田，日子过得不错，那个时候两家人关系还不错。但有一年发大水，好巧不巧把两家水田间的界石给冲走了，连带着其他能确定分界的标志物也不见了。"

"赵家量好了田地说界石应该在这里，但胡家说赵家量的不对，两家便起了争执，不过说白了，也就是几步长短的事情。"

长根忍不住反驳道："什么叫几步的事情。这几步左右的田，经年下来能差多少粮食。而且在村里，田地比命金贵。"

"反正两家人就闹起来了。"老路说道，"在两家争斗中，赵家人失手打死了胡家的女婿，也就是阿胡的姐夫。没过多久，阿胡的姐姐也受不了这个刺激病死了。胡家人报官，把打人的赵家人丢进了大牢。进大牢的就是赵三的大哥和爹，赵家没了顶梁柱，只能卖了田产去捞人。唉，赵家也不会善罢甘休。衙门嘛，吃完被告吃原告，两家彻底败落，成了死仇。"

老路继续说道："早上，阿胡分符水的时候看到桌上坐着赵三，嘴里就不干净起来，说赵三这个瘟三怎么还没死，还说要毒死他，说这话时，阿胡一脸的凶恶。"

孔森问道："那他有什么不同寻常的举动吗？"

"那倒没有，就是把托盘端到赵三面前。阿胡要给赵三拿水杯的时候，赵三还拒绝了。于是阿胡拍了下赵三肩膀，让他自己选，把赵三吓了个寒战。赵三没拿阿胡本来要给他的水杯，特意选了个托盘边上的。"老路道，"阿胡想给赵三的那杯水叫别人喝了，也没出事。然后就更奇怪了，赵三明明什么事情都没有，却一口咬定阿胡就是下毒了，离开了大厅。"

然后，他的结局你们所有人都知道了。

沉默了一会儿，孔森道："去看看现场吧。"

你们来到赵三出事的房间。慈善堂收容的人比较多，按照病情轻重，五六个人一个房间。赵三的房间就是个大通铺，一面墙是通铺，一面墙是个架子，用来摆放个人杂物。赵三的尸体还留在房间内，他躺在中间的地上，面色乌青，五官扭曲，活脱脱一副恶鬼模样，确实是中毒而亡。这个房间是普通的木门和木窗，都可以用木栓从里面闩上。赵三毒发时门窗都是闩上的。

孔森道："老拱和阿胡都在饭厅没出来过，赖皮五一个人把符水送给伤重或病重不能来饭厅的伤病患。会是赖皮五吗？"

沈冰淼摇了摇头说道："赵三回屋的那段时间内，赖皮五一直在给病人喂符水，有不少人证，他没有去接触赵三。"

孔森转了一圈："这屋内也没有机关的痕迹，门窗可能真的是赵三自己关上的。"

长根挠了挠头说道："真是奇了怪了，有机会杀人的人都没可能杀人。"

沈冰淼道："我有个猜测，赵三只有一点和其他人不一样。他没有用过早饭。如果符水都有毒，而解毒剂在早饭里，阿胡故意把赵三吓走或者气走，让他喝不到解毒剂，而赵三害怕被阿胡所害，闩上了门窗，待在房间里，结果正中阿胡下怀。"

孔森摇头道："赖皮五喂伤病患喝符水耗时更长，重病患们身体更弱，也有不少没来得及吃饭的，这么说的话他们应该更早毒发。"

老路也插嘴道："几位先生，我们发现赵三尸体时他已经死了一段时间了。他可能是在我们吃早饭前死的。"

沈冰淼道："那我还有一个猜测，只有赵三的水杯是他自取的。如果阿胡放水杯的时候偷偷放解毒剂呢？或者水杯上有机关？"

"他小动作了几十次难道不会被发现吗？而且水杯就是我们刚才见过的普通杯子，他上哪儿去找那么多特制的杯子？"孔森皱着眉头说道。

你也说道："毒药与解毒剂对应，服下特定的解毒剂就能解毒的说法其实都是虚构的，中毒和解毒没有想象中那么简单。"

孔森也道："我曾听说过一起投毒案，凶手在酒里下了毒，和被害者同饮一壶酒，两人一起中毒，被送医。虽然由于凶手事先吞了几个鸡蛋的蛋清，蛋清里的蛋白质能与毒药内的重金属离子结合，阻挡肠胃吸收，中毒较浅，但还是通过催吐、洗胃的方式才救回来，被害者就一命呜呼了。警方一开始没看出凶手用的诡计，差点当食物中毒处理，幸亏这案子撞到一位知名侦探手上，才能告破。"

"是的，一旦中毒就会有危险，解毒剂也不可能即时起效，完全抹掉毒药的效果。"你补充道。

孔森突然道："我也有了一个不成熟的想法。两家是死仇，鱼死网破，谁都没落着好，所以赵三也想向阿胡复仇。赵三受到阿胡的威胁，会不会将计就计谎称自己中毒，回到房内服下毒药。单看阿胡之前的言论，他的嫌疑是跳进黄河也洗不清。"

长根讪笑一声说道："一命换一命这可是赔本买卖，赵三没那么傻吧。"

"赵三得了疫病，也许本来就命不久矣。"孔森坚持道。

"我和伍兄昨日给他们检查过，赵三的身体状况算不错的，再过一段时间都能痊愈了。"沈冰淼道。

长根道："也可能是他搞错药了，比如他怀疑阿胡给他下毒，本来只想吃点泻药，结果误用了毒药。"

沈冰淼见濮老爷一直饶有兴趣地看着你们，便开口问道："濮老爷，你有什么看法吗？"

濮老爷此时却淡漠地摇了摇头："没什么看法。这些东西，我一个老人家也弄不明白。你们要是搞清楚了，就来濮府通知老夫一声吧。"

说罢，濮老爷起身理了理袖子，便离开了。苏阿婆跟在他后面，亦步亦趋地送他出门。

剩下你和沈冰淼、孔森、长根面面相觑。

沈冰淼对孔森拱了拱手："孔兄，我是没有什么想法了。术业有专攻，这事托付给你。至于伍兄，我还要请他帮忙研究瘟疫的事情。"

"警局来人之前，长根留下帮我吧，瘟疫不是小事，你们去忙吧。"孔森叹道，"不过我感觉这案子也不简单，说不定和瘟疫有什么关系。"

案件是难题。瘟疫也是难题。要是真的两难合一，可就麻烦了。

你们分头行动，孔森带着长根、铁儿又去了现场。

沈冰淼推了下眼镜，拿出他的笔记本交给你。笔记本上又多了几页内容，看来沈冰淼回家后又重新整理了一遍。再后面是一些新记录下来的病例。你见沈冰淼如此用心，对他的好感又增加了不少。

"都是有用的数据。"你说着将同一时间段发病和同一区域发病的案例都圈了出来，记在本子后面。

只要调查足够多的病例，按发病时间和地理位置就能找出瘟疫的传播路线。

不过，你皱起眉头说道："我们对尧兴城都不了解，无法将这些地名转化成图像，最好是有幅地图。精度不需要太高，包括河流、街道等主要的地标即可。"

沈冰淼道："待会向孔森要一幅地图看看。"

对着笔记本，你们写写画画，时间转瞬即逝。

这时，孔森带着长根回来了。

"我们发现赵三脖子上有两道抓痕。"孔森道，"可能是自己抓的，另外就没有发现了。"

"留人在这里看着吧，我们得回冯府了。你说是不是啊，伍先生。不然又要错过午饭了。"长根向你使眼色。

你明白长根想要回冯府给冯伊曼送饭了，而你也想回去与冯伊曼聊一聊。

孔森看了看你们的样子说道："那回去吧，我们也要再叨扰下冯老爷了。"

回去时，坐的也是长根划的乌篷船。长根把船划得像箭一样快，终于在十二点左右赶回了冯府。

长根跑进冯府大门，开口便喊："陈妈，我们回……"他一句话还未说完，就想起陈妈已经不在了，脸上露出一丝悲伤。

你也一样，回到冯府，你的第一反应也是想喊陈妈。

此刻的冯府并不安宁，内院挤了老老少少十来号人。徐管家一见你们就赶紧给长根使眼色，似乎想让长根带你们走。

长根见到这么多人吵吵闹闹的，反而迎了上去，大声喝道："都在干什么，吵到小姐就不好了。"

"什么老爷小姐的，我婆婆好好一个人说没就没了，你们冯府总得给个交代！"

说话的是一位中年妇女，有些发福，脸上堆着横肉，披散着一头乱发，身上和脸上似乎故意抹了土，显出一副头不梳脸不洗的憔悴模样。

原来是陈妈的家人来闹事了。那个满脸横肉的妇女应该是陈妈的儿媳，她吐着唾沫星子，两手叉在胯部，凶神恶煞地说道："你们冯府必须要给我们家一个交代！"

她一说完，她边上的四个小孩就像知了一样哇啦哇啦地哭了起来。妇女边上还站着个竹竿似的男人，也在"娘啊娘啊"的号啕大哭。

徐管家在一旁劝阻道："小点声，我们老爷已经同意给你们赔偿了，陈妈的白事费用也由冯府承担。"

聒噪的声音让你的头又难受起来。

"吴妈，你可算回来了。"徐管家突然喜出望外地看向你的身后。

吴妈不知何时出现在了你们身后，你转身看到吴妈吓了一跳。

吴妈没有说话，只是把竹篮里的一个红布包裹交给了徐管家。徐管家将包裹递到陈妈儿子手上，陈妈儿子先推辞了几下，最后才收下，然后领着一群亲戚把陈妈的尸体抬走了。

徐管家擦了擦脸上的汗水，长出了一口气："总算是送走了，我差点以为他们要把冯府给拆了。"

长根冷哼一声："那你不如叫警察把他们赶走算了。"

"可不能这样。"徐管家道，"这件事是我们理亏的。陈妈一把年纪了，还在冯府做工，就知道她家境不好的。"

孔森道："看包裹的大小应该有上百大洋吧，这可是一大笔钱了。"

"那都是老爷心善。"徐管家叹道，"不然哪能给他们这么多钱。"

"陈妈那个儿子还行，她儿媳看着挺难缠的。"沈冰淼道，"不过能把人送走总是好的。"

长根冷笑一声："你们是把人想得太简单了。陈妈这个儿子好吃懒做，家里全靠他老婆和他老妈在养。那儿子看着老实，但每次那个妇人都是看了丈夫的眼神才闹起来的，而且那几个孩子哭，都是因为他偷偷掐了几下。唉，不说这些了，吴妈，午饭好了吗？"

"好了。"

吴妈的话很简洁，怪不得之前你感受不到吴妈的存在，她的话只比铁儿多一点。

家里刚出了事，吴妈做的午饭也比较简单。吃过寡淡的午饭，你们便去绣楼给冯伊曼送饭。

你又踏上了通向绣楼二层的楼梯。

你跟在长根身后，你身后又跟着沈冰淼和孔森。

长根用铃声叫下冯伊曼，将食盒送进玻璃房内。她的笑容又如太阳一般照亮了这层楼。

你看着沈冰淼他们盯着冯伊曼的眼神，心里也涌起了一股嫉妒之情，顿时明白了长根为什么会对你不善。

"这么多人在，我都不好意思用午饭了。"冯伊曼问道，"长根，又发生什么事情了吗？刚才下面挺吵闹的。"

"我就知道他们一定吵到小姐了！"长根生气地说道，"他们是陈妈的亲人，小姐，你知道陈妈已经死了吗？"

"嗯，徐管家上来和我说过。陈妈和小阿头都出事了。皆有慈善堂也有人出事吧？"

长根点了点头："陈妈的亲人是来讨钱的，不过已经被老爷打发走了，别说这个了，没什么意思的。"

闻言，冯伊曼便对你说道："成穆，你能详细讲讲家里发生的案子吗？"

你将有关案子的事情都告诉了冯伊曼，孔森在一旁补充了一些细节。

"靠近床褥的窗户真的没有开过吗？"冯伊曼问道。

长根道："窗户上面还有蜘蛛网，应该没有被打开过。"

冯伊曼摇摇头："那不见得，蜘蛛是天地间最出色的纺织匠，蜘蛛用半个小时就能结出一张完整的网。"

"是旧网，蜘蛛丝已经没有黏性了，而且上面还有干枯的虫尸。"孔森说道。

"所以小阿头的案子是密室杀人？"冯伊曼翻出一本爱伦·坡的小说集，同《福尔摩斯探案大全集》摆在一起，"密室是侦探小说中的经典元素，爱伦·坡的《莫格街谋杀案》是最早出现密室杀人的侦探小说。小说里母女二人双双被害，母亲死在院子里，喉部被割断；女儿死在反锁的房间里。房门紧锁且有人把守，两扇窗子也牢牢地被钉死，房间狭窄的烟道就连一只猫都难以通过。凶手似乎无法逃离现场，可是他不仅杀了人，还顺利地逃出了密闭的房间。柯南·道尔笔下也有《斑点带子案》，女委托人找到福尔摩斯，几年前，她姐姐在出嫁前离奇死于密室，只留下遗言'带斑点的带子'。没想到我在现实生活中也能遇到密室杀人案。"

孔森对冯伊曼神秘一笑："冯小姐，我们有机会亲自破解这个谜题。"

"听孔先生的意思，你已经有思路了吗？"冯伊曼道，"你最后在梁上发现了什么？"

"不愧是冯小姐，仅听了我们的描述，就一下子抓住了重点。"孔森说道，"那上面没有落灰。"

"这是推理小说的经典剧情，正常情况下，梁上肯定会落灰，有灰的话，就会留下痕迹，为了掩盖痕迹，只能做个清扫了。"冯伊曼若有所思道，"我没离开过这里，能描述下仓库的尺寸和梁的大概位置吗？"

你简单描述了一下。按照你的描述，冯伊曼飞快画了一张简图，贴在玻璃上给你们看。

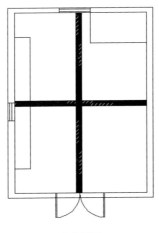

仓库梁图

"就是这样。"孔森道,"有了这张图,密室之谜便迎刃而解。"

冯伊曼接着说道:"这纵横的两条梁提供了移动的基础。凶手想办法先将小阿头迷晕。他应该就是趁长根去拿炉子时下手的,然后在小阿头身上设置了两个绳圈,第一个绳圈将小阿头拖到中央。这个时候,凶手就能剪断这个绳圈,将绳子抽出仓库。孔先生,你说是不是这样?"

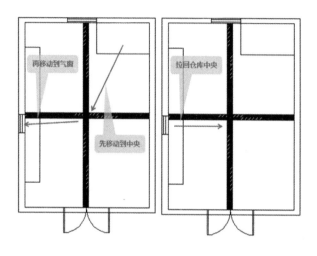

移动示意图

"英雄所见略同。"孔森笑了笑。

听到这里,你明白了凶手的作案手法。不过英雄所见略同这句话让你起了一丝嫉妒之心,你多希望这是你先想到的啊。

你悄悄看了眼边上的长根,他对着孔森咬牙切齿了起来,八成也在嫉妒。

你很想让她注意到你的存在,插话道:"第二次移动是不是以横梁为支点,通过第二个绳环将小阿头送到气窗边。气窗虽小,但伸手进去杀人还是可以的。凶手将被单做成的上吊绳挂上房梁,然后把小阿头的脑袋塞进去。小阿头就这样'自缢'而亡了。"

"对的，凶手再用绳圈把小阿头的尸体扯回仓库中央，回收绳圈后，屋内就没有痕迹了。"冯伊曼道。

"但我进去的时候没有看到什么绳子啊？"长根不解地问道。

孔森道："这个问题不难解决，绳圈可以是特制的，由一条牢靠的粗绳和一条不显眼的细绳拼接起来，等用的时候，去掉细绳，把粗绳两端接在一起就是个牢靠的绳圈。藏在仓库内的部分是不起眼的细线，而仓库没有设电灯，你拿蜡烛看不到细线也很正常。完成手法后，把绳圈割断，抽走绳子就可以了。"

粗绳与细线联结的绳圈

"这个手法确实可行。"你说道，"但我们还是不知道谁是凶手。"

"我认为凶手应该就是小阿头见过的'鬼'。"一直安静听你们分析的沈冰淼开口道，"我有种预感，如果我们继续调查瘟疫的话，早晚会再遇到这个凶手。"

突然，你的心里浮现了几句话。

——你是谁？
——你是伍成穆。

——你需要做些什么？

——同他们一起调查瘟疫。

——你要到何处去？

——你什么地方也不去，留在尧兴。

感染者的地图

　　"小姐，你不想吃饭的话，就先拿这个垫垫肚子吧。"见你们相谈甚欢，小姐都没有动送来的午饭，长根将一个小油纸包送进了玻璃房。

　　"这是什么？"冯伊曼拆开油纸包，从里面掏出白色的小小糖块。

　　"扯白糖。"长根回道。

　　"扯白糖？"你在北方没听说过这种吃食，感到好奇。

　　"就是用麦芽糖混着白糖熬成拔丝状，然后趁糖还未硬化拉扯成条、切成块的小糖果，在尧兴还挺常见的。"孔森解释道。

　　沈冰淼问道："长根，你这是什么时候买的啊？你不是一直和我们在一起吗？"

　　"昨天我一个人溜达时买的。不过我回来得太晚，怕影响小姐休息就没拿过来。"长根道，"你们可不能告诉徐管家、吴妈他们，万一被老爷知道，我就要死喽。"

　　"你们一定要为长根保密。"冯伊曼脸上露出落寞的神情，"这可不是开玩笑。对长根而言，这就是生死攸关的事情。"

　　"小姐，你又想起小梅了吗？"长根也很难得地在冯伊曼面前流露出悲伤。

"小梅是谁？"你问道。

"是小姐原来的侍女。"长根垂着头说道，"小姐不能出门，很多事情都要靠小梅处理。有一次，小姐缠着小梅想出门看看，小梅就打开了门放小姐出来，结果小姐一出去就触动了警报，老爷立马就知道了。小梅就……"

"小梅怎么了？"孔森问道。

"被老爷命人狠狠打了她一顿，赶出冯府了。"长根叹道，"一个下人被主家赶走，名声就坏了，很难再找到下家做工。听说她没过多久就去世了。"

你发现冯伊曼眼里已经起了水雾。

"都是我太任性了。"冯伊曼哽咽着说道。

孔森评论道："总感觉冯老爷做过了。"

"父亲也是为了我好，我离开玻璃房很有可能会染病而死。"冯伊曼擦干眼泪，"父亲想用小梅当教训，彻底打消我出去的念头。"

"做下人就是这样，小梅是命不好。小姐不必自责，快尝尝糖吧。"长根道，"是我的错，我就不该提起这件事，小姐你和几位先生继续聊聊案子和瘟疫吧。"

你点了点头，开口道："伊曼，我和沈冰淼现在搜罗了不少病例，虽然还未找到源头，但已经有了点眉目。"

"你们知晓它的传播途径了吗？"

"传染病的传播途径无非就那几种。"你道，"比如日常生活中的接触，患者与健康人接触，使得病原体传播，但国人是内敛的，日常生活中少有拥抱和亲吻。"

"会是飞沫之类吗？"沈冰淼问道。

"不太像，目前的病例显示，此病不是家中有一人生病立刻就会蔓延到全家，但依旧不排除唾液中含有病原体。"

孔森问道："还有别的吗？"

"还有食物，很多食物都是细菌的寄生场所，特别是生鲜食物，中世纪出现过一种叫作'圣安东尼之火'的瘟疫，患者的身体会长满红斑，然后生出疮疤，手指和脚趾会一个接一个地脱落。而这种瘟疫的源头就是受到了真菌污染的黑麦。"

"但现在是冬天。"沈冰淼说道，"冬日鲜货本来就少，而且气温低食物也更容易保存。我询问过病人们发病前吃过什么，各种各样，没有什么共性。"

虽然你失忆了，但此刻脑海中的知识却一一浮现。

"还有就是通过宿体，如苍蝇、蟑螂、老鼠等传播的，这些宿体通过不同的方式接触到食物或者人体来传播疾病。"

孔森问道："这种就和东北鼠疫一样吧？"

你点点头继续说道："对，所以要解决东北鼠疫最重要的就是灭鼠，消灭一切能传播鼠疫的动物，就能控制住疫情。"

"你觉得会是水源吗？"冯伊曼猜测道。

"伊曼，你了解传染病的传播途径？"虽然她已经向你展示过丰富的学识，但你还是有点惊讶，你记得她对西医并不了解。

"中医中也有相关表述，而且很多文人笔记内也会有一些医学内容。"冯伊曼解释道。

"伊曼你为什么认为是水源？"你对她的猜测很感兴趣。

"因为人人都需要用水，还有不少人饮用生水，这不就是一种隐患吗？"冯伊曼说道，"此外，还有不少人的笔记中提到，江南一带的水源并不干净。"

沈冰淼不解地问道："尧兴并不缺水，居民难道还会用不干净的水吗？"

"尧兴是江南名城，但平民的生活环境依然脏乱不堪。不单是尧兴人，江南人都习惯在河中洗涮粪桶。粪桶里的粪倒给运粪工后，居民会在河中冲刷空桶，洗净污秽。而且运粪船在河中来回穿梭，也难保粪便不泼漏河中，污染大众的水源。"冯伊曼说道。

"但是普通人家也很少直接用河水，我们还有那么多水井呢。"长根带着尧兴人的自傲说道。

"但你们会在河边淘米、洗菜、梳洗乃至游泳、嬉戏，而且不是所有人家都有自己的水井，而是好几户人家共用一口井，打水不便时，很多东西都是先在河里洗净，然后用井水过一遍。"冯伊曼说道。

你说道："没错，一些传染病的病原体存在于人类粪便中，粪便污染水源导致瘟疫蔓延，这种传播方式在农村或者城镇中是比较常见的。"

"如果真是这样，流动的水怎么切断？"沈冰淼不安地问道。

"如果确定这次瘟疫的传播途径真的是水源，那么号召所有人饮用烧开过的水，用井水之类的干净水源清洗食物。然后用石灰掩埋病人的排泄物，避免再污染水源。"你说道。

沈冰淼仿佛看到了曙光一般，露出了微笑："那我们如何才能确定呢？"

你皱起了眉头："光从症状，很难下结论。伤寒、霍乱这类常见的传染病都有类似症状。但那些病又不会导致精神失常、谵妄、亢奋……这次的瘟疫，不太像是现已查明的任何一种传染病。"

"伍兄，你说的举措需要整个尧兴城一起推动，没有依据怎么办呢？"沈冰淼也皱起了眉头。

孔森建议道："先找些样本送去检验如何？"

"难道之前没检验过吗？杭州或者上海应该有西医院吧？"你问道。

"哦哦哦，我这就去做。"沈冰淼的脸色一时间变得煞白，"对不起，这是我的疏忽。"

"对了，孔兄，你有尧兴城的地图吗？"你问孔森。

"有，而且本人就是一张活地图。"孔森回答道。

你拿出沈冰淼的笔记本，将自己的想法告诉了他，希望他能在地图上标注出病例的位置。

出乎你的意料，孔森向冯伊曼要了纸笔，居然只花了五六分钟就画出了一张简图，并把病例标了上去。

"没有找到沿河或者沿路的感染路线，我们是不是出错了？"沈冰淼端详着那张刚画好的简图，若有所思地说道，"图上的病例星星点点的，确实找不到规律。"

"还是有规律的。这里和这里。"孔森用笔点出两个地方，"都是贫民区。"

"但两个贫民区距离比较远，而且这可能仅仅是巧合，本来穷苦人沾染瘟疫的可能性就比普通人大得多。"

冯伊曼出言提醒道："各位，你们一直在慈善堂内找病例，那找到的肯定都是穷苦人，我觉得还有不少病人隐藏在市井之中，不如去问问尧兴城内的大夫，再上门拜访病人家庭，收集更多的病例。"

你点了点头："如此一来，样本就足够丰富了。"

"瘟疫的事情有些眉目了，赵三中毒的案件呢，不知冯小姐有没有什么思路？"孔森又问道。

冯伊曼轻轻摇了摇头："关于毒杀案，我也没有什么想法。但我觉得你可以调查下赵三本人的情况。所有人都喝了符水，只有赵三出事，有可能不是符水的问题，而是赵三本人的问题。"

长根见他们没有什么新话题了，赶紧说道："好了好了，你们留点时间给小姐吃午饭吧。不要打扰小姐的午休了。"

"那……冯小姐，我们就告辞了。"沈冰淼说罢脚下生风，有些失态地往楼下跑去。

他应该是急着去取样本和调查病例了。

你从绣楼下来，又回望了二层一眼，看着长根搬走楼梯后，才回到自己房内。

热水壶里的水已经温了，大抵是因为陈妈走后，没人替你续上热水。

你只能泡了一杯温茶，慢慢地啜着，啜完满满一杯，你下定了决心，走向冯镜明的书房。

"贤侄，你的脸色似乎不太好。"你一走进冯镜明书房，他便对你说道，"你大病初愈，不可以过度操劳。"

你恭敬地说道："伯父，您对现在城内的瘟疫有什么看法吗？"

冯镜明淡淡说道："无非是寻常时疫罢了，尧兴城每逢换季，总有些时疫。"

你将新得来的信息告诉了冯镜明，再次请求他介入，试验他的新药是否能用于治疗瘟疫。

"我已说过并非是我不愿意，而是药物研发确实出了问题。"

"我相信叔叔绝不会把解决鼠疫的希望放在虚无缥缈的事情上。"

你认为叔叔一定知道冯镜明的药物对瘟疫有效，而且有量产的途径。

你的话说得有些重了，只能在举止上更加恭敬。

"你叔叔伍术之是大才。他曾先后在英国利物浦热带病学院及法国巴斯德研究所进修。我和他相交也是在法国巴斯德研究所。"冯镜明说道，"我曾邀请他加入我的研究，但他没有接受，这我之前说过。因此，他了解一些我的研究工作，却不全面。你以为凡是药品皆能救人性命吗？那种药与你想象的可不一样，它可能是打开地狱之门的钥匙，那时，你会是最后悔的人。"

"真的没有可能吗？"你不甘心地又问道。

"药物的副作用一直都没得到解决，等等将来吧。你见过伊曼，应该知道她的病了，如果药物能投入使用，我何苦一直圈禁着她。"你发现他的眼神渐渐寒了起来，就如同这冬日一般，"'白日逢人多是鬼，黄昏遇鬼反疑人。人死满地人烟倒，人骨渐被风吹老。'这是师道南的《死鼠行》，诗中描绘了地狱般的场景，而诗人最后也患上鼠疫而死。如果药品真的有效，我又如何会藏私？这世上人命为贵。"

"伯父……"你有些愧疚地说道。

"你也不要放在心上，我知道你的职责，尧兴的事让你压力很大，难免会做出一些不妥当的事情。"冯镜明安慰你道，"江南繁荣，人口稠密，尧兴瘟疫常以霍乱、伤寒、痢疾等肠胃道传染病为主，传播途径上，水传播确实是最主要的途径。你的思路没有错。"

得到冯镜明的认可，你心里稍稍好过了一些。

"不要急躁。"冯镜明对你说道，"世上的事都有解决之途，一步步的积累总可以到达彼方。"

你得了冯镜明的教诲，无奈地退了出去。

抬头望向后面的绣楼，你心里涌出一股难以遏制的冲动，想再去见见冯伊曼。于是你避开冯家其他人，又回到了绣楼。

冯伊曼正坐在椅子上，含着扯白糖，悠闲地看书。她对你的返回似乎早有预感，没了之前的慌乱。

"又有什么事吗？"

"伊曼，你知道冯伯父的研究到哪一步了吗？"你问冯伊曼道。

冯伊曼眨了眨眼睛，扑哧一声笑道："你为什么觉得我会知道呢？我是一只被囚禁在鸟笼里的鸟，甚至连父亲具体是做什么的都不知道。不过……"

你赶忙问道："不过什么？"

"不过在我儿时，父亲曾对我说起过，他在研究一种药物，如果研究成功，就能让我自由，那时，我还用过不少苦药。然而这一两年就没有了，想来是研究陷入了瓶颈。"冯伊曼猜到了你的用意，"难不成你来尧兴就是求药？"

你点了点头，长叹一声，与她说了当下的困难。

冯伊曼望着你的眼睛，你的眼神也挪不开了，直勾勾地回望向她清澈的眼睛，听着她的低语。

"被拒绝一两次而已。"冯伊曼悠悠说道，"你叔叔让你来尧兴，自然有他的打算，你应该相信他的判断。我父亲做事常追求十成十的把握，难以容忍瑕疵。可对病人而言，先保住性命才是最要紧的，后遗症的眼盲耳聋，乃至不良于行，都可以在之后考虑。医学发展的道路就是不断试错和修正的道路。倘若不去尝试，就不会有进步。你只需要做你觉得对的事情就够了。"

你得到了鼓励，眉头渐渐展开。

不知不觉之间，你将手按在了隔绝你和冯伊曼的玻璃上。而冯伊曼的手恰好也放在那个位置。看上去，你们的手似乎紧紧贴在了一起，宛如一对恋人。

你意识到了这点，就如触电一般，把手缩了回来。

手如着火般发热，你的脸也随之发烫。你匆匆向冯伊曼告别，回到了自己屋内。

这一次的相处让你久久不能平静下来，以至于一下午头脑都在发热，未能干什么正事，又晕晕乎乎地用了晚饭，早早入睡了。

尧兴的冬日阴沉冰冷。

你走出房间，行走在黑暗的冯府，北风呼啸声听起来十分尖锐。

你漫无目的地走着，却鬼使神差地来到绣楼。风似乎更大了，它灌入你耳内，似乎在诉说着什么。你听不明白它的语言。

你搬出楼梯，爬上了绣楼二层。

绣楼内只点了一盏烛火，没有开灯，跳跃着的烛火宛如赤链蛇的蛇头。昏黄的烛光将屋内的一切都染上了一层淡金色，清冷之下，居然还带着丝暖意。

她站在屋内，在烛火的照映下，双颊绯红。

你没有说话，径直走向她。

玻璃没有阻隔你，你融入玻璃之中，穿过了这道屏障，仿佛到了另一个世界。

此刻，你如飞蛾扑火一般，已经难以自控。

她脸上绽放出一个灿烂的笑容，似乎有一道光直接射入你灵魂深处。你盯着她的眼睛，融化在她的眼眸里。

你不敢动了，她却走近了你，气氛开始变质，你感到什么柔软的东西靠在了你的身边。

于是你张开了双手，将那具身体拥入怀中，就像要将她揉碎了纳入体内。你低头看到她裸露的脖颈，肌肤犹如牛奶般莹润透亮。

你的呼吸越发粗重，她轻轻推了推你，你才恋恋不舍地松开她。

然后，你感到有一条微冷的舌滑入了口中，你在唇齿之间尝到了麦芽糖的香甜，便开始贪婪地攫取她的气息。

你知道自己是在做梦，甚至不明白自己为什么会做这样的美梦。

这是一个荒唐、旖旎的美梦。朦胧中你看到她脚踝处套着一个精致的小金镯。

烛火灭了。

幕间
愚人船的囚徒

威尔斯犹在梦中，他看到自己手中释放出火焰，自己身上全是硫黄的气味，然后眼中只剩一片鲜红。

威尔斯恍然抬头，看到一张如花的笑脸，恋人的笑脸在阳光下闪耀，这使得他的痛苦得到了缓解。

然后，梦醒了，他又回到痛苦的现实之中。

"威尔斯，我可怜的朋友，你怎么样了？"

威尔斯一睁眼，便看到挚友霍华德正关切地看着自己。

"我见你睡得不安稳，是伤口又痛了吗？"霍华德紧紧握住威尔斯的手问道。

"我只是做了一个梦。"

霍华德将酒送到威尔斯嘴里："那恐怕是一个噩梦吧。"

威尔斯喝了一口酒，稳住自己的心神，将酒杯放到床头柜上。

环顾这个小小的房间，他何曾住过这样破旧的旅店，家具满是油垢，墙角生着密密麻麻的霉斑，墙上的画是廉价的印刷品——昏黄得看不出是日出还是日落，看不明白是在海边还是在湖边。而空气中是腐臭味、伤药味、香水味混合的气味。

如果不是威尔斯的一时冲动，他们绝不会落到这个地步。

威尔斯，伦敦的银行家之子；霍华德，一位茶叶商人之子。他们都在剑桥大学就读文学专业，并在一场舞会上遇到了厄弗里蒙得侯爵的小女儿梅丽。

在与梅丽共舞后，威尔斯告诉霍华德，他的世界被点亮了。

霍华德虽不以为然，但也不得不承认，梅丽的确美得让人窒息。

她那双墨绿色的眼睛，宛如两颗宝石，闪动着青春、热情的光芒。她的睫毛并不长，但又密又黑，让双眼似蒙着云雾一般，朦朦胧胧的。还有那金色的长发，披散在身上，像一股小瀑布一样，金光闪闪。

从初遇之后，威尔斯就对梅丽展开了猛烈的追求，像一只扑火的飞蛾。

这是他的初恋，从他心底燃起的爱欲之火差点将他烧成灰烬。

霍华德也颇有微词，自从威尔斯遇见梅丽后，他们一起看舞台剧、打球、参加舞会的时间便减少了。但作为威尔斯最忠诚的朋友，霍华德仍然支持着好友的恋情。他帮着威尔斯创作情诗，搜罗城里的新鲜玩意或者有趣消息。

但威尔斯的恋情并不顺利，最开始梅丽根本没有注意到他，即使后来她终于注意到威尔斯的存在，但威尔斯仍只是众多追求者中的一员。

威尔斯的众多情敌中，就属埃德蒙最可恶。

两人可谓是针锋相对，水火不容，可也正是因为两人的激烈竞争，使得他们在众多追求者中脱颖而出。这两人都觉得自己只差半步便可赢得佳人芳心，因此他们爆发了多次冲突。

最后，为了避免梅丽继续处于两难之地，同时也为了三人的颜面着想，埃德蒙提出"以决斗解决恋爱纠纷"的方案。

埃德蒙似乎有法国血统，对决斗很熟悉。

决斗自中世纪兴起后就是解决各类纷争的首选，无数骑士、贵族为自己的主公或爱人义无反顾地走上决斗场，为决斗增添了一丝悲壮与浪漫。但由于决斗的危险性，它早就被多国令行禁止。

可还有什么比为信念触犯法律显得更浪漫呢？

因此决斗在欧洲依旧屡禁不止。

威尔斯和埃德蒙都是被爱情冲昏头脑的年轻人，他们不懂生命的可贵，也不懂什么是痛苦。二人一拍即合，他们购买好了用于决斗的枪支，同一工厂的同一批产品，在决斗当日再打开密封的箱子，两人凭运气各选一支。决斗场地定在伦敦郊区，时间则定在一个月后。两人就用这一个月的时间锻炼身体，苦练枪法。

决斗前一天，两人向学院请了假，各带一名助手，坐车来到郊区。

威尔斯的助手自然是霍华德。

那天早晨，天空阴云密布，好像随时都会下雨，但两人都没有更改时间的打算。

两人取了枪，埃德蒙的助手丈量好两人决斗时的站立距离，霍华德复核后，两人背对着背站好。

在确认两人都准备完毕后，霍华德通过发令枪发出信号，两人一起转身向对方射击。

威尔斯一边跑动一边射击，第一枪就打偏了。

埃德蒙也未射中。

弹匣里面的子弹有限，一共五颗，谁先停下来装弹便会陷入劣势，因此最好是在五颗子弹内就击倒对手。

威尔斯枪法不精，一连三颗子弹都落空了。

他开始找掩体，准备节省子弹，看准机会再开枪。

埃德蒙也发了两枪，其中一颗子弹擦伤了威尔斯的肩膀，但他似乎抱着同威尔斯一样的打算没有继续进攻。

在对峙阶段，威尔斯突然感到脸上有些凉意，随后大雨倾盆而下。

两人立刻被浇得浑身湿透。

大雨严重影响了他们的视线，风将雨滴吹进威尔斯的眼睛里，威尔斯只能半眯着眼睛。眼里的水越来越多，他几乎快看不清外面了，迫于无奈，他只能用手去擦眼睛。他才刚抬手便听到了枪响。

埃德蒙冲他开枪了。威尔斯的心提了起来，他意识到现在的局势对他不利。

尽管雨是公平的，但风并不公平，埃德蒙在背风侧，他的视线比威尔斯清晰得多。

然后又是一枪，子弹击中了威尔斯的左臂，剧烈的疼痛让威尔斯呼吸一滞，他左臂使不上一点力气，似乎被打断了骨头。

天上响起一阵闷雷，掩盖了威尔斯的惨叫。他向埃德蒙的方向胡乱开了一枪，然后狼狈逃窜。

在战场上，将后背留给对手是件愚蠢的事情。

埃德蒙手里的枪又响了一下。

威尔斯应声倒地，他腰部中了一枪。

——我要死了。

威尔斯满脑子都是这个念头，他挣扎着看埃德蒙靠近自己。

然后，威尔斯愣住了，因为埃德蒙露出微笑，开始慢悠悠地填弹。

是了，他的子弹都发射完了。可为什么他会这么从容地填弹？

威尔斯在疑惑中举起了枪。他的枪法虽然不如埃德蒙，但他每年也会跟随长辈去猎鹿，对他而言，打固定靶并没有什么难度。

威尔斯最后的子弹射入了埃德蒙的胸膛，埃德蒙难以置信地低头看了看自己的胸膛，倒在了泥地上。

埃德蒙的助手连忙跑到他身边对其展开急救，但威尔斯的子弹正中他的胸膛，击碎了里面的内脏。

另一边，霍华德也来到威尔斯身边，抱起威尔斯离开了决斗场。

到这时，威尔斯才反应过来，他获得了胜利。

然后他意识到，埃德蒙反常的举动极有可能是因为算错了子弹数。那几声雷鸣被他当作了枪响，他以为威尔斯的五颗子弹也射尽了，所以才会悠哉地填弹。

霍华德带着威尔斯去诊所处理好了伤口，威尔斯身上的伤几乎全是皮外伤，腰部的伤口看起来吓人，但没有伤到内脏，耐心地休养几个月就能恢复正常。

霍华德带着威尔斯回到了伦敦，次日，他们收到消息，埃德蒙不治身亡。

噩梦由此开始。

在这个时代，决斗是违法的。

威尔斯本可以用正当防卫的理由脱罪，但埃德蒙家中的长辈不愿放过威尔斯。他们利用自己的影响力，想将威尔斯送上绞刑架，最不济也要将他丢进监狱。

幸好威尔斯提前收到了消息，才从警察手下逃脱。霍华德带着威尔斯逃往荷兰暂避风头。在仓皇出逃中，威尔斯的伤口开裂，伤情恶化，导致他陷入了长期的低烧中，伤口边缘也渐渐发黑，发出脓臭味。

霍华德每日为威尔斯清理伤口，但他的身体仍然日渐一日地衰败下去。

看着处于痛苦之中的好友，霍华德不由自主地开口道："怕是梦到了你的那场决斗，我的朋友，它的阴霾似乎一直笼罩着我们，未曾离开。现在想来是否荒唐。你不应该……"

威尔斯有气无力地打断霍华德的话："至少我获得了胜利，多年之后，梅丽想起我，我仍是她最忠诚的爱人。"

霍华德撇开头，不教威尔斯看到他忧心忡忡的表情。

次日，霍华德将威尔斯安顿到了一间条件不错的旅店，让威尔斯好好休整几天。

威尔斯感到疑惑："我们不赶路了吗？"

他们这几天从报纸上得到消息，针对威尔斯的通缉令都已经发出了。

"逃亡是为了活命，如果因为劳累和伤病死在路上，那这逃亡就毫无意义。"霍华德对威尔斯说道，"放心吧，我会安排好一切的。"

听了这话，威尔斯躺回床上，这几天，他由于疼痛和发烧睡不了几分钟，很多时候只能靠烈酒麻痹自己，强制自己昏睡过去。

威尔斯安心地休息了两天，气色也好了一些。一切似乎都在向好的方向发展，直到午后，一位不速之客打破了这份平静。

"你这个该死的小畜生。"蒂姆·沃森大步流星地推门踏入威尔斯的房间。

"舅舅……"威尔斯喊了一声。

来人正是威尔斯的舅舅，他母亲唯一的兄弟。比起父母，威尔斯与舅舅的关系更亲密一些。他母亲十六岁时嫁给了时年四十一岁的银行家，次年就有了威尔斯。威尔斯的父亲算是老来得子，相当疼爱威尔斯，但两人年龄差距太大，父亲工作太忙，父子之间总有一道若有似无的隔阂。威尔斯更乐意同舅舅亲近。

沃森掀开威尔斯的被子，看了看外甥的伤口。

"沃森先生，请您轻一点。"霍华德提醒道。

沃森满不在乎地说道："没关系，如果他前几天都没死，那就不会因为我这几下再出什么问题。"

可他看了威尔斯的伤口后，也沉默了。

沃森从兜里掏出烟来，点上一根，很快屋子里满是淡蓝色的烟雾。

"你们该早一些找我。"沃森说道。

威尔斯看了一眼霍华德。他们两人其实还是孩子，在惹出麻烦后，第一时间并没有想着向家长们求助，反而有些害怕见到家长。霍华德处理不好威尔斯的伤势，才联系上了沃森。接到消息后，他马不停蹄地赶来探望这个闯下大祸的外甥。

"舅舅，没那么严重吧，我去外面躲几年就好了。"

"哼，我愚蠢的外甥。"沃森没好气地说道，"你可没几年的时间了，我说的不是你的案子，而是你的伤。"

"多找些医生，安静养几天就可以了吧，之前诊所的医生是这么说的。"霍华德紧张地说道。

沃森追问道："他是什么时候说的，在哪儿说的？我倒要看看是哪里来的庸医。"

沃森参过军，知道这种伤口的危险性，有多少健壮的小伙子就是因为小小的伤口而死。

"伦敦暂时是回不去了。"沃森狠狠地吸了口烟，把烟蒂按灭，"先在这儿待上几天，我来想办法，三天之内，我一定回来。"

沃森走过去握了握外甥的手，转身离开，如他来时那般干净利落。

到了第三日，沃森果真回来了，他还带来了一位面色阴沉的医生。

威尔斯的情况在这三日间陡然恶化，他觉得自己的大脑就像被烂棉絮所填充，长期处于混沌之中，不时传来阵痛，口中唾液发苦，不管喝多少水，都觉得自己的唾沫是发黏的，就像含了一只蟾蜍在嘴里。他整夜睡不着，只觉得有各种斑驳的影子在他周围晃荡。

霍华德彻夜陪在威尔斯身边，每当威尔斯做噩梦时，他都细声安慰威尔斯，可威尔斯的惊恐并未减缓，难以保持睡眠的他，双眼中弥漫着如细密渔网般的血丝。

医生为威尔斯检查了伤口，面色变得更加阴沉，似乎想给威尔斯宣判死刑了。

但他在沃森的请求下仍然替威尔斯处理了伤口。

在酒精的麻醉下，威尔斯被捆在床上，由医生用利刃剐去伤口边上的腐肉。期间威尔斯痛得晕了过去。

医生离开后，沃森让霍华德锁上房门，趁着威尔斯还在昏迷中，沃森从随身携带的手提箱内找出一个小玻璃瓶和一个注射器。

玻璃瓶内是只有半满的透明液体，这个瓶子出现后，房间内的温度都仿佛低了好几度。

这个瓶子让霍华德感到一股莫名的恐惧，他不由自主地发颤并恶心，身上每一根汗毛都立了起来。

沃森抽取了一些液体，在威尔斯干瘦的手臂上摸索血管。

"等等，"霍华德紧张地质疑道，"你要干什么？"

沃森犹豫了一下，露出一个苦笑："我可能在和魔鬼做交易，但还能怎么办呢？"

他将可怕的药液缓缓推入外甥体内。昏迷中的威尔斯并未意识到自己的命运就在此刻被改写了。

"让他休息一天，然后我们出发。"沃森说道，"我找到了一条船。"

"我们不会被发现吗？"霍华德问道。

"我已经付过钱了。"

但他又说道："那不是普通的船，而是一艘愚人船，你们两个要扮作疯子。"

愚人船是真实存在的魔鬼之船。

几百年前，疯子会被教会视作魔鬼的载体。因此疯狂不单单会毁掉一个人，还会使一个家族蒙羞。即使现在当局也不可能任由疯子在城中游荡。

愚人船就应运而生，人们将疯子送上船，让船载着神经错乱的乘客在各个城市间航行，由于大部分时间，疯子们都在水上，所以他们能造成的混乱是有限的。

当愚人船停靠时，当地政府会提供有限的食物和药品。

为了生存，一些愚人船也做些走私的行当。

沃森从一名船主手里花钱买来了三张船票。

威尔斯昏睡了一段时间，等他清醒过来，便感到头疼欲裂。他发现自己正躺在一个狭小的房间内，这个房间比他以往待过的都要小，如同囚室一般。单单是待在这里，他就有一种莫名的恶心感。

突然，整个房间震动了一下，未关紧的房门被震开，似乎有个人影在门外徘徊。

"霍华德，你是吗？"他问。

没有回答。

他再度问道："我的朋友，是你吗？我们现在在哪儿？"

依然没有回答。

威尔斯有些不安，但由于虚弱，他躺在床上无法动弹。他想是不是他们已经被发现了，或者更糟，有人想把他交给当局。凭他现在的身体状况，他们只要把他丢进监狱，不消两天就能收获一具尸体。

门被潮湿的风吹开了一些。

威尔斯发现门前站着的是一个陌生的年轻女性。她肤色白皙，五官姣好，就像是玩具商店里精美的陶瓷娃娃，但神情呆滞。当威尔斯喊她时，她才微微转过头，看了威尔斯一眼。

然后，这个奇怪的女人被一群男人抓住了。她虽然不情愿，但没有发出一声叫喊，仿佛是个哑巴一般，被拖走了。

男人们带走这个女人前，又将威尔斯房间的门掩上了。威尔斯眼见着暴行发生却无力阻止，又昏睡了过去。不知过了多久，威尔斯才又清醒过来，这次他听到了熟悉的声音，是沃森和霍华德在不远处交谈。

"沃森先生，您真的要把威尔斯送到……"霍华德的声音中满是忧虑。

"你已经知道了？我劝你不要把目的地告诉他。"

"可他有权知道。"

"我得让他活着，你是想让他死吗？他的命运不在他自己手上。不要告诉他。"

——威尔斯心想这个"他"应该就是自己，脑中浮现出不好的预感。

"沃森先生，您这是要将他送给魔鬼。"

"魔鬼，呵，死亡比满是魔鬼的地狱更恐怖……"

两人的对话终止了，威尔斯忙闭上眼睛假装昏迷。沃森和霍华德推开门进来，霍华德拿着毛巾开始替他擦拭身体。

威尔斯强忍了一会儿，才慢慢睁开眼睛，装成刚刚苏醒的模样。

见威尔斯醒了，霍华德惊喜地为他拿来了流质的食物，沃森在一边盯着威尔斯，似乎在观察着威尔斯。

沃森问道："你有什么不舒服的地方吗？"

"伤口还是有点疼，但比之前好多了。"威尔斯想了一下，又说道，"但我觉得有些头晕。"

"除了头晕，你还有什么感觉吗，比如眼底发酸、思维混乱之类的？"

"没有，难道我该出现这些症状吗？"威尔斯惊恐地问道，"舅舅？"

"我只是担心你，你有什么问题一定要立刻告诉我。"

"好的，舅舅。"威尔斯又问道，"我们现在要去哪儿？"他想知道此行的目的地，为什么他们会担心自己宁死也不愿去往那边。

"去我一个朋友那儿。"沃森别过头说道，"他医术高超，能保住你的命，之前的处理只能缓解你的伤势。好好休息吧，我先出去了。"

威尔斯注意到他亲爱的舅舅临走前给霍华德使了眼色。

狭小的房间内剩下威尔斯和霍华德单独相处，可任凭威尔斯如何套话，霍华德只是重复沃森的说辞。威尔斯心中的不安不减反增，搅得他心神不宁。

到了晚上，尽管他浑身如有千万只蚂蚁噬咬般难受，他仍咬牙从病榻上爬了起来。

夜色深沉，威尔斯摸索着打开窗户。

窗户和房间一样小得可怜，他折腾了好一会儿才打开一条缝。

月光从缝隙间洒进房间，使房间一角散发着淡淡的幽光。威尔斯倚着墙休息片刻，他的呼吸声在房间内回荡，响得就像一个破旧的风箱。

等他休息够了，便推开门走到外面，外面的月光变得更亮了，他的影子被拉得又细又长，仿佛要被拉断。

到了外面，威尔斯才明白那种怪异感从何而来。原来他待在船上，一直都在移动。

黑乎乎的水面上方笼罩着一层白雾，水面倒映出的月亮变得模糊、扭曲。这艘船就像一个巨大的怪物趴在水上。

威尔斯想知道这是一艘什么样的船，便向下走去。他趴在隔壁舱室的门上，透过钥匙孔往里面看。

舱室里坐着一个身形单薄的女人。

她没有入睡，而是坐在月光下，不知道在干什么。威尔斯调整偷窥的角度，才认出这是曾在他门前出现过的女人。

在昏暗的背景下，女人面对着墙，梳理自己的头发，她的头发又长又密，宛如来自中国的丝绸。但诡异的地方是，她面前只有一堵墙，她却还做出种种姿态，仿佛正在照镜子。而且，女人手中并没有梳子，她亦未用手指梳头，而是拿着根本不存在的梳子对着根本不存在的镜子梳头。

这景象让威尔斯头皮发麻，一股寒意从骨髓蔓延至全身。他挪动双腿走向下一个地方。他想找到休息室、水手值班室，同正常的乘客或者水手交谈，弄清楚这是一艘什么样的船，他们要去往何处。

接下来的几个船舱都很普通，里面的人似乎都睡了，只有死一般的寂静。

然后，威尔斯来到一个船舱前，他尚未窥视，便闻到一股恶臭，透过锁眼，他看到里面堆满了各色垃圾，这些垃圾被有意识地堆成一个半球，造型有点类似巨鸟的鸟巢，鸟巢中央窝着一个骨瘦如柴且面目狰狞的生物，这生物佝偻着身子，皮肤上满是指甲抓出来的伤痕，勉强能看出人形。

威尔斯强忍着不适，走向下一个船舱。深吸一口气，他弯下腰，贴近冰冷的锁眼。

一张血红色的丝线布成的大网出现在他眼前，这是一只可怕的眼睛。

这只眼睛一直窥视着外面。

威尔斯发出一声尖叫。他绷紧的心弦终于断了，这恐怖的轮船似乎载着地狱的一角航行在世界上，而他只是误入的羔羊。

伴随着威尔斯惊恐的尖叫，里面发出了巨大的撞门声，就好似噬人的怪物想破门而出。

不规则、猛烈的撞击也撞到了威尔斯脆弱不堪的心脏上，他发疯一般仓皇逃窜。

"舅舅，舅舅!

"霍华德，霍华德!

"你们在哪儿？"

他发出无助幼儿般的呼救声。

而尖叫如同烈性传染病一般在船上扩散开来，所有的舱室都在发出响声，有的是尖叫，有的是嘶吼，还有分不清是哭还是笑的怪声……

不知从何处伸出一只枯槁的手，抓住了威尔斯的脚踝。

威尔斯手足无措，他想要抽出脚，结果却用力过猛，整个身子意外撞向了栏杆。威尔斯身材高大，栏杆竟没拦住他。

他跌入了寒冷的水中。

他不住地挣扎，却还是在渐渐往下沉。

在沉入水底之前，威尔斯耳畔响起了嘈杂的人声。

"有疯子逃出来了！"

——我算是疯子吗?

"有人落水了！"

——对，快来救我！

"快点救人！"

——对，快来救救我！

威尔斯被水手托出水面，放回到甲板上。他身上沾满水藻，伤口似乎有撕裂的迹象，殷红的血液混着河水滴落在甲板上。

霍华德扑到威尔斯身边，查看他的身体。

"他会死吗？"霍华德紧张地问道。

沃森打量了一下这个不让人省心的外甥："暂时死不了，但伤更重了。"

"那药呢，还有吗？"

沃森叹了一口气说道："我只拿到那些。那东西只能在研究所使用，必须早点到达那里。"

"威尔斯怎么办？"霍华德不安地问道。

"我会让他撑过去的。"

"早知道会这样，我们就不该让他独处。"

"那我们能待在哪儿？"是沃森的声音，"正常的舱室只有一间了，你总不想让他同我们一样和疯子们待在一起。"

"可他已经见过疯子了。"

威尔斯再次从床上惊醒，他深切地感受到自己还活着。或者说，他感到自己正被可怕的魔兽放在血盆大口中细细咀嚼，每一丝肌肉每一根骨头都发出哀鸣，以至于威尔斯一醒来就开始呻吟。

然后，有什么冰冷的东西被塞到了他的嘴里。

沃森拍着威尔斯苍白的脸颊："吸吧，吸吧，把这些烟雾吸到肺里，这能让你好受点。"

威尔斯下意识服从舅舅的命令。

一股呛人的烟雾直接闯入他的肺部，让他剧烈地咳嗽起来。

"不要再折磨他了。"霍华德紧张地推开沃森。

威尔斯伏下身呕吐，吐出了一些胃液和胆汁，狭小的船舱弥漫着一股怪味。沃森无奈地走出舱室。

霍华德轻轻抚摸着威尔斯的额头，安慰威尔斯。

"告诉我这里是什么地方，我们又要去往何处？"

霍华德告知了威尔斯一部分真相。但敏感的威尔斯也意识到，如果仅仅是一艘愚人船的话，他们根本没必要隐瞒他这么久。可霍华德不愿意多说了。

威尔斯躺在床上，仰着头，直愣愣地望着天花板，他的大脑已经无法思考了。

木质天花板的一角油漆已经剥落，露出眼球一般的木纹，仿佛正直勾勾地盯着他看。威尔斯盯得越久便越觉得那就是一只眼睛，这只眼睛空洞的瞳孔外是一圈又一圈的扭曲纹路，仿佛要吸走威尔斯的灵魂一般。

威尔斯开始失神尖叫。

霍华德手忙脚乱地想用毛巾堵住威尔斯的嘴，却弄得自己全身上下都是威尔斯的唾沫和呕吐物。

威尔斯开始不时地昏迷，清醒时，则会忍不住呻吟和尖叫。

所幸沃森还是以拯救者的姿态回来了。他看着威尔斯因为痛苦而扭曲的五官，立马从包里拿出了注射器。

"是那个吗？"霍华德问道。

不，不对，霍华德没有感受到之前那种奇特的感觉。他瞥到沃森手中的玻璃瓶上标注了吗啡。

沃森完成了注射，威尔斯渐渐归于平静。他的大脑正因为这些化学物质癫狂。他眼前的一切都变得飘忽、虚幻起来，不可思议与难以名状的幻象在他心中接连出现，他感到自己被一股糖浆淹没了，暂时感觉不到痛苦和疲倦了，所有负面的感受在一瞬间被搅碎了。

沃森把药品和注射器塞到霍华德手里："当他不舒服的时候就给他来一点。"

"这不会有副作用吗？"

沃森不以为意："比起他的最终归宿，这点副作用又算得了什么。"

霍华德反感沃森的态度，但也不得不承认他说的没错。得益于吗啡的功效，威尔斯也终于能真正休息一会儿了。

就在这时，愚人船靠岸了，它短暂地停留，补充水和食物。

威尔斯恳求霍华德带他下船散散心。霍华德最不善于拒绝威尔斯，便瞒着沃森和威尔斯一起下了船。

愚人船的水手们在码头附近圈了一块空地，他们把船上的疯子也一个个带出来晒太阳。

霍华德只看了一眼他们对待疯子的方式，便后悔将威尔斯带出来了。

这哪里是什么愚人船，不过是个"别具匠心"的马戏团。

水手们将那些疯子驱赶进栅栏或笼子里展览，疯子们被套上了各种奇装异服，一些活跃、攻击性强、失去理智的疯子被打扮成猛兽关在笼子里，任由游客捉弄。更多的疯子则是瞪着无神的双眼蜷缩在角落瑟瑟发抖。

只要花上几个子儿就能见识到各色各样的疯子，看看人类崩溃后可悲可笑的模样。

多么扭曲、变态的娱乐。人居然能以如此残忍的方式对待自己的同类。

霍华德赶紧将威尔斯带回船上，可就在登船时，他们又遇到了一件可怕的事情。

几个偷偷溜上船的男人围在威尔斯隔壁舱室门口。

里面传出男人的笑声和女人的呼救声。

稍有正义感的男士都不会允许暴行在其眼前发生，不等威尔斯开口，霍华德就抛下威尔斯冲进了人群。

透过混乱的人群，威尔斯看到那个曾出现在他门前的女人正在剧烈挣扎。

男人们衣衫不整，女人的衣物已经被撕扯掉大半。

霍华德举起手杖朝那些男人恶狠狠地抽打下去，他就像一头猛兽亮出利爪尖牙，撕碎他的仇敌。

这群乌合之众突遭袭击，留下几摊鲜血和几枚碎牙便狼狈地逃走了。

男人们逃走后，女人又恢复了呆滞，她甚至不整理一下自己的衣物，让她可怜的衣服能勉强遮蔽身体。

而从她半露的胴体，他们能看到她小腹不自然的凸起。

这不禁让人思考，她是上船之前有的身孕，还是之后。

"上帝啊，疯病一定是魔鬼的造物。因为上帝绝不允许他的造物失去尊严，沦落到这种地步。"威尔斯颤抖着说道。

此事给予霍华德的刺激也一样大。他意味深长地、满是痛楚地回望了威尔斯一眼。

他们不是兄弟却胜似兄弟，就像同一棵树上抽出的两根枝丫，同个羊圈里的两只羊羔。威尔斯迅速理解了霍华德眼神中的含义。哪怕霍华德迅速收起了这种神态，但两人对于此事已经心照不宣。

当晚，威尔斯又实施了一次失败的逃亡，他虚弱的身体根本无法支撑这次可悲的逃亡。沃森在通道上捡回了威尔斯。

愤怒的沃森当即准备驱逐霍华德。

"你必须离开。"沃森朝霍华德喊道，"你的优柔寡断，正在杀死我的外甥！"

"你不能这样对待我和我的朋友。"威尔斯强撑着身体，对沃森说道。

"我当然可以，我是你舅舅。"

"可你要把我推入深渊。"威尔斯露出哭腔。

所有疯狂都会终结，但只是以另一种绝望代替这种绝望罢了。

"那是因为我爱你。"沃森说道，"尽管所有人都会死，但我愿意付出一切让你的死亡迟点到来。你们年轻人的爱太过尖锐，仿佛只有伤害自己才能表达自己的爱意。就像扑向太阳的伊卡洛斯，他戴上虚假的翅膀，明知道自己可能会迎来死亡，却还要继续飞翔。我可怜的傻外甥，你知道为什么人人都讴歌爱情的宝贵吗？因为绝大部分人都承受不了这种代价。而你付出的代价远比你想象得多。你的爱人，我真不想告诉你这个消息，她已经定亲了，而你不过是她的一段谈资，为她增添了一丝血色的浪漫，你或被称为情圣或被称为蠢蛋，但终将被遗忘。只有爱你的人才会为你肝肠寸断。想想你的父母吧，尤其是我那可怜的姐姐。"

想起母亲，威尔斯脸上露出了一丝愧疚。

"你是她唯一的孩子，你怎么舍得让她在悲痛中度过漫长的余生。"

威尔斯的脸色变得通红，然后又变得煞白。

"你母亲的不幸还远不止这些，等你死后，你年事已高的父亲会从自己的家族中选一个继承人，届时，你母亲必须在一个毫无血缘关系的陌生人手底下过活，变成一个可怜的寡妇，靠微薄的年金拮据地生活。你能想象吗？"沃森把难堪的现实摆到威尔斯面前。

威尔斯痛苦地颤抖着说："我母亲的钱不正是您的钱吗？"

"你是这样想的吗，是吗？"沃森情绪激动，"我的外甥，难道过去二十年间我对你疼爱都是假的吗？

"我对待你的方式不能归结于爱吗？如果不是，那你怎么看待你朋友的选择，他难道不是我的帮凶吗？难道比起你，他更爱我吗？因为你活着对我们来说就是一种慰藉。上帝早就根据我们的罪恶定下了刑罚，正如你将为一时的好勇斗狠而失去人的尊严，我因为对你的所作所为，而失去你对我的爱。你或许已经开始后悔了，但我不会。"沃森顿了一下说出了他的计划，"我会想尽一切办法，让你拥有一个孩子，一个孙子会让你父亲的心不那么冰冷，也会让我姐姐的晚年生活好过一些。"

威尔斯皱起了眉头，他无法想象自己现在这种状况怎么能拥有孩子。

沃森趁威尔斯处于混乱和内疚之际，又要驱逐霍华德，叫他立即离开。如此一来，沃森就能彻底控制威尔斯，让这场残酷的旅行少些意外。

威尔斯同霍华德含泪告别，最后提出了一个出人意料的请求，他希望霍华德能带走隔壁那位姑娘，做她的保护人，助她脱离炼狱。

沃森的第一反应是他这个外甥又被莫名其妙的爱情冲昏了头脑，但他很快就反应过来，威尔斯是将自身映射到另一个触手可及的同龄人身上，通过拯救她而拯救自己的一部分。

沃森知道那位姑娘，她被家人遗弃在这艘船上已经半年了。她曾患有严重的癫痫，为摆脱疾病，她接受了某种实验性的治疗，据说是用冰锥捣毁了前脑叶白质。治疗既成功又失败，成功在于癫痫消失了，失败在于术后她变得如行尸走肉一般，迟钝麻木，神情呆滞，任人摆布，仿佛处于无尽的虚无之中。

她的母亲难以忍受女儿变成这副模样，抑郁而亡。而她的父亲也在不久后逝世，心狠的亲戚将她丢上了愚人船。

次日清晨，霍华德带着那个姑娘乘着一艘小船离开了。

沃森用更大剂量的吗啡来暂时缓解威尔斯的痛苦。

而他的痛苦也即将结束，他们的目的地——克拉夫特研究所，终于到了。

这间伪装成疗养院的研究所坐落于河岸西边，远离城市和乡村。倒不是因为此间的主人生性孤僻，而是研究所因为其令人恐惧的气氛而遭到本地居民的抵制，不得已迁移至此。

沃森在船舷上远眺，透过墨绿色的树荫，他已经看到几间简陋木屋和一排蓝白色的砖瓦屋子了。

沃森回到船舱里，准备转移威尔斯。

床上的威尔斯脸白得像一张纸。他听到沃森的呼喊，缓缓睁开眼睛，黑眼珠往上翻，露出发黄的眼白，他的两颊深陷，嘴微微在动，急促地呼吸着，下意识嘟囔几声，作为回应。

直到沃森命人将威尔斯抬离床位，他才从吗啡带来的幻觉中苏醒，爆发了最后的反抗。

威尔斯如同真正的疯子一般大喊大叫，用手牢牢抓着床板，抠住地板。以至于事后，有人打扫船舱时，拾到了两枚折断的手指甲，它们像钉子一般紧紧嵌在地板缝中。

两个月后，威尔斯被人推上了审判席。得益于幕后的种种运营与交易，威尔斯逃过了死刑，又由于他令人胆寒的身体状态，他被允许监外就医，无须待在监狱之中。

数年后，威尔斯又在克拉夫特研究所所长的帮助下拥有了一个后代。

只是谁也没发现，目睹孩子出生的所长眼中闪过一抹炙热的光。

消失之物

咚咚咚……

咚咚咚……

门外传来了敲门声。

你努力地睁开眼睛，发现自己躺在客房的床上，边上并没有一具温暖的身体。

你脑海中只有一句话：一夜春梦了无痕。

"是谁？"你强撑着精神问道。

"用早饭了。"吴妈冷冷的声音从门外传来。

你挣扎着从床上爬起来，感觉浑身酸痛，全然不像睡了一整晚。

你拖着疲倦的身体来到饭厅，看到长根阴沉着脸。

你刚坐下，就听长根说道："你又偷偷去见小姐了？不要试图骗我，楼梯的位置不一样。我一眼就能看出来。"

你下意识脸上一热，害怕自己荒唐羞耻的梦被他人知晓。

没等你反驳，长根就黑着脸说道："伍先生，你要晓得分寸。我知道我不能怪罪你，但我就是忍不住，我不准你碰小姐。"

你想起来，你的确偷偷去见过冯伊曼，就在见过冯镜明之后。长根说的应该就是那一次。

长根抓起桌上的乌毡帽戴到头上，生气地离开了饭厅。

你能理解长根的愤怒，从而又感到无奈，你也希望能靠近冯伊曼，甚至有些羡慕长根，能肆无忌惮地待在冯伊曼身边。

今天，第一位来访的客人是孔森。

"伍兄，你没事吧，脸色很糟糕啊，是没有休息好吗？"一进门，孔森便问道。

"孔兄，你我相识以来，我的脸色有好过吗？"你不想让他人知道你的梦，便堵死了这个话题。

闻言孔森露出苦笑，摇了摇头："确实没好过，你还是要好好休养。"

你借机岔开话题："你这么早就来了，难不成这么快就有新发现了吗？"

孔森一拍手："还真是这样，俗话说，只要功夫深，皇天不负有心人。"

这两句本不该连在一起。不过你没有纠正孔森的发言，只是静静等着他的下文。

"得益于冯小姐的分析，问题确实出在赵三这个人身上。"孔森说道，"怎么样，我们再去冯小姐那边讨论吗？我看她对这些案子也很感兴趣。"

你立刻点了点头。

那场梦让你内心虽有些尴尬，却更渴望见到冯伊曼，就像尝了一口美酒的酒鬼不能再放下手中的酒杯了。

长根已经在冯伊曼那儿了，从他脸上你看不到一丝之前表露过的愤怒，只有温柔。

冯伊曼的美丽确实足以将噬人的猛虎化作黏人的小猫。

长根坐在冯伊曼面前，捧着大瓷碗，正在拌饭。屋里满是香味。

米饭是普通的米饭，上面躺着两个荷包蛋，但吴妈用菜籽油把鸡蛋煎得焦脆，再用酱油和小葱调味，难怪有这样的香味。

长根用筷子将荷包蛋戳破，黏稠的蛋黄缓缓浸入米饭之中。他又搅动着筷子把煎得发脆的蛋白也搅碎，拌入饭中。米粒被酱油和菜籽油染成诱人的琥珀色。

他在冯伊曼面前大快朵颐起来。而冯伊曼看得也很开心，眼睛都弯了起来。

"孔先生，你是有什么新发现了吗？"冯伊曼见到孔森便问道。

"冯小姐，你真是机敏过人。"孔森点点头说道，"我发现赵三有忌口。我寻了赵家的老邻居，才发现他们一家都不吃花生。

"赵三去酒家喝酒，也从不点花生米，只要一碟茴香豆。"

"难道是过敏？"你猜测道。

"应该就是过敏。"孔森说道，"赵三一直隐藏着这个弱点，但还是被阿胡给发现了，所有的符水都有'毒'，但这个毒只对赵三有效。"

"赵三可能服用了含有花生粉的符水，身上起了反应，可能由于症状轻微，之前尸检时未引起我们的重视。"你说道，"但他知道自己有这个毛病，八成随身备着药。"

冯伊曼道："那一切都说得通了，赖皮五借着给病人喂符水的机会，先去赵三的房间在他药里投了毒，然后才出现在其他病人面前给他们喂水。赵三觉得自己遭了暗算，回到房内，关上门窗，服药而死。"

孔森点了点头："英雄所见略同。阿胡、老拱、赖皮五合作杀害了赵三，他们分工明确，有人误导赵三中毒，有人言语挤兑赵三，还有人去偷偷换药。他们三人不知道只一夜的功夫，他们的小手段就被识破了，现在还在皆有慈善堂。我待会儿就去将他们收监。"

"成穆，你要不要和孔先生一起去？也能验证下我们的推理。"冯伊曼对你说。

见你盯着小姐愣在那里，长根气急败坏地用手肘狠狠捅了你一下。

"好……好的。"你连忙移开目光回答道。

"那我们走吧。我已经叫了警车。"孔森道。

你就这样糊里糊涂地跟着孔森出了冯府，坐上了车。

"伍兄刚才是愣神了？"孔森坐在副驾驶座，扭过头来问你。

"你说，冯小姐怎么会有看人吃东西的怪癖？"你意图岔开话题，掩饰自己的失态之举。

"那你可不知道了。上海有个大世界，里面还有人专门表演饿肚子，是个奇怪的奥地利人，他饿得越久就有越多人给他赏钱。"孔森撇了撇嘴。

"有那闲钱何不去遭了灾的地方看看？那边饿殍满地，活生生饿死的都有。"

"京城还有人专门表演吃东西，充当大胃王，吃得越多，得钱也越多，据说有活生生撑死的。"孔森说道，"长根应该不会撑死。不过冯小姐要是真让他去死，他肯定也会乖乖去死。你看到他的眼神了吗？在绣楼上，他眼里几乎没有别人，只有冯小姐。而冯小姐和我们说话时，长根简直就像要杀人。不过，你的眼神也不单纯啊。"

话题又回来了。

"窈窕淑女，君子好逑。"孔森用一副过来人的口吻说道，"放手去做吧，就当事情根本不可能失败一样去努力。不然，你会后悔的。"

"那你呢？"你觉得孔森看冯伊曼的眼神也不简单。

孔森说道："我心里已经有人了。"

他话音刚落，车就停在了皆有慈善堂前。

苏阿婆告诉你们，现在慈善堂只有老拱和赖皮五在。

你与孔森带人控制住了他们，为了不打草惊蛇，你们未将两人带回警察厅，而是就地展开询问。

赵三出事那天，老拱负责倒水。但烧水的是苏阿婆，清洗器具的是其他人。找来他们一问，你们发现老拱并没有将花生汁混入符水的可能性。

以防万一，孔森还是来回询问老拱。

"你叫什么？"

"他们都叫我老拱。"

"原名是什么？"

"这个问题不是才问过吗？"

孔森大声喝道："你老实回答！"

"姓陈，叫陈有福。"老拱回答道。

"陈有福，你往符水里放了什么？"

"冤枉啊，我什么都没放。"

"你为什么叫老拱？"

老拱没好气地说道："因为背有点驼，像拱桥。"

"阿胡和赖皮五，你都认识，你先认识谁的？"

"先认识赖皮五，他是我邻居。"

"你什么时候来慈善堂做工的？"孔森问话的速度越来越快，老拱回答稍慢，他就厉声催促，用力拍桌子恐吓老拱。

"半个月前。"

"倒水的时候，阿胡有什么可疑的举动吗？"

"没注意到。"

"昨天早饭吃的什么？"

"粥。"

"没有馒头吗？"

"没有。"

"你往符水里加了什么？"

"我真的没加。"

"你喜欢花生吗？"

"还可以吧。"

"活儿是你们自己选的，还是苏阿婆分配的？"

"苏阿婆只叫我们干活儿，怎么干是我们定。"

"是不是阿胡分配的？"

"是他。"

你见孔森来来回回一口气问了百来个问题，而且其中有不少重复的。

孔森也累了的时候，才放老拱出去。

"看起来老拱和这件事无关。"孔森对你说道，"他没在符水里加东西。"

"为什么？"你好奇地问道。

"如果他在说谎，那他顺着讲述，是能讲得流畅的，但打乱时间顺序后，反复询问，他就容易混乱。说出事实只靠记忆，能快速反应，但编圆故事需要逻辑。用简单的问题麻痹说谎者，让他下意识回答真话，这样遇到关键问题时，他就有可能说漏嘴。这都是简单的询问技巧。"孔森继续说道，"如果他的嫌疑再大一点，我们还可以轮着询问，让他几天几夜不合眼，那个时候，他又累又饿又渴又困，我们只要能找出他语言中一处漏洞，就能撬开真相。"

"这可比酷刑有效多了。"你感叹道。

孔森皱眉道："酷刑被滥用，不是因为想要真相，恰恰相反，是想隐藏真相。"

你想起诸多屈打成招之事，不由得发出一声叹息，同时又提出了自己的疑问："这如熬鹰一般折腾不算用刑吗？"

"看度。"孔森说道，"在大多数酷刑面前，它都算不上用刑。说谎者会露出马脚，无辜者虽然在疲劳中会说错一些东西，但由于他们说的都是事实，经过核对后，还是可以排除他们的嫌疑。"

"那么老拱真的没有在符水中加入任何和花生有关的东西，我们的想法错了？"你说道。

"水和器皿没有问题的话，会不会是符有问题？"孔森说出了自己的猜测，"比如说画符的符纸用花生汁水浸泡过，只有当日用的符纸是普通的符纸，所以赵三喝了没事，第二日再喝就引发过敏了。"

你摇了摇头，否定了这个猜测："过敏是因为人体对花生中的某种蛋白质产生了免疫反应。燃烧产生的灰烬都是不会挥发的矿物质成分和一些不完全燃烧生成的低分子量有机物，不会再造成过敏了。"

孔森又喊来了赖皮五，同样也是一顿问题轰炸，最后得出赖皮五似乎也没有投毒的结论。看来，他对阿胡的复仇一无所知。

难不成你们之前的推理全是错的？

你得知赵三的尸体还被锁在皆有慈善堂内，便提出再验一验尸。

现在连治疗活人的西医都很少，西式的验尸官更不用说了——基本没有，发生命案还是靠几个老仵作。蹩脚的仵作有可能会错过关键线索。

你再度仔细查看了赵三的尸体。

"怎么样，有什么发现吗？"孔森迫不及待地问你。

你皱起眉头，咽了下口水说道："我们可能真的错了。花生过敏可能会引起面部水肿、口腔溃疡、皮肤风团疹，严重时可引发急性喉头水肿，导致窒息，危及生命。但我在赵三的尸体上没有发现类似的症状。"

"会不会是因为死后尸体发生变化，导致这些症状已经消失了？"

"不可能，只要产生过症状一定会有痕迹，尸体是不会说谎的。"

孔森无奈地揉了揉太阳穴，抬头道："那现在还有什么办法吗？"

"能让我剖开尸体检查下赵三的胃袋，看看他最后吃了什么吗？"

"可以，但需要许可。"孔森道，"哪怕到了现在，毁坏尸体还是有违人伦的，是重罪。"

"这事必须尽快。"你说道，"我们扣下了老拱和赖皮五，阿胡有所察觉后，说不定就畏罪潜逃了。"

孔森赞同地冲你点了点头，然后突然笑道："伍兄出门很匆忙啊，连领子都没整利索。"

你低头发现自己左边的领子压在衣内。一定是因为吴妈一个劲敲门喊你用早饭，你穿衣太急，没有整理好。

孔森伸出手，顺手替你整了整衣领，你后颈的领子被带动，刮了刮你的脖子。

突然间，你念头通达，抓住了关窍。

"赵三身上新鲜的伤痕只有一处抓痕，而且还在颈后，不像是与人搏斗造成的。"你对孔森说道，"你觉得是怎么回事？"

"那自然是他自己抓的。"

你向孔森展示赵三的手指："我在赵三的指甲缝里发现了皮肤碎屑，这是他自己抓的。一个人为什么要抓挠自己？"

"是因为痒？"孔森想了想回答道。

看来他也明白过来了。

"阿胡曾拍过赵三，而他拍赵三的时候，手会靠近赵三的脖颈。"你说出了你的推理，"令人发痒的药粉就落到了赵三脖子上。一些下九流常用痒痒粉来捉弄人。"

　　常见的就有夹竹桃花粉和芋头。夹竹桃在园林中很常见，它全株有毒，是极易获得的毒药。芋头的汁液里面含有一种生物碱，对皮肤具有强烈的刺激性，接触到皮肤时也会发痒。

　　"而发痒就是过敏的症状之一，这误导了赵三，让他以为自己过敏了。他自然要回到屋内吃药。"你说道。

　　孔森接过话头："阿胡提前就把药给替换了。整个杀人过程只需他一人，不用任何帮凶。不能等阿胡来慈善堂了，我们赶紧去他家里！"

　　说完，孔森拔腿便往外跑。你也匆忙追了上去。

　　外面阴沉沉的一片，北风呼呼地刮着。

　　孔森一出房门便喊了一声："好冷！"

　　"下小雨了？"你见空中飘落着细细碎碎的小玩意。

　　"似乎是雨夹雪啊。"孔森叹道，"怪不得今早起来会这么冷。"

　　雪落在地面上，一瞬间就化成了水。这雨夹雪积不起来雪，但会将气温一下子降至冰点，比一场纷纷扬扬的大雪更伤人。

　　你跟孔森冒雨跑到车上，一同前往阿胡的住所。

　　"伍兄，你说天气冷了，对疫情有帮助吗？"孔森看着外面的雨夹雪问道。

　　"不好说，如果从鼠疫的角度来讲，鼠疫涉及啮齿类动物宿主和跳蚤媒介之间的传输。在北方，温暖湿润的环境会增加种子的产量和植被的生长，导致那些动物有更多的食物，病例的数量一般会上升。寒冷干燥的环境则恰恰相反。"

　　"那我希望东三省多几场瑞雪。"

　　"那边一定是多雪的。"你安慰孔森道，"你的亲人会没事的。"

　　等你们到阿胡住所前时，雨夹雪已经下大了，打在大衣上，发出噼里啪啦的响声。

　　"阿胡，你在吗？"孔森敲响了阿胡的房门。

SHIHUN
120

里面没有回应。

"阿胡，阿胡，开下门。"

孔森给你使了一个眼色，他继续叫门。而你走到一边，用力将木窗扒开一条缝往里望去。

阿胡就在房内！听到你们敲门，他试图从另一扇窗户逃跑。

"孔兄，踹门！"你喊道。

孔森抬起一脚，一下就将破烂的木门踹飞。

"阿胡你跑不掉的，束手就擒吧！"孔森对着阿胡喊道。

阿胡没有理会孔森，跳出了窗户。

见此，孔森也只有一个字："追！"

孔森一马当先，和阿胡一样跳出窗户。孔森手下的小警察紧随其后。你则绕过房子，试图去截住阿胡。

雨夹雪使得外面的路又湿又滑。阿胡跑在最前面，踉跄几下后，让孔森他们拉近了距离。见势不妙，阿胡转身推倒路边的杂物，以此阻碍孔森他们前进。为了躲避这些杂物，孔森脚下一滑，差点摔倒。

"站住，别跑了。"孔森喊道。

阿胡回道："那你别追了。"

"你不跑，我们就不追。"

阿胡闻言跑得更快了。

而你加快脚步，赶在一个转角之前，抓住了阿胡的衣角。他大抵也没想到半路会杀出你这么个程咬金，吓了一跳，浑身一顿。待他反应过来后，伸出手狠狠推了你一下，将你推倒在地，你手上只抓住一块从他衣服上撕扯下来的碎布。

你半边身子都摔麻了，挣扎着爬起来继续追去。孔森已经超过了你。他气急从地上捡起一块碎砖，用力掷出，正中阿胡背部。阿胡被打倒在地。孔森纵身一跃，扑向阿胡。两个人随后扭打在一起，在地上滚成一团。

你还未赶到，阿胡已经挣脱了孔森的束缚，又向前跑去。孔森从地上爬起来，脸上已经挂了彩，看着像是牙印。

你见一户人家屋旁立着几根手臂粗细的竹竿，或许是闩门用的，又或许是晾衣用的，忙取了一根，占着竹竿之长，扫到了阿胡的双腿，绊了阿胡一下。

阿胡回头恶狠狠地瞪了你一眼，继续往前跑去。

你紧随其后，又是一棍子，狠狠戳到阿胡腰上。这次阿胡转过身，竟趁你还未抽走竹竿，抓住了另一头，与你拔起河来。

竹竿如长剑一般来回回地捅在你们身上，直到你手中的竹竿被他彻底夺走。

阿胡拼命一挥竹竿，打翻了你和孔森，从雨雪中逃脱了。

"可恶，差一点就能把他绳之以法了。"孔森说完就打了一个喷嚏。

经过一阵追捕，你们都出了一身热汗，再被雨雪一激，寒气入体，立刻就有了反应。

"我去通知关卡，一定要抓住他。"孔森咬牙切齿地说道。他脸上的伤口正在往外渗血。

"孔兄也可再审问下老拱和赖皮五，说不定阿胡在尧兴城中还有别的藏身之处。"你也打了一个喷嚏，低头发现身上的衣服已经湿了大半，难以抵挡严冬寒意了。

"你怎么敢白天来见我？"书案后的那人皱着眉头说道，"没有人看到吧？"

"当然没有！"阿胡小心翼翼地说道，"我从后门悄悄溜进来的。"

"找我什么事？我希望是什么重要的事，不然我把你的皮都扒了。"

"我被他们发现了。"阿胡一脸苦相,"他们差点抓住我。"

"呵呵,我早就说过让你老老实实听我吩咐。"那人有些生气地说道,"你坏了我的大事。"

"您的事情,他们没有发现。"阿胡道,"但我的事他们发现了。"

"你想干什么?"

"我只能离开尧兴了。"

"我懂了,你是想要钱。"那人笑道,"我的事不出岔子就好了。多给你点钱也可以的。你要多少?"

阿胡面露喜色,他伸出一只手掌,犹豫着又缩回了一根手指。

"就给你五百又如何。"那人弯腰从书桌下的抽屉里拿出一个药瓶,"我的胸口有些闷,你等一等。"

阿胡恭敬地立在一旁,大气也不敢出。那人瞥了阿胡一眼,又说道:"怎么,你受伤了,严重吗?"

"不严重。"

"是吗?我看你的伤挺严重的。"那人拿起药瓶摇了一摇,药瓶内发出清脆的碰撞声,"要吃点药吗?"

"不了,不麻烦您了。"

"怎么了,害怕我药死你吗?"

"我怎么可能这样想。"

"这个药国内还未生产,这一小颗抵得上一些人一个月工钱了。解毒镇痛,效果不错。"那人说了一个奇怪的名字,阿胡暗自将这个名字记在心里。

那人自己吞了两颗,又问阿胡道:"我看你时不时地捂着肚子,很疼吧,还是来两粒吧。"

"那我也来一点。"

那人把药瓶递给阿胡:"对嘛,人受伤了,就应该吃药。要水吗?

我桌上的水是新倒的，还没有碰过。"

"不用了，怎么能弄脏老爷的杯子。我直接吞就好了。"

阿胡似乎很重视这药片，贪婪地吞了四五片。

"那钱呢？"阿胡又说道。

"我这儿也没放这么多现钱。"那人和善地说道，"这三十块大洋，你先拿着，剩下的傍晚去老地方拿怎么样？"

"可以的，可以的。"阿胡脸上堆满谄媚的笑，离开了那人的书房，临走前，阿胡又补了一句，"多谢，老爷。"

"阿嚏！"你打了一个喷嚏。

孔森将你送回冯府后便一去不返，你不知道他最后是否抓住了阿胡。

沈冰淼过来寻求帮助，但见你一副受了风寒的病弱模样，只带走了长根和铁儿。他说现在的人手根本不够，真要跑遍偌大的尧兴城，不知道得花多少工夫。而且询问一户人家是否有病人，这涉及隐私，也吃了不少闭门羹。说这些话时，沈冰淼脸上满是疲惫。

你在冯府待了一下午，想起长根的态度和孔森的话，忍着没去见冯伊曼。

黄昏时分，沈冰淼和长根回来了。雨夹雪也停了。

"我们取了各类人的血液和排泄物样本。有健康人的、刚发病的、症状较重的、病愈的和失魂的，已经让铁儿帮忙寄去了。想必后天就能有结果了。"沈冰淼说道，"希望此举能破开疫情的迷雾。"

你点头道："但愿如此。"

但铁儿久久没有回冯府。

一开始，你们猜测铁儿为躲避雨雪在外面多待了一会儿，耽搁了时间。但到了用晚饭的时候，铁儿还是没有回来。

长根、沈冰淼和徐管家都焦急起来。你受冯府恩惠颇多，也坐不住，便和他们一起出门去找铁儿。

雨雪之后，寒风凛冽，砭人肌骨。

你裹紧身上的大衣，跟在他们身后，沿着白日间沈冰淼他们走过的路线找了一遍，邮政局的人说铁儿在下午四点时曾来过，寄出包裹后，他就离开了。按这个时间点推算，铁儿应该在五点半左右就回到冯府了。

他去哪里了？

沈冰淼摘下眼镜，低下头，手扶在眉骨上，悔恨地说道："都是我的错，如果不是我让铁儿去寄样本，他也不会有事。"

你拍了拍沈冰淼的肩膀，柔声安慰道："沈兄，这不怪你，你也没想到会发生这种事。"

"铁儿究竟会去什么地方？"沈冰淼问道。

长根猜测道："会不会被害死小阿头的人绑走了？"

徐管家激动道："凶手绑一个不会说话的孩子做什么？"

"因为他帮沈先生寄样本。"长根道。

你反驳道："样本多的是。只要有病人在就能重复取。再说，铁儿消失前已经寄出样本了。"

"如果凶手的目的是阻止我继续调查瘟疫，应该冲着我来才对。"沈冰淼想了一会儿也说道，"何必为难一个孩子。"

"沈先生是政府特派员，凶手没有胆子直接对你下手，只能杀鸡给猴看。"长根挠了挠脑袋说道。

你叹了一口气，无奈地说道："但铁儿只是个无辜的孩子。我想即使是杀人凶手也不会如此心狠手辣吧。"

长根哼了一声："这可不一定，小阿头都被他们弄死了，这种人连疯子都不放过。"

你看到徐管家和沈冰淼的脸色一下子变得煞白，不由得提高音量，对长根说道："好了好了，你不会说话就少说几句。就算铁儿真的被杀害小阿头的人绑走了，可能他只是想吓唬我们一下，或者只是求财。"

徐管家眼里已经没了神采，口中不断喃喃自语道："这可如何是好啊，如何是好啊……"

"此事因我而起。"沈冰淼重新戴上眼镜，"我绝不会袖手旁观，如果对方要钱的话，无论多少，我都会想办法凑出来。"

长根劝慰道："我们先回冯府吧，也许铁儿已经回去了，正在等我们呢，也许绑匪已经送来消息了呢。我们在外面应该是找不到铁儿了。"

沈冰淼看了一眼手表，已经是晚上十点半了。整座尧兴城陷入了死一般的寂静，只剩下冷风呼啸。路上早没了行人，周边的房屋店铺也都门窗紧闭。你们想寻找一些目击证人，也无处寻起。

你有一种不祥的预感，铁儿的失踪并不单纯。

徐管家在冯府枯坐了一整夜，仍未等到铁儿的消息。

天蒙蒙亮的时候，孔森急急忙忙地冲入冯府，唤醒了还在睡梦中的你。

但他带来的不是铁儿的消息，而是阿胡的消息。

昨夜，他撬开了老拱和赖皮五的嘴，得知阿胡在尧兴城中还有个相好，阿胡把她藏得极深，但世上哪儿有不透风的墙，他的老兄弟都知道他有这样一位红颜知己，只是面上不说罢了。

"趁他还在睡梦中，我们好一举将他抓获！"孔森握紧了拳头。

于是你也急匆匆地从床上起来，随他一起出去。

路上孔森与你简单交代了一下他的调查结果，阿胡的这位相好也是个可怜人，年纪轻轻就死了丈夫，家里几亩薄田也被族亲设法夺去了。阿胡同她有几分情谊，因此阿胡若是还未出城，极有可能躲在她那里。

孔森带着你很快就到了目的地，院门紧闭，孔森用力推了一下，发现根本推不动。

这个时候不能敲门，敲门就是打草惊蛇。于是孔森带着你们翻墙跳进了院内。

你是最后一个翻进院内的，尚未站稳，房门居然开了——一个女人披着外衣走了出来，可能是起夜。

你心中暗道一声"不好"。全赖孔森反应及时，登时欺身上去，一手勒住她的脖子一手捂住她的嘴，又用左脚勾着门板，将它小心阖上。

"你不要惊慌，我们不是坏人。"孔森在女人耳边轻轻说道，"我是警察，阿胡在你这吧？在的话，点点头。"

女人一动不动，不知道是被吓傻了，还是不愿出卖屋里的人。

"你这女人怎么就想不明白这点事情。我就是丢下你直接去抓里面的人又能怎样？"孔森又说道，"还不是怕会有损伤。我再问你一遍，他在还是不在？"

这次女人用力点了点头。

"不要叫喊，老实一点。"孔森把女人交给与他同来的下属，独自一人摸进屋内。

里面没有传来你意料中的打斗声，没一会儿，孔森就出来了，他的脸色黑得能挤出墨来。

"阿胡又逃了？"你不安地问道。

"阿胡就在床上。"孔森仰天叹道，"却是个死人。"

女人闻言，一时激愤，竟然挣脱了束缚，冲到孔森面前举手便挠："你杀了他！"

孔森伸手一挥就推开了女人："他手脚冰凉，死了有几个小时了。你这傻女人搂着一个死人睡了半夜都没发觉。"

女人瘫倒在地，伏着身子放声痛哭。

"孔兄，这究竟是怎么回事？"你觉得你似乎处在一个荒诞的梦中。

"伍兄随我进去看看吧，说不定能看出什么端倪。"孔森对你说道。

阿胡躺在床上，除了脸色发白外，看上去只是睡熟了。你伸手摸了一下，露在被子外的脑袋已经冷了，身子在被子中还温热着，只是手脚也有点发凉了。诚如孔森所说，阿胡死了好几个小时了。

隔空杀人？世上真的有鬼神吗？

不，绝不可能。

孔森出门道："叫人过来，把这女人和屋里的尸首都带回去，我不信破不了这案子，自古邪不压正。"

于是，你又跟着孔森回到了警察厅。

在路上，你问起铁儿的事情，孔森只说铁儿失踪的事情由他一位同僚负责，今早应该就有所行动了，冯家虽然人丁不旺，但冯镜明来头不小，颇有势力，这事绝不会被糊弄过去。

至少有更多的人去找铁儿了，你也只能这样安慰自己。

进了警察厅，你才知道阿胡的相好叫月娘。她哭过闹过，情绪稍稳，就被孔森带到了审问室。

你仗着与孔森的关系，也到审问室去旁听。月娘是个普通的女人，唯有一双桃花眼，让她有别致的风韵，只是现在这桃花眼哭得又红又肿。

孔森问道："阿胡是什么时候来找你的？"

"昨晚，大概五点的时候。"

你想，这个时间有些微妙，阿胡逃走后，竟没有在第一时间到月娘处找她。

"他来时有什么不对劲的地方吗？"

"除了脸色不太好，没有什么不对的地方。"月娘回答道。

孔森继续问道："你知道他最近在干什么吗？"

"不知道，他的事情不会和我说的。"

"你最好老实交代，你知不知道现在你的嫌疑最大！"孔森一拍桌子，出言恫吓道，"你要有所隐瞒，一旦被我们发现，就能坐实你杀人的罪名。"

月娘把头摇得和拨浪鼓似的："不，不是我，我怎么会杀他呢！"

孔森又重重地拍了一下桌子："那你为什么要隐瞒呢？"

"我没隐瞒。"

"还敢说你没有隐瞒！"

"我、我说。"月娘几乎是被骇破了胆，"他说他在慈善堂给一个大老板干活儿，还给了我二十大洋，让我等等他。"

看来月娘是为了瞒下这二十块人洋才不说实话的。

"这二十块大洋是今天给的？"孔森想了一会儿问道。

"是的。"月娘回答道。

"他说这些话的时候是什么心情，开心吗？"

"当然是开心的。"

如此看来，阿胡应该拿到了很大一笔钱。

"他到你那里后可有说起过自己的伤？"孔森继续提问。

"只说是被狗咬了，还不时喊疼。"

孔森面色不改，开口问道："那他就一直待在你这里，没有出去过吗？"

月娘摇了摇头："他在我那儿用了晚饭就出去了，到了八点多才回来。但我不知道他去哪儿了。"

"他有拿回来什么东西，或者他身上有什么东西没了吗？"

"应该没有拿回东西。"月娘回答道，"我也不知道他拿出去了什么东西。"

犹豫片刻，孔森又问道："你们是什么时候歇息的？"

月娘盯了孔森好一会儿才回答道："他身上有伤，我们什么也没做。我伺候他洗漱大概是晚上九点多。"

"他睡前有什么反常之处吗？只要是可疑之处都说出来。"孔森道。

"他很累的样子，很快就睡着了。"

"也就是说，他睡着前身体就出问题了。"

月娘点了点头："我不能确定，但有可能是这样。对了，我曾经听他说过他做了亏心事，要是有鬼，一定会被鬼缠上。"

"然后呢，你在睡梦中没有感觉到什么吗？"孔森接着问道。

"我好像听到他在半夜喊了一声。"经过孔森提醒，月娘似乎想起了极其重要的事情，抬起头说道，"他连着喊了两三声。"

"大约是什么时候？"听到如此重要的消息，你不由得插嘴问道。

"我睡得迷迷瞪瞪，实在说不上时间。"月娘面露难色。

"你估一个，只说你感觉是几点，不要求准确。"孔森问道。

月娘想了半天，才说道："可能是凌晨两三点吧。"

"他喊了什么？"孔森问到了关键。

"好像是一个名字，他喊了'阿四'，好像还有一些别的话，但我没有听清。"

"为什么你当时没有发现他出事了呢？"你不禁问道。

"我睡得比较沉，这是我半梦半醒间听到的，都没听明白他说了什么，也没能醒过来。"

"所以你也不能确认夜里有没有人进过你的房间？"孔森继续问道。

"应该不会有人进来，"月娘摇了摇头，"天气这么冷，我把门窗都闩上了，撬是很难撬开的，要开门窗进来的话一定会闹出不小的动静。"

孔森苦笑道："就算闹出动静，你能发现吗？"

"我当然能发现。"月娘大声说道，"阿胡虽然在叫喊，但声音肯定不大，不然我就醒过来了。"

"那你认识叫阿四的人吗，或者阿胡之前和你提过这个名字吗？"

月娘又摇了摇头。

孔森无奈道："为查明阿胡死亡的真相，我们只能再留你一段时间，明天会放你出去的，在此期间，无论你想到什么，都要在第一时间告诉我们。"

月娘被带走了。

"孔兄，这个阿四会是什么人？"你不由得皱起了眉头，"听起来不像是雇佣阿胡做事的人啊。"

"可惜月娘只听明白了两个字。"孔森说道，"我先按我的路子去查查这个阿四究竟是谁吧。"

你站起来又坐下，端起面前的茶杯灌了几口："孔兄，你注意到一个矛盾没有？月娘的叙述存在漏洞，但这不是月娘的问题，而是阿胡的。"

孔森对你笑了笑："我刚刚也想说这点，阿胡对月娘说他在一个大老板手下干活，但苏阿婆绝对称不上是大老板。这也不太可能是阿胡的谎话，因为他确实一下子拿出了二十块大洋。但他干了些什么呢？他毒杀了他的对头赵三。难不成这个大老板的对头也是赵三？"

"这不太可能。"你说道。

"所以我猜测阿胡为那个大老板做了别的事，但阿胡按捺不住愤怒杀了赵三。从我们手上逃走后，阿胡只能去找那个大老板。"孔森道，"代入阿胡的话，我觉得他会要挟大老板，要来一笔钱让他远走高飞。"

"这笔钱不可能只有几十块大洋。"你说道，"如果我是他的老板，我就会想方设法把他留下来，然后灭口。"

"没错，他可以借口说没有那么多现金，需要花时间去准备。"

"阿胡从大老板那里离开后，躲到了月娘那儿。"

"接着阿胡又出去了。"孔森继续推测道,"没有拿到钱,他不可能离开尧兴城的。他可能是去安排后路了,也可能害怕自己被灭口,所以做了一些布置。"

"此案的重点有三,第一,找到'阿四',第二,查明阿胡昨日的行踪,第三,查明阿胡的死因,我不认为阿胡是在月娘卧室中遇害的。"

孔森拍了一下手,看着你说道:"看来你已经有想法了。"

"我想要尸检。"你提出了自己的想法。

"这……"孔森明显有些为难了。

"我已经有了些猜测,只是必须经过尸检才能验证我的猜想。"你继续说道,"自我到达尧兴,短短几日间,便发生了这么多事,多等一日,说不定就是另一番局面。"

孔森在房间内来回踱步,似乎在取舍什么,突然他长叹一声:"我又在纠结些什么呢,左右不过是申请的事情,我们走吧。"

他拍了拍你的肩膀,把你带去了停尸房。孔森几句话支开了停尸房里面的人,并为你取来了工具。

停尸房内有两张大铁床,应该是平时用来验尸的。靠南的墙边立着一排柜子。孔森对照着柜子外面的标号找到了阿胡的尸体。

孔森抓住阿胡的肩膀,你抓着阿胡的双脚,将他抬出来。尸体又冷又硬,你觉得像在抬一截木头。

大概是因为存放着不少死尸,这里比外面更加阴冷。虽是白天,孔森也开全了屋内的电灯,你还是觉得阴暗,看不真切。

但到了这个份上,你也只能硬着头皮上了,你要确认的东西应该不难找。

阿胡刚死不久,尸体没有多少异味,但你打开阿胡腹腔时,一股内脏特有的腥臭味扑面而来,打了你一个措手不及。

腹腔内的场景,像一幅抽象的诡异油画,殷红、猩红、鲜红色纠结在一起，宛如地狱。

你戴着手套开始清理满腹腔的血液。

你发现孔森有些不舒服，他已经转过头，不再看你处理尸体。

"找到了。"你说道。

"什么？"

"看这些出血点。"你指着脏器上的伤口，"这就是所谓的内伤。"

你想起你和阿胡打斗的场景，你知道凶手是谁了。

"你们这是在干什么？"一个声音突然在停尸房内响起。

"麻烦了。"

你听到孔森嘟囔了一句。

"孔警官，你带什么人到这里来了？"那人阴阳怪气地说道，"你难道不知道这是违规的吗？"

孔森压低了声音，对你说道："这人是我的对家，这件事很难善了了。"

正如孔森所说，这事麻烦起来了，看到被开膛破肚的阿胡，他当即下令铐住了你，说要收押。

孔森极力阻拦，与他理论半天，但最终由于孔森理亏，你还是要被送进关押室。

那人转身离开前，你清楚地看到他脸上露出一丝称得上是得意的笑。

事已至此，孔森只能安慰你："你是协助警方调查的平民，不会有问题的。我会处理好一切，立马就接你出来。而且你是冯府的客人，他们不会难为你的。"

你会落到这个地步，也是咎由自取，于是你认同了他们对你的处置。

当铁门合上的那一刻，你有了一种失去自由的实感。

也是那一刻，你坦然地接受了自己杀害阿胡的事实。

你就是"你"

人拥有触感丰富的双手用于触摸。

人拥有双腿，几乎能适应任何地形。

人拥有极佳的视力和视觉范围，能辨识静态和动态的物体，能分辨大量颜色，远眺时，视力范围可达数公里外。

人生来就为了自由地感知世界，因此光是被关押就是一种刑罚。

你在肮脏狭小的监牢里瑟瑟发抖，你只能缩到肮脏的草褥子上，裹紧孔森特意给你送来的毯子。

你不敢喝太多的水，因为要方便的话只能用牢房角落的痰盂，看着就让人恶心。

你只希望孔森或者冯镜明可以尽快把你带出去。

寒冷在肢解你，你的骨、肉、魂被一层层剥离，挂在铁钩之上。

在异乡之中困于缧绁，你感受到一种前所未有的惊恐和孤独。

你在监牢里用了午饭和晚饭，不过是馒头和咸菜，但你知道这已经是孔森打过招呼特意照顾的结果了。其他人吃的简直就是泔水。

冬日的白昼短暂，自然光消失后，监牢里便没了其他光源，尽管没到你入睡的时间，但你在黑暗中已经昏昏沉沉了。

你似乎看到黑暗深处有一个红点在慢慢靠近你，越来越近，越来越红。你终于看清了，那块红色的地方是一个空洞的腹腔，然后一双苍白的手伸了出来，抓住了你……

"还我命来。"阿胡面色苍白如纸，一只手死死按住腹部。他一把搂过你的脖子，狠狠咬下。

你猛地惊醒，不由自主地发出一声尖叫。

是你用竹竿打伤了阿胡，他内脏上的出血点，正是你击打的位置。他没有得到有效救治。到了半夜时分，他因为伤重，出血过多，死在了月娘的床上。

所以可以这样说，你就是杀害阿胡的凶手。

看守听到你的叫喊声赶来，隔着铁门说道："先生，熬一熬吧，别喊出声来。"

你极力控制住自己发颤的牙床，说道："能不能给我点光，拿根蜡烛进来吧。"

"不行，可不能给你明火，万一你不小心把这地方给点了怎么办，你捱一会儿吧，再过几个小时天就亮了。"

你忍不住恳求道："我一刻都忍不了了。麻烦你拿一根蜡烛，不用拿给我，只要在铁门外的过道上点燃就可以了，让一点点光照进来，我只要一点点光就行了。"

"行吧，先生。"看守做出了退让，"我这就给你点蜡烛，你可不能再叫喊了。"

他见你不明白监牢里为何不能叫喊，便压低了声音同你解释道："被关着的人心都吊在半空中，他们听到你在喊，受了惊吓，也会跟着大叫，说不定心里这口气就没了。以前就有犯人被活活吓死。"

听他这样说，你只能答应下来。

很快，蜡烛摇曳的微光照进了你狭小的囚室。靠着光，你暂时驱散了梦中的鬼魅。而那点光似乎也温暖了你将要冻僵的身子。你知道烛光带来的光明极其短暂，你想借机平复下心情，赶紧休息一下。

可一闭上眼睛，另一种幻象又开始折磨你脆弱的大脑。你心里仿佛有只猫爪在挠，让你看到了冯伊曼，从楼梯上跑下来的冯伊曼、笑着的冯伊曼、捏着勺子用餐的冯伊曼……

你想她，想得简直要发狂。

这种疯狂不同寻常，你感到浑身如有千虫万蚁在爬行噬咬，而你的解药只有那一人。

你不知道自己是如何度过这个夜晚的，那截蜡烛熄灭后，你呆坐了一整夜。

等冬日稀薄的天光照进你的眼睛，你才宛如活过来，站起来活动了下僵硬的身体，啃了半个馒头，喝了点水，然后第一次用痰盂解了手，又躺了回去。

你感觉在这里的每一秒都被拉长了，就像一块硬邦邦的铁块，被烈火熔化被锤子击打，锻造成细丝。

直到看守送来午饭，你才意识到又半日过去了。

"有人来看过我吗？"

"没呢，先生，要是有人来看你，你肯定就见到了。"

"这不应该啊。"你皱起了眉头，"孔兄，嗯，孔森那边有什么新消息传来吗？"

看守摇了摇头："没有。"

"这不应该啊。"你又重复了一次。

看着你迷惑的样子，看守似乎有些不忍，犹豫了一会儿开口说道："这有什么不应该，你是被他骗了吧。"

"不可能。"你立即反驳道。

"你以为那个孔森是什么好人吗？他不会管你了。他在我们这里可是出了名的小人。"

"孔兄不是这种人。"

看守不屑地说道："厅里不待见他，你以为仅仅因为他是个外地人吗？他这个人的人品不行。你知道把你抓进来的郭华和他是什么关系吗？"

你这才知道孔森的对头叫作郭华。

"他们是什么关系？因为什么结怨的？"

"孔森现在的职位本来是郭华的，他被上面空投到这里，占了郭华的位子。"看守说道，"不过一开始，郭华也没有记恨他，两人还是搭档，但有一次任务，孔森发了疯，把郭华打伤了，打得相当严重。"

以你对孔森的了解，他绝对不是那种会无缘无故打人的家伙，于是你开口问道："那是什么任务，孔森为何打人？"

看守摇了摇头："不知道，当事人没有透露出来。但厅里现在没有人愿意搭理孔森了，那摆明是他的问题。"

"就算孔森靠不住，还有冯府。"你说道，"他们总不会不管我的。"

"呵呵，冯府……"看守笑了笑。

你面露怒色："难道你们尧兴的外来户就没有一个好人了吗？"

看守说道："我不是这个意思。你难道不觉得冯府很奇怪吗？没有人知道他们的来历，冯镜明冯老爷说自己祖籍就是尧兴的，但尧兴城没有一户人家认识他们。"

"也许冯家早就败了呢，几十年光阴就能把一个家族存在过的痕迹消磨得差不多了，直到冯老爷衣锦还乡。"你不以为意地说道。

"一个绝后的家族，它最后一个族人，也就是冯老爷，在异国他乡发家。他用低价购入了一处凶宅。"看守突然凑近你说道。

"凶宅？"你不解地问道。

看守压低了声音说道："听说冯府老宅绣楼里的小姐和一个下人有染，小姐被老爷活活打死了。后来，小姐的一个丫鬟，也有人说是小姐的奶娘，为了给小姐报仇，在老爷太太们的饭菜里下了毒。家产全便宜了亲戚，这宅子成了彻彻底底的凶宅，脱不了手，最后叫冯老爷买走了。"

"冯老爷受的西洋教育，没有这些忌讳不足为奇。"你说道，"再说，从有人这一物种开始，千千万万年过去了，但凡有人迹的地方，都有过死亡，如果尸体不会腐烂，积累下来，整个世界都是坟场，既然世界都是坟场，那一个凶宅又有什么可怕的呢？"

看守笑了笑："先生不愧是读书人，死的都能说成活的。除开冯府是个凶宅，冯家人的模样也让人不敢亲近。他们的头发和眼睛和我们都不是一个色，不知道从哪儿来的妖精模样。"

你觉得又好气又好笑。如果不是被困在牢里出不去，你断然不想与这蠢人说话。

你说道："混血罢了，这单纯是少见多怪。你去上海或者杭州看看，头发五颜六色连带着眼睛五颜六色的洋人满街都是。你接下去是不是还要说冯府的老爷囚禁了自己的女儿？"

"这倒不是，大家闺秀在家里大门不出二门不迈也正常。"看守说道，"但城中一直有传言说冯府唯一的小姐是个妖怪，一旦出去必定掀起血雨腥风。"

你想了想，自古有红颜祸水论，从这个角度上看，看守倒也没说错。

你和看守的闲聊到此为止，他认为你已经被冯府的人蛊惑了，无可救药。

你独自一人又痛苦地待了半天。

终于，门外传来了急促的脚步声，很快，房门被打开了。

你看到沈冰淼和孔森站在门口，赶忙起身。

"伍兄，你是不知道你不在的这段时间里究竟发生了什么。"沈冰淼对你说道，"唉，先出去吧。"

孔森一脸歉意地对你说道："辛苦伍兄了，让伍兄平白受了这样的牢狱之苦。"

你拍了拍他的手，说自己没事。

你们三人一起往外走去，你也开口询问孔森："孔兄，今天又发生什么了？"

"我和沈兄各有际遇。伍兄，不是我没把你的事情放在心上，只是这一套流程下来，确实要花这么多时间。"他再次向你道歉，"实在是太抱歉了。另外，我们也找到了一些铁儿的线索。"

"那铁儿找到了吗？"你着急地问道。

你对那个不会说话的男孩很有好感。

沈冰淼摇了摇头，铁儿是因为替他办事才失踪的，所以他很在意这件事情。

"你被关押后没多久，我们就接到了一些目击者证言，他们说自己曾见到铁儿在某某地方出现过，冯老爷让徐管家派人去找，可一群人找了一圈都没有收获。"沈冰淼道，"然后在第二天早上，冯府接到某地某个河段发现浮尸的消息。"

哪怕你已经知道了那具尸体不是铁儿，心也一下子提了起来。

沈冰淼轻抚了下胸口："浮尸恰好也是男童，徐管家听到消息后，差点昏过去。我们急匆匆赶去，看到结了薄冰的湖面上确实有一具尸体，已经被人用竹竿拖到岸边了，那具尸体发胀发白，徐管家再三辨识后才确定死者不是铁儿。"

"那铁儿还是没有什么消息吗？"你想到他一个人在外面过得应该比你还艰难，不由得为他担心。

"没有，或许这个时候没有消息就是最好的消息了。"沈冰淼有些悲观地说道。

你们坐上了孔森安排的汽车，去往冯府。车上，沈冰淼同你说起了样本检测的结果。

"还有一件事。送到杭州检验的样本已经出结果了。"沈冰淼皱起了眉头，"太奇怪了，不，已经到了诡异的程度。你千万不要被吓到。"

你想自己已经遭遇了失忆、瘟疫、入狱，应该没有什么东西能吓到你了。

"几份样本能闹出什么风波？"

沈冰淼压低了声音，像是在忌讳什么："医院在检验这些样本时，发生了难以解释的事情。首先，好几份样本都检测出了伤寒杆菌，这并不让人意外。但有几份样本没有发现任何致病菌。如果事情仅仅到这里，那不足为奇。我们已经查明了尧兴瘟疫的真身，可以对症下药了。但之后发生了怪事，检验人员将样本留在了检验室，而他们的同事在不知道样本是什么的情况下，出于好奇观察了样本，与检验人员的观察结果正相反，他们在一些血液样本中发现了某种不知名的病原体。于是，检验人员复核了结果，还是一无所获，再让同事观察，结果他们也都看不到了，甚至连描述也做不到，只能用含糊、模棱两可的文字表达。似乎样本之中有一类不为人知的存在。就算真的存在，它的属性也是不可见、不能形容，只有不经意间才能观察到。"

"这种不合常理的事物是不可能存在的。"

孔森也说道："这个确实不合常理，但来人说得煞有其事，说不定是真的呢。"

"这就不知道了。"沈冰淼说道，"最后的检验报告上只写了伤寒，这件怪事是那人口头告知我的。"

"不可观察的样本是属于哪些病人的？"孔森问道。

"都有，没有任何指向性。"沈冰淼无奈地说道。

汽车的喇叭响了三两下，随后绕过了几个行人。

"冯府就快到了。"孔森颇为感慨地说道，他望向沈冰淼，但你感觉他的注意力一直都在你身上。

"是啊，冯府就快到了。"沈冰淼也重复了一遍，他转向你，看着你，"对你而言，还有一件事情，比那个样本的事更加奇怪，你不要害怕，伍兄，无论发生什么，我们都相信你。"

"相信我？"你不能理解沈冰淼的话。

你跟着他们走进冯府，一路上遇到不爱说话的吴妈和徐管家，你发现他们看你的眼神都很怪，带着点疏离。

你偷偷望向后院的绣楼，甚至想跳过拜见冯镜明的环节，径直去见冯伊曼。

书房内的冯镜明听到了你们的脚步声，主动打开了门，请你们进去。

屋内生了炉子，与户外不同，简直如春日般温暖。

冯镜明为你们泡了一壶红茶。

"尝尝吧，这是英式泡法。"冯镜明对你们说道，"国外原是没有茶的，中国的茶叶漂洋过海到了那边，需要加糖、加奶或者加一些柠檬，盖住潮味，久而久之，也就发展出了与中国截然不同的制茶手艺，别有一番滋味。"

你们三人同冯镜明闲聊了几句，饮完了一杯茶。

冯镜明客气地对孔森和沈冰淼说道："麻烦两位贤侄在外稍候，我有些话想单独同伍贤侄说。"

于是，书房里只剩下你和冯镜明，冯镜明面带微笑看着你，你觉得他的笑里仿佛有一把手术刀，正准备刺入你大脑内部，剥离出你大脑皮质下最深处的念头。

"贤侄，你的处境很糟糕。"冯镜明说道，"看看你，你同你叔叔长得可真像，但他也很像。你这一副迷茫的模样，让我都想要相信你了，只可惜这件事没有那么简单，你需要证明你自己。去吧，和他们一起去绣楼看一看，只要看一眼，你就明白了。"

你满是疑问地离开书房，孔森他们果然立刻带你去了绣楼，在登梯时，一股不安牢牢地抓住了你，你感到心跳加快、手脚发凉。

绣楼上站着两个人，长根和一个陌生男人。陌生男人正在侃侃而谈，逗得冯伊曼不时地发出笑声。

"伍先生，你出来了啊，来见见另一个伍先生吧。"长根率先发现了你。

什么叫另一个伍先生？

你还没有反应过来，就看到那个陌生男子转过了身。

那一刻，你所有的不安似乎都化为了实体。

你仿佛在照一面镜子，对方的气质容貌竟然与你有八成相似，不，你觉得他就是你，如果站在冯伊曼面前的人是你，那么现在站在梯子上的究竟是谁？

你一阵眩晕，险些从梯子上摔下去，幸好身后的孔森及时扶住了你。

"你被关押后不久，冯府又来了一个伍成穆。"孔森压低了声音在你耳边解释道，"他有证件，能证明自己是伍成穆，说明了来意，还说自己有一封信，不过在路上遗失了。"

"不，我才是伍成穆。"你颤抖地说道。

那个伍成穆也注意到了你，他快步走到你面前，同孔森一起使劲把你拉了上去。

原先能站四个人的空档，现在站了五个人，就显得有些拥挤了。

你和那个伍成穆尴尬地对视着，突然，对方捂住嘴笑起来，不由自主地弯下了腰："对不起，我和人对视太久就会想笑。"

"无论如何，我们还是先欢迎成穆你回来。"冯伊曼对你说道。

那个伍成穆说道："冯小姐，你可不能因为他先到冯府，就把他当作真正的伍成穆。"

"你们一人有证件、一人有信件，都自称伍成穆。"沈冰淼道，"我们又没有办法来验明你们的正身，就先别争了吧，我们暂时把你们两位都当成是伍成穆。"

冯伊曼看了你们几眼："我父亲也这个意思，一真一假，假的总会露出马脚……"

"难道你们不怕他搞破坏吗？"你忍不住说道。

孔森道："从现在开始，我们会好好盯着你们两个的，无论假的是谁，无论他有什么样的目的，都不可能在我们眼皮子底下干坏事。"

长根看热闹不嫌事大地笑着说道："要不然你们两个打一架，谁赢了谁就是真的伍成穆。"

"长根你就别添乱了。"冯伊曼嗔怪道，"他们又不是什么武术家。"

沈冰淼却点了点头："让你们比一场确实是个好办法，不过当然不是比拳脚，而是比医术。"

"伍兄是伍先生的晚辈，家学渊源，医术不俗。假冒伍兄的幕后黑手一时间能找来年纪、容貌相差不大的假冒者，也能在短时间内灌输他一些东北鼠疫的情况，但是医术是实打实的，做不得假。"说着，他指向你，"这位伍兄的医术，我们已经见识过了，接下来就看新来的伍兄会如何表现了。"

"我听得有些头晕。"长根挠了挠脑袋，"左一个伍兄右一个伍兄，之前还有伍先生，你们说着不嫌麻烦吗？"

"这确实麻烦，凡事总有个先来后到。"孔森提议道，"之前的伍兄，我们还称呼他为伍兄，后来的那位，我们称呼他为伍弟。大家觉得怎么样?"

　　你看另一位伍成穆的脸色似乎不太好看,不过你也能理解他的想法,谁也不愿意平白低人一头。

　　长根则建议道:"不如分大小伍。"

　　沈冰淼摇了摇头:"这也不妥,我们称这个兄,那个先生,对他们却只称大小伍有些失礼了。"

　　最后,冯伊曼提议道:"这样吧,我们各取伍成穆中的一字来称呼,第一,我们照样还是称为伍兄或者伍先生,第二,可以取成字或者穆字,穆字好听,不如就称为穆先生。"

　　你立马说道:"我没有意见。"

　　另一个伍成穆,或者现在该称为穆先生了,他叹了一口气,见其他人都认可,只能点头。

　　"伍先生,你刚从警察厅回来,先去梳洗休息一下吧。"

　　冯伊曼没有再亲切地喊你的名字——成穆,又喊回了伍先生,你心里难免有些失落。

　　你打起精神对他们说道:"休息就不用了,我去梳洗一下就可以了,你们稍等我一会儿,我很快回来同你们讨论。"

　　"那我们也去休息一下,穆兄你随意。"孔森和沈冰淼说道。

　　穆先生听到他们这样说,也没好意思留下来,而是一起走了。

　　你回到自己的房间,吴妈一言不发地提来一壶热水。

　　你开始想念陈妈了,她的嘘寒问暖会让你感到更多的温暖。你倒了热水,取来毛巾敷在自己脸上,温暖湿润的热气仿佛顺着毛孔进入了你的大脑,清除了你的疲惫。

　　伍成穆到底是谁,你的记忆究竟去哪儿了?为什么还要留在……

　　你感到头疼欲裂,难以言喻的痛楚从大脑深处迸发而出,你几乎是冲到床上将自己扭成一团,拼死忍住没有喊出来,这一阵过后,痛楚才慢慢消去。

你继续思考两个伍成穆的事情，你没有记忆是最大的问题！在这种情况下，你只能做一些简单的假设。

第一，你真的是伍成穆，被歹人袭击后失忆，身上只有一封信能证明你的身份。如果真的是这样，那就不需要多想，只要做伍成穆该做的事情就好。

第二，你是假的伍成穆，信是窃取的，那你为什么不连证件一起偷过来呢，而且你为什么会失忆呢？会不会是幕后黑手特地派一个失忆者前来尧兴，以拙打巧，出其不意？但是根本不存在清除记忆的手段吧！

所以第二种可能根本就说不通，只有你是伍成穆才符合逻辑！

而且穆先生比你后到，还那么像你，不是更能表明他是故意模仿你的吗？

即使你是假冒的，你想解决瘟疫和带回药物的决心是真的。只要这份决心不变，就算你恢复了记忆，那么你也是伍成穆，真正的伍成穆！

你在心里重复了那三个问题。

——你是谁？

——你是伍成穆，或者，你可以成为伍成穆。

——你需要做些什么？

——调查尧兴城内的瘟疫，说不定还能得到冯镜明研制中的新药，去解决东北的鼠疫。

——你要到何处去？

——你现在什么地方也不去，要与冯伊曼、孔森、沈冰淼解决尧兴的瘟疫，然后再回东北见叔叔。

"伤寒是常见的传染病,主要经过粪口途径传播。"再次回到绣楼,你向大家说道,"暴发流行的主要原因是水源污染。潜伏期十天左右,而水源性暴发流行的潜伏期可长达三十天。"

穆先生接着你的话头补充道:"人体虽易感伤寒,但痊愈后可获得长久的免疫力,很少会第二次发病。"

"伤寒的病原体耐寒不耐热,煮沸就能杀死。"你又说道。

沈冰淼立马记了下来:"有疫情发生的地区,我们可以对水源进行消毒,然后号召沿岸居民饮用煮沸过的水,不食用生食。我记得尧兴这边似乎挺喜欢吃醉蟹醉虾的。"

长根点了点头:"小虾小蟹醉一醉,很鲜美的。不过为了自己的小命,我想他们都能管住嘴巴。"

"另外,招收照料病人的人手首选病愈者,可以通过多加工钱的方式吸引他们加入。"沈冰淼说道。

他这几条策略在你看来都务实有效。说到防疫和照料病人,你又想起了慈善堂,不知道之前的毒杀案会对慈善堂的日常工作产生什么影响。

"如果是伤寒的话,我也知道几张方子,稍后我可以写出来。"冯伊曼说道。

她的声音是那么动听,宛如什么乐器在演奏曲子,让你不由得入了迷。可你还是摇了摇头,将这种不合时宜的念头驱逐出去,问道:"伊曼小姐,你说的方子是中医方子吗?"

此前你们互称名字,已经显得很亲昵了,但穆先生来了,冯伊曼又叫你为伍先生,你为了避嫌,也只能称呼她为小姐。

冯伊曼点了点头:"你晓得的,我在这里也只能翻翻古书。"

你道:"我记得在中医中,广义的伤寒指的是一切外感热病。狭义的伤寒则指的是外感风寒之邪,感而即发的疾病。"

冯伊曼面露疑惑地看着你:"没错,《素问·热论》提到'今夫热病者，皆伤寒之类也'，《伤寒论》提到'太阳病，或已发热，或未发热，必恶寒、体痛、呕逆，脉阴阳俱紧者，名曰伤寒'。这是早有研究的。"

"现在我们说的伤寒是由伤寒杆菌引起的传染病。这两者不是同一样东西。"穆先生说道，"这算是个翻译问题，将某种西方疾病译作症状相似的中医病名，反而导致了混淆。就和霍乱一样。现代医学所指的由霍乱弧菌引起的烈性传染病，即 *Cholera*，是嘉庆二十五年时从印度由海路传入我国的，但在此之前中国历史上也记载过霍乱爆发的时间，当时记载的霍乱可能是夏秋二季的急性肠胃炎或细菌性肠炎。"

冯伊曼低下了头，表示自己受教了，不再提写方子的事。

沈冰淼道："至少我们已经找到了瘟疫的真面目，我先去写报告并让当地的部门配合，将防疫措施发布下去。诸位，我就先走了。"

"那我也回厅里了，说不定会有铁儿的线索。"孔森也告辞了。

你装作要送他们下楼的样子也往下走去。穆先生便也不好意思继续留在绣楼了。

长根经过你身边时，你听到他在喃喃自语，抱怨绣楼上面越来越拥挤了。这和你之前的想法不谋而合。

所有人都下来后，长根正要搬走梯子，冯府那只黑猫突然从角落里窜出来，沿着梯子一下子就跳上了二楼。

"这煨灶猫！"长根低声骂了一句，还是把梯子搬走了。

"那猫在楼上不会有事吗？"你问道。

长根回答道："猫是小姐养的，给小姐逗趣用的，精着呢，不会有事的。"

你抬头一看，果然能瞄到冯伊曼拿着一根前端饰有铃铛和羽毛的细棍，在玻璃房内逗猫。

黑猫隔着玻璃，永远也抓不住冯伊曼手中的玩具，却还是乐此不疲，在冯伊曼面前不断地蹦跳着……

幕间

世界上最遥远的岛

"不要靠近那座岛。"

阿妈说过。

"那座岛上栖息着魔鬼。"

但那座岛原本只是普通的小岛，我和阿爸出海捕鱼，会在那座岛上停留休息，及时处理鲜鱼和补充淡水。

岛上有一些木薯和兔子，能为我们提供食物。

我在那座岛上做的事情，与在其他岛上做的并无二致。

直到岛上来了一群怪人，他们曾出现在长辈的叙述中。

跨过无边无际的海洋，还有一个世界。那些白皮金发的怪人就来自那个世界，他们乘着巨大的船越过大洋，不知道在寻找什么。

他们生性残忍又拥有力量，见到他们最好远远躲开，我们的人一靠近就会被他们夺走性命。

我远远见过他们的船，他们的船确实很大，大到我想象不出需要多少木头才能造出那样大的一艘船。而且我觉得那船应该也不是用木头打造的，我从未见过类似的材质，至少我敢肯定这绝对不是自然形成的材料。

我已经成年了，拥有独自出海捕鱼的权力。有时候，我会坐着我心爱的独木舟出海，看看那些白人在岛上忙活什么。

他们的生活与我们截然不同，我从未见过他们打猎捕鱼、编制草裙、修建帐篷。

他们的屋子不是用棕榈和竹子搭成的，我看着他们跑来跑去，岛上的树林消失了，地平整了，一个个类似方盒子的屋子建了起来。

他们不欢迎我，我在独木舟上能看到那些家伙挥舞着双手，喊叫着驱赶我。

我心里也记着阿妈的话，不会多作停留，只是好奇。

我从未想到因为这一丝丝的好奇心，我的命运将与那座岛紧密相连。

那一日，我同伙伴们一起出海捕鱼，我知道有几个地方，只要下网就能满载而归。

海边的天气捉摸不定，我们刚出海，晴朗的天空刹那间阴云密布。

我们费尽力气划船想赶往最近的陆地，但狂风和海水将我们越推越远，在这里它们才是主宰，而我们就是小小的蚂蚁。

另一条独木舟被冲散了。他们的影子渐渐消失在风浪之中，再也看不见。

折腾了好一会儿后，暴雨终于落下，每一个雨滴都有指头大小，落到脸上就像挨了一拳。独木舟上下颠簸着，我们只能趴在里面，尽力维持平衡，还要一刻不停地往外舀水。

和我一条船的是达达埃——我的堂弟，他吓得乱叫，他的哭喊混着雨声闹得我心烦。

我们一起长大，他从小爱哭，身子却长得比谁都壮实。我以为他的胆子如他的年龄一样一点点大起来了，没想到在他大个子的外表下，胆子还如儿时一般。

人的一生也不过三十多年，我同他已经十七八岁了，人生已经过半，没有什么怕的了。

雨终于小了一点，但风势并没有减弱。我们继续在茫茫大海中漂流。

祖先保佑，我终于看到了一座小岛，但此行中我们最大的危险也出现了。小岛周围都有礁石，如果没有合适的港口，我们也逃不开船毁人亡的结局。

我和达达埃强撑着疲惫的身体，继续划船，想要靠近小岛。

突然，随着一声闷响，我们的独木舟剧烈地震了一下。我整个身子都被震麻了，达达埃险些被震出独木舟。

独木舟的底部被礁石撞出了一个头颅大小的破洞，海水正在涌入船内。我们被海浪掀翻，我扒着尚有些浮力的独木舟尽力浮出水面呼上一两口气。达达埃已经消失不见了。

我记不得自己是如何脱险的，当我醒来时，发现自己躺在沙滩上，独木舟搁浅在我身边。

我全身上下火辣辣的疼，大海给了我无数伤口，海水和沙子又给伤口带去难以忍受的疼痛，但至少我还活着。

天已经放晴了，蓝得让你不敢相信就在不久前它还深沉得像魔王一般。

我爬起来往岛内走去，想要找些果子或泉水，没走出几步我就听到了奇怪的呼喊声。

一个白人在不远处冲我大喊，原来我被冲到了阿妈口中的魔鬼岛上。我无意和这些白人作对，靠着海边的一颗椰子树缓缓坐下。

　　我听不懂他的话，他们的语言太奇怪了，就像被踩住脖子的鸟在唱歌，叫人难以理解，又让我深感别扭。

　　我无奈地向他比划了好几个手势，试图告诉他我没有恶意，只想休息一下，最好能找到些材料修一修我可怜的独木舟。

　　但他就像闻到血腥味的鲨鱼一样，始终不肯离去，一直围着我转。

　　他把我弄烦了，我忍无可忍地站起身，找到一根木棍向他挥舞，试图驱赶他。

　　他似乎被我吓住了，立刻从身上掏出一个短木棍一样的东西。就是这个短木棍，发出了打雷一样的声音。我被吓了一跳，身边的一棵小树应声而断。原来部落中长辈说的都是真的。

　　我抑制不住地发抖，木棍不知何时已经脱手了。

　　那响声引来了他的同伴，一个人我已经应付不过来了，再来一人，我就彻底没有办法了。

　　我觉得自己无法和他们交流。

　　我逃过了大海，却要死在几个白人手上，想到这点，我就无比沮丧。

　　来的还不是一个人，而是一群人。

　　其中有个人与其他人全然不同，就像是沙滩上的一枚贝壳一样可爱。他望向了我，望了好一会儿。

　　突然，他一抬手，其他人便把那奇怪的短木棍放了下来。他慢慢走近我，同时举起双手，让我看清楚他手里没有武器。

　　这个人似乎没有那么愚蠢，可以交流。

　　我对着他挤出了一个微笑。

　　他丢给我一些小东西，我捡起来看了看，是用不知名材料包着的块状物。

　　他手里也有一块一样的东西，令人惊讶的是，他把块状物放进了嘴里，还朝我做手势。

我理解了他是想让我尝尝那东西，于是我学着他的样子咬了一小口，脆而甜，我这辈子从未吃过这样美味的东西。

后来，我才知道当时他给我的是一包奶油饼干。

奶油饼干虽然好吃，但我嗓子干得快要冒烟了，吃到后来，饼干的碎片就像石片刀一样在割我的喉咙。

他似乎发现了我的窘境，从自己腰间解下了水壶，喝了一大口后丢给我。

我一口气喝完了剩下的一大壶水。

我就这样从他那里得到了食物和水，于是我壮着胆子向他讨要一些能修复独木舟的工具。但我比划了很久，他都没明白我的意思，情急之下，我居然上前抓住了他的手。

周围的白人发出了惊呼声。

他却不慌不忙地跟着我到了独木舟边上。

这下他立即明白我要什么了。他用他们的语言说了一段话，我就得到了一些工具和一份礼物。

工具包括一罐胶水、一把斧头、一大块防水布。礼物在一个小布袋里，我没有打开。

我所不知道的材料就是金属，他给我的斧头就是铁斧，这个工具简直太好用了。

我用他给我的工具简单修复了独木舟。

这是我和霍姆斯的第一次接触，我对他有不错的印象。

最终，我安全回到了部落，只有我一个人回来了，其他人都被可怕的大海吞噬了。

部落为他们举办了一个简单的葬礼，日子还要继续。

我打开了他给我的礼物，布袋里面是七颗透明的珠子，我从没有见过这么漂亮的东西，它们就像珍珠一样圆润，有鸟蛋那么大，晶莹剔透，在阳光下闪闪发光。

部落里有很多人喜欢这些珠子，我把珠子分给了遇难族人的血亲，自己只留下两颗。

我用珠子请人帮我重新造了一条上好的独木舟。

比起漂亮的珠子，我更喜欢铁斧，它比石斧好用多了。

我阿妈却不开心，她认为我不该上岛和那些人有接触，它迟早会给我带来厄运的。

我不知道她在害怕什么，但我答应她绝不会再去那座小岛。

大概过了四十多天，达达埃居然也回部落了。他的经历比我还要惊险。那天他也被风浪冲到了岛上，只是位置和我不一样。他昏倒在一处海滩上，傍晚时分才被人发现。他身上被礁石划出了老大的口子，眼看是活不成了，结果被人捡回去，居然治好了。按达达埃的描述，救他的与送我礼物的应该是同一个人。

部落里的人看了达达埃骇人的伤痕都直摇头，如果是我们的人来处理这个伤口，达达埃绝对没命了。

看着活蹦乱跳的达达埃，我有预感，我答应阿妈的话不会作数了。

月亮由残缺到完整，变换了三次，我才再度踏上那座岛。

这次我带了三艘独木舟和五个人一起上岛，在白人们的建设下，小岛的模样又变了，原先茂密的树林被砍伐，变成一块块平整的土地，方形的建筑也更多更精致了，也多了一些我不知道用处的房子。

我们一行人很快就引来了白人的注意。我拿出最后一颗珠子，试图和这些人沟通。

他们却爆发出了一阵嘲笑，看我们的神情就像是在看一群被哄骗的猴子。

我很生气，想要继续前进。但白人们把短棍举了起来，我害怕那些短棍再次发出巨响伤到我们，只能待在原地。

　　终于有人注意到我和达达埃曾来过岛上，似乎也知道我们没有恶意，就没继续驱赶我们。

　　待到太阳西斜，之前那个人才出现。

　　我比着手势，指向自己说道："奇亚。"

　　他果然能理解我的意思，也指着自己说道："霍姆斯。"

　　我们交换了名字。

　　我来这里就是为了寻求霍姆斯的帮助。

　　在我的命令下，我的族人将乌奈庞扶了过来。

　　乌奈庞是我弟弟，他十五天前患了病，部落中的长老没有任何办法，包括我阿妈都没有办法，我们请遍了祖先之灵和各种自然之灵，但乌奈庞的身体仍旧没有好转的迹象。

　　绝望之际，我想到了小岛，于是说服族人上岛寻求帮助。

　　霍姆斯露出了微笑，带着我们进了一间屋子，那屋子比我们十个帐篷加起来都要大。

　　有白人挡在门口，见到霍姆斯后才不情不愿地放我们进去。

　　屋里装了无数的笼子，每个笼子里都关着猛犬，对着我们狂吠，半张的巨口中露出两排白森森的尖牙。

　　烦死人了。

　　我敲了敲柱子和门框，它们的材质和那把斧头一样，敲起来会发出叮叮当当的声音，就像唱歌一样。

　　他们真是太浪费了，这些东西能制作多少工具，放在这里实在是浪费。话虽如此，我们也没有加工这种材料的技术。我对这些人以及岛上的东西真是越来越有兴趣了。

　　霍姆斯开始治疗乌奈庞，我准备在岛上多待几天，直到乌奈庞痊愈。

　　为了报答霍姆斯，我们带来了新鲜的海鱼和各色果子。霍姆斯收到这些也很开心。

乌奈庞得到了照顾，我也在岛上待了下来。我在他们的建筑边上，搭了一个简易的帐篷。

霍姆斯很忙，只会在晚上来看我。他每次来都会带一些食物，都是我不曾见过的食物，比如黑色的薄块，又甜又滑，还有一种有烟熏味的肉片。

我不会因为这些小恩小惠被收买。我真的将霍姆斯当作朋友，还是因为他开始向我学习我们的语言。学习的方式很直接，他指着各种东西，我告诉他读音，他很快就学会了大海、椰树、沙滩、水、肉、火焰等常用词，然后我又比划着告诉他各种动作，如吃、苏醒、睡觉……

霍姆斯是我见过的最聪明的人，仅仅几天时间，他就能和我交谈了。

我问过他为什么学得这么快。他拿出了被他称为笔记本的东西，说他把我告诉他的词语和用法都记下来了，每天看几遍直到记住就可以了。

霍姆斯知道我们没有文字的时候露出了遗憾的表情，他认为没有文字就会遗失过去，而遗失过去就意味着难以积攒知识。

我仔细想了想，发现他说的很对，如果我用好多年做出了一种工具，制作很难，但作用很大，我把它的制作方法教给了朋友们，但由于种种原因，我们都去世了，那这种工具就失传了。但如果有文字记录，我们部落就不会失去这个工具。

我问霍姆斯，在他的部落里是哪一位智者发明了文字。

霍姆斯说，发明文字的人叫作仓颉，他是上古时代一个大部落的史官，之前，部落里都用结绳记事，发生什么事就在绳子上打结，但由于事情太多，很难准确地回忆起哪个结对应了哪件事。传说仓颉生来就有四只眼睛，注定有所成就，他根据鸟虫的痕迹发明了文字，当他成功的那一刻，天上落下了果实，为他庆贺，鬼神在他身边哭泣，对他的发明感到恐惧。

我提出想要学习他们的文字，但霍姆斯只是微笑，说有机会一定会教我。

乌奈庞的身体在好转，他痊愈的速度比我想象得快。

我和他乘着独木舟回到部落前，霍姆斯告诉我，我以后还可以再来岛上，他们没有新鲜的肉类和水果，如果靠运输的话，成本未免太大，安排专人捕捞和种植则得不偿失，所以他希望我们之间能交易一些物资。

我自然是愿意的。

我坐在独木舟上，迎面是清爽潮湿、带着海腥味的海风，平静的大海就像一块蓝色宝石，水天相接处有一个小黑点，那就是我们部落所在的岛屿。

我带回了健康的乌奈庞，大家都很开心。

只有我的阿妈，她脸上的忧愁浓郁得就像要滴下来一般。我讨好地把我新得的珠子拿给阿妈，但她把珠子丢了出去，她冲着那座岛屿吐唾沫、咒骂，说我们早晚会因此遭遇厄运。

但随着年纪的增长，我已经不那么听阿妈的话了，尤其是达达埃和乌奈庞生还后，没有谁能拒绝那座岛带来的好处。

在我的带领下，我们的部落开始同霍姆斯做交易，换取工具和医疗。

一年后，我成了部落的酋长，又一年，我阿妈病死了。她患病后，我一直想将她带上岛，但她宁死也不愿去那座岛上。在她去世前最后几天，她翻来覆去说着难以形容的邪恶在岛上酝酿，沾染上邪恶的人都难逃一死，死后灵魂也将永远在烈火中受苦。

与她的想象相反，我们的部落借助着霍姆斯的善意开始强盛。

每隔三天,我们为岛上送去新鲜的水果和渔获。如果有别的事,霍姆斯也会提前告知,让我们帮忙。

霍姆斯安排给我们的几乎都是体力活儿,类似砍树、挖沙子。

但有个活儿,他只会让我和达达埃去做。达达埃自从被霍姆斯所救,常常围在霍姆斯身边,俨然一个忠心的奴隶。而我,我想我应该是他的朋友,他足够信任我。

霍姆斯让我们帮他运送货物,每次都在深夜。我们在船头挂着一盏矿石灯,从轮船上把箱子卸下,再用小船载到小岛上,箱子有大有小,盖着黑布,有时候箱子里会发出不知名的兽吠声,有时候我会感到里面的东西在挣扎,箱子也一直弥漫出生物才有的臭味。

这些箱子会被送到最核心的屋子里,我从未见过箱子里的东西再被运出来。

霍姆斯并不是小岛的主人,经过我仔细的观察,至少有四个人地位在霍姆斯之上,我曾见过霍姆斯被他们指责的场景。但霍姆斯是唯一一个和我们平等交流的人。

夜里接货物的时候,他也常和我们一起上船。有空的时候,我还带他出海捕鱼,他是个聪明的人,学什么都很快,捕鱼也是一把好手。霍姆斯似乎很享受夜晚的大海,会安安静静地坐在船上,就像林子里的夜枭一般,极少的时候,他会同我聊天。

"你们为什么要离开家乡?是家乡那边养不活那么多人吗?"有一次,我好奇地问霍姆斯。

在我们这里,当一个部落的人数过多时,一部分人就会乘船出发,寻找一片新的家园,成为一个新的部落。如果现有的植物和鱼群消耗殆尽,部落也会集体去找新家或者抢下一块地方。我们兜兜转转在群岛间繁衍了无数代,不需要去海的另一边,所以我好奇霍姆斯的家乡究竟是什么情况。

"有很多原因。"霍姆斯解释道,"主要是因为利益,有些利益是你想象不到的，它们比口粮重要得多。你们制作肉类时会用到香料吗？很久以前，有一批人在岛屿上发现了这些香料，然后千里迢迢运到没有香料的地方，一袋原本随处可见的小果子就值七头肥牛了。他们严格保密通往岛屿的航线，还把香料浸泡在石灰里防止发芽，这样买走香料的人也不可能栽植。为了找到岛屿，无数船出海，无数人葬身大海，后面的人找到有香料的岛屿后，也会和之前的人一样，在岛上建起一座座种植园，把对外销售的香料都淋上石灰，将任何偷窃、种植、销售香料树的人一律处死，甚至屠杀、掳掠岛上的原住民。你说是为了什么呢？"

"是为了香料？"我试着回答道，但话一出口，我就觉得自己说错了。

"是因为利益。"

"那你到这里来，也是为了香料吗？"我问道，"你们似乎把这里叫作世界上最遥远的地方。"

"不不，香料已经不再珍贵了，他们已经找到了足够多的岛屿，建了足够多的种植园。"他说道。

"那现在什么才珍贵？"我问道。

霍姆斯看着我说道："人才珍贵。"

我不由得想笑，人才不珍贵，如果人珍贵，哪儿还有人会拿枪肆意杀人。这个时候，我已经知道长得像短棍，能发出巨响，在百步外杀人的东西叫枪了。而且我现在只觉得人太多了，我们和岛上做交易得到甜头后，不少部落学着我们的样子也到了岛上。原来一船鱼能换一把小刀，现在已经涨到两船半了。随着部落的聚集，原来丰富的资源在不断减少，彼此间也常常爆发冲突，这块地方不再和平了。

如果可以，我倒是希望这里的人能少一点，最好和之前一样只有我们一个部落。

就在这个时候，船上的某个箱子发出了一声古怪的响声，有一点像人的闷哼声。

我伸手想一探究竟。

"不要看，看一眼，你的眼睛会烂掉。"霍姆斯急急忙忙地对我说道。

他的话让我一时之间分不清是玩笑还是威胁，但烂掉这个字眼让我赶紧缩回了手。

这之后，霍姆斯很长时间没有和我说话，船靠岸后，他也找了其他人帮忙搬运箱子，没有让我插手。

霍姆斯有秘密瞒着我。我猜他们远渡重洋来到这个岛上，就是为了保守这个秘密。

人与人相交不可能做到完全的坦诚相待。我们每年都会把一些水果放在瓮里，发酵成偏酸甜的酒水，深受他们的喜爱。但我永远也不会告诉他们，水果得由部落里德高望重的长者用脚踩烂。为了获得某一种微妙的口感，踩烂水果的人还不得洗脚。以我对他们的了解，霍姆斯他们是无法接受这种酿造法的。

另外，部落与部落的冲突，我们也心照不宣地都没有告诉岛上的人，我想这可能涉及一种文化上的自卑，我们不愿他们看到我们野蛮的一面，害怕他们再也不和我们交易了。

我个人还有一件事瞒着霍姆斯。之前霍姆斯学会我们的语言后，就一直用我们的语言和我交流，他就像忘了曾说过要教我英语的事情。但只要有心，人在某种语言环境中待久了，总能学会这种语言。和白人接触久了，我也能听懂一部分英语了，但他们以为我只会几个词罢了。

正因为他们以为我听不懂英语，我还偷听到了不少外界的新闻和他们的日常谈话。

　　有一则新闻让我印象深刻，说是有个国家，也在岛上生活，他们的船长和水手互相勾结将本地的贫穷少女运送到国外去，从中牟取暴利。有一艘轮船把十三个少女装在锚链舱里面。锚链舱过于狭小，十三个少女只能挨着坐在铁链子上面，然而到了终点后，水手们忘了锚链舱里面的少女们，放下了船锚。锚链舱的铁链飞快地从链孔中滑出，十三个少女直接被卷了出去。讨论这条新闻的人似乎在说，反偷渡的舆论压力可能会对他们在岛上的工作产生什么影响。

　　而我通过这个新闻也隐隐明白了霍姆斯的话。人在当地可能是廉价的，但运到另一个地方说不定能卖出高价，这点和香料差不多。

　　但现实没有给我太多时间去研究人与人的友情、学习异国语言和思考人的价值。

　　之前我提到过，有些部落为了与白人交易，搬到了那座岛附近的岛屿上生活，各个部落之间的距离比之前要近，这使得偷袭更为方便。有部落居然趁着夜色发动了袭击。

　　那晚，我睡在自己的帐篷内，忽然听见一声高亢的哨子声——守夜的族人只有在危急情况下才会吹出这样的哨声。

　　我立马抓住边上的刀子，冲出帐篷。白人不与我们交易枪支，所以铁质的刀具已经是我们最好的武器了。

　　出了帐篷，我发现几个部落的人已经混战成一团了。

　　"小心。"不知是谁提醒了我。

　　我一扭头便看到冰冷的刀光正朝我袭来。我赶紧侧过身子，翻滚到一边，躲开了一刀。

　　但对方不依不饶，又冲我劈出一刀，我从下方伸出一脚，想绊倒他。又是一声"小心"。我感到背后掠过一阵寒气，赶忙翻了几个跟斗，拉开了距离。

我清楚地意识到自己正在被夹击。如果我死了，我们部落一定会乱作一团，我必须从这番绝境中拼杀出去。

正当我们僵持之际，达达埃突然出现，抓住了我的一个对手，他来得正是时候。我当机立断冲过去，狠狠地一刀砍翻对手，鲜红的血液喷洒出来。

"剩下的也交给我来对付。"达达埃喊道，"你快去找人，去岛上，让他们来制止这场战争。"

听了达达埃的话，我立马反应过来。我与霍姆斯交好，可以说动他带人过来帮忙。

我在达达埃的帮助下杀出一条血路，坐上独木舟，拼命划桨，用最快的速度到了岛上。下了船，我急忙去找霍姆斯。我同很多白人都是熟人，我向巡逻的白人喊了几句，他们就没有阻拦我。到了建筑门口，看守居然也没有阻拦我，可能是被我的样子吓住了，我身上满是杀人时沾染的鲜血，当然，也可能是他饮多了酒根本没有反应过来。

于是我直接去找霍姆斯，我在一个个房间的门牌中寻找霍姆斯的名字。

我见过霍姆斯黎明才从这里出来，他时常在这里过夜。我确信今夜他也在这里！

我第一次如此深入这建筑，它狭长的过道与不知何时会出现的拐角让我混乱，对我而言，这里就像一个可怕的迷宫，我能在密林中找对方向，我能在大海上找对方向，但我在人造的方盒子中失去了它。

我闯入一些怪异的房间，那些房间比堆满狗笼的房间要奇怪一百倍。

有个房间内放置着扭曲的机器，它是个巨大的罐子，连通着扭曲的管道，就像一头蛰伏在洞穴内的巨型章鱼，大罐子是它的脑袋，管道是它交织的触手，我无法理解它的作用，刻在其上的是我从未在其他地方见过的符号与文字。

更奇怪的是，尽管我难以理解这是什么，但我从中感受到了从灵魂深处涌现的恐惧。这头畸形章鱼内部传出奇怪的声音，像是呕吐声，又像是喘息声。

恍惚间，我脑海中浮现出噩梦般的景象，我仿佛坠入一片漫无边际的恶臭沼泽，周遭满是黏稠、墨绿色的烂泥，它们一点点将我吞噬，进入我的每一个毛孔，消融我的肉体，让我也成为一摊没有形状的怪物。

我再也无法呼吸了，关上门，我逃向了下一个房间。

我又看到了一些病恹恹的动物，我明明知道它们不会有人类的表情，却还是觉得它们都带着扭曲又绝望的面孔被关在透明的玻璃后，安静地看着我。即使隔着这么远的距离，我仍能感受到从那里传来的无与伦比的痛苦气息。

这是另一种让人难以忍受的感觉，我赶紧去往另一个房间。

这似乎是个陈列室，两侧摆满了架子。

第一排架子上是各色骨头，它们被拼成动物还活着时的模样，多别扭的习惯，杀死一只动物，还要把它的骨头一根根拆出来洗干净再拼成某种样子。

不过骨头的数量不是很多，架子上更多的是玻璃罐，一块块肉团浸泡在透明的液体内。我能认出一些器官，它们可能属于其他什么动物，也可能属于人类。空气中弥漫着一种浓烈的刺鼻气味，多呼吸一会儿，我觉得自己的肺都要燃烧起来了。

再往深处去，仅仅望了一眼，我的心脏便要停止跳动，血液也在一瞬间冻结，浸泡在液体中的居然是一具具胎儿的尸体。我无法面对这些东西，硬着头皮往前小跑。

我沿着架子走到底，看到了一行字 "*department of artificial*

human production"，我只能认出两个词，一个是制造，一个是人类。

人类是陶罐一样的东西吗，也能制造吗？我搞不懂了。

在前面，我终于看到了霍姆斯，我找到他了！

他没有让我失望，立刻召集人手，坐上快艇，火速赶往战场。

正如达达埃所料，霍姆斯他们强大的武力立刻震慑住了所有人。交战中的每个人都被迫放下了武器，然后，霍姆斯按部落分割了人群，开始施以救助。

"他们知道自己做了什么。"我有些失控地对霍姆斯嚷道，"他们差点杀了我！先引起纷争的人早就做好了被杀死的准备！你是我请来的救援，你不准救助他们！"

霍姆斯淡淡道："我只知道他们是伤者。我的朋友，我不能认可你的说法。也许你们可以换一种生活方式，一种更加文明的方式。"

"我们已经在学习你们了。"我有些不服气地说道。

霍姆斯说道："但你没发现文明的精髓，当一张馅饼不够分配时，不应该减少分馅饼的人，而是要利用所有人的力量将馅饼做大，我们的世界才会越来越广阔。"

将馅饼做大这个想法打动了我，但我仍然不愿意就这样放过袭击我部落的人。

"这样吧，我会帮助你们。"霍姆斯说道，"我相信我的处理会让你满意的。"他露出了一个笑容，全然不顾自己手上、脸上还带着救治伤者沾染的猩红血污。

霍姆斯的优势在于他能支配的资源和知识。我所认为的"馅饼"只有树林、陆地、海洋以及它们所产出的，霍姆斯的资源则是船带来的神奇物资，而他拥有的知识又能使资源倍增。

比如说，我用一船鲜鱼能换一小袋玻璃珠，霍姆斯则教我用一小袋玻璃珠去换三船的鲜鱼。

霍姆斯的处理确实让我们都满意了。霍姆斯说服了岛上的其他人，让他们正式雇用我们，也就是说，我们有一部分人能穿上他们的衣服同他们一起生活，虽然干的仍然是体力活，但我们同其他人一样能领取一份"工资"，工资包括枪支、医疗用品、罐头食品等，这一切都让我们感到无比新奇。

而霍姆斯给我的优待是——由我负责原住民的人事工作，也由我决定本月工资该给些什么。如果我的部落缺药，我自然会要求用一些药品来支付工资，如果我的部落需要食品，那我就会要求用一些本地没有的食品作为工资。

这是多么大的权力，借此，我们部落彻底凌驾于其他部落之上，而我们大半个部落也搬到了岛上居住，和我们做出同样选择的还有不少部落，一时之间，这座岛热闹起来。

面对难以理解的先进技术带来的各种冲击，一些没有获得工作的部落会用木材制作自己的轮船、汽车等科技产品，还会举起竹筒当步枪，模仿白人的步操进行巡游。在我看来，这也太愚蠢了。

我觉得自己离愚昧的同族越来越远，离霍姆斯他们越来越近。

终于有一天，我按捺不住自己的好奇和恐惧问霍姆斯，当初我向他求救时，看到的到底是什么。

"那只是一些实验资料。"霍姆斯回答道，"与我的工作有关。"

"你的工作？"

"对，出于一些原因，我不能也无法向你具体解释那是什么。"

我发现霍姆斯的口气有些松动，便大着胆子继续问道："那你能透露的是什么呢？"

"你稍等一下。"霍姆斯转身去办公室拿来了两张旧画。

他先向我展示了第一张画。这是一张我无法理解的奇怪画作。泛黄的纸上只有三个图案，第一个图案是一个蜷缩成一团的小人拖着一条长长的尾巴，第二个图案也是一个小人，他微微弯曲膝盖站着，头上还蓄着一条古怪的辫子，第三个图案也是同样的小人，不过比之前那个稍胖一些。

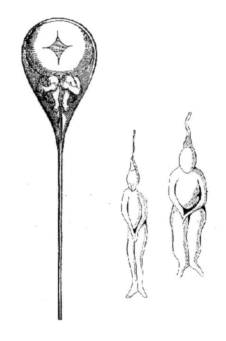

精子微观图

"你认为人类是怎样繁衍的？"霍姆斯问我道。

我想也不想地回答道："成熟的男女在一起就会产生下一代。"

"你的说法很正确，比什么神明祝福要好得多，但你还是没有说明人类的繁衍。男女的物质融合后究竟发生了什么，胚胎是如何形成的？"

我回答道："是男性的种子进入女性的身体，女性就如同海鸟孵蛋一样，把孩子孵化出来，种子就是一个胚胎。"

　　霍姆斯鼓掌道："有些学者的想法和你不谋而合。古希腊哲学家亚里士多德就胚胎的形成提出了两种可能性，一是胚胎中的一切都是一开始就具备的，仅仅是在发育过程中逐渐长大；另一种可能是胚胎中新的结构是逐渐形成的，前者他称为'先成'，后者自然是'后成'。这两种说法都有支持者。古罗马哲学家塞涅卡曾说，精子里面包含着将要形成的人体的每一部分，在母体子宫内的胎儿已具有了有朝一日要长着的须发的根基，在这一小块东西里面，同样也已具备了身体的雏形以及后代子孙身上其他应有的一切。"

　　"等等，最后一句似乎有些问题。"我忍不住提出疑问，"那个人的意思是后代子孙也在吗？是不是我的理解有问题，如果都在的话，那就是一个套着一个，我父亲的种子包含我、我儿子、我孙子直到最后一代，我的种子包含我儿子、我孙子直到最后一代。"

　　"没错。"霍姆斯点了点头。

　　"那这个绝对是错的。按这种说法来看，人类可能是被制造的，连保质期都被设定好了，如果只放了一百代的人类，那人类在一百代后就会灭绝，这不可能。"

　　"为什么不能是无限代？"

　　"我认为没有容器能放得下无限。"我说道。

　　"奇亚，说不定你是个天才呢。"霍姆斯笑着说道，"至今还有很多人以为人类就是被制造的呢，人类的末日也是注定的，神在创造人类的那一刻就把一切都安排好了。"

　　听到夸赞后，我脸上一热："啊，这可能和观念有关，我们部落认为人类是自然而然汇聚灵气产生的，所有生物都是这样来的，只不过每种动物汇聚成了不同的形象，其中强大的个体成了神明。啊啊，不提这些了，你还是说回胚胎吧。"

　　霍姆斯继续说道："荷兰生物学家、显微学家施旺麦丹研究昆虫发育时，通过对昆虫变态过程的观察，发现在昆虫的整个生命周期中，成形的昆虫早就以某种形式存在了。那么人类也有可能是这样。种子包含了一切，我给你的图是荷兰数学家、物理学家哈特索克画的，他自称用显微镜观测到了精子的样子，也就是在一个精子里面蜷缩着一个小人，头、躯干和四肢俱全。"

我恍然大悟："男人的精液里面有不少你说的精子，你们可以大量制造人类。"

炼金术师与瓶中小人

"制造人类？对，奇亚，你真的是天才。其实在蒙昧的中世纪就有类似的想法了，尽管那个时候还没有显微镜，也没有人发布微观精子图，但他们相信精液就是生命蓝本，一群被称作炼金术士的学者基于这个理论，认定人类是可以脱离母体被培育的，于是设计制造人类。他们的方法是，在烧瓶中放入人类的精液以及各种草药，通过马粪的发酵作用来进行保温。据说，经过四十天后，烧瓶中就会出现透明的、具有人类形状的物体。但此时它还没有肉体，需要加入活人的血液，并在四十个星期里保持一定温度进行培养。这期间，每天都要加入新鲜的血液。如果把它拿出烧瓶，或是停止新鲜血液的供应，它就会立即死亡。按照他们的理论，经过这些步骤后，他们就会得到一个生命体，外表和人类一样，但是身体比人类要小很多。这个生命体被称为何蒙库鲁兹，也被称为瓶中小人，自降生起就具备各种各样的知识。"

"烧瓶、草药、鲜血，还有恒定的温度，他们是想要模仿人类的子宫吧。"我问道，"所以他们成功了吗？"

"当然失败了。因为这套理论是错误的。"霍姆斯说道，"制造人类没有那么简单。"

这我相信，因为连霍姆斯这样的人都花了这么多时间在这件事上。

突然，他压低了声音对我说道："关于我的工作，我只能讲到这里了，至于其他人在干什么，或许你可以自己看看。"

我确实好奇其他人的工作，但他们肯定不会像霍姆斯这样愿意和我说这么多话。

我只能睁大自己的眼睛观察，特别是打扫卫生时，我会留意里面在干什么，时间一长，我也看出了一些端倪。我认为他们所做的都没有霍姆斯的伟大。他们的所作所为甚至让普通人不耻。

我就这样在岛上过了两年，期间不用担心渔获和疾病，仿佛身处天堂一般。但与此同时岛上也越来越拥挤，以前我从未想过一个小岛可以挤下这么多人。当人数到达某一个数字后，就有人吃不饱饭了，毕竟我们靠霍姆斯发的工资和与其他人交易获得的食物是有限的。同时灾害也在此时悄然降临了。

那一年海岸附近的海水格外温暖，还下了好几场大雨，并有海鸟奇怪地集体迁徙。

那一年海里的鱼格外少，采摘的收获也赶不上往年。

我们向白人提出请求，希望他们能提供更多的食物。但他们拒绝了，霍姆斯也表示无能为力，因为白人们的运输能力也是有限的，他们的食物不可能供这么多人生活。

尽管不至于饿死，但大家过了好几年能吃饱的日子，都难以忍受饿肚子的感觉了。

更加可怕的是，不知哪儿传出去的消息说岛上有食物，而且岛上的白人并不杀人，又有一群人来到了岛上，让资源更加紧张。

我作为部落的酋长却想不到任何办法，只能继续找霍姆斯帮忙。但达达埃却找到了办法，他驾着船带回了不少猎物。

他从不透露自己的猎场在哪儿，害怕别人抢走他的猎物。可他带来的猎物确实真实，他会将肉做些简单的处理，同其他人交换粮食，然后分给部落的众人。

我曾问他，每天早上坐着独木舟到底去什么地方了。可他连我都不愿透露。这让我有些不满，我想，如果我们两个人一起狩猎，便能收获更多的猎物。

不过没过多久，我就将这小小的嫌隙放下了。

因为除了饥饿，岛上又出现了疾病。

自从霍姆斯来了之后，疾病变得不那么恐怖了。只要吃几片药，很多疾病都能治愈，但是这次的疾病却没那么容易被解决。

儿童和老人最先倒下，然后，原本强壮健康的年轻人也突然发起高烧，咽喉和舌头充血，嘴里发出异常的恶臭。患者还会打喷嚏，因剧烈的咳嗽而胸部疼痛，声音嘶哑。

瘟疫很快蔓延到整座岛屿，它就像野火一样猛烈，但我们没有合适的"水"来浇灭它，连白人们也没有任何办法。然而，我也发现了一个现象，白人很少有得病的，就算有，他们也很快就痊愈了。

达达埃在一个深夜偷偷地来找我。

他的头发乱糟糟的，脸色灰白，嘴唇开裂，深陷的眼眶显示他已有几天没睡了。他一见到我便低下脑袋，开始流泪，流了好一会儿，才对我说道："我错了，那些动物，我不该把它们带回来。"

"你在说什么？那些肉有什么问题吗？"我问道。

达达埃痛苦地说道："这些东西都浸染了恶魔的毒素。瘟疫与它们有关，我来向你告别，我必须阻止这一切。等回来后，我会告诉你我做了什么。如果我没有回来，你赶紧带着剩余的健康族人离开，永远不要再靠近这里。"

那一夜之后我再也没见过他。

他就像一颗露珠消失在了清晨的阳光下。

达达埃的失踪提醒我，这场可怕的瘟疫与白人脱不了关系。

我脑海中也浮现出一段历史，这还是霍姆斯告诉我的。他说在大洋彼岸还有片大陆叫美洲。而白人的家乡在欧洲。白人发现美洲后就想着占领那片土地，他们拥有一个意想不到的盟友。

美洲和欧洲的温度环境接近，白人带来的病菌在美洲也能存活。白人对这些病菌有一定的抵抗力，但美洲原住民却没有任何抵抗力，随着欧洲白人的活动，美洲人大量死亡，相比而言，因为战争和屠杀死去的美洲人反而要少得多。

瘟疫的蔓延大大鼓舞了欧洲白人的士气，他们洋洋得意地宣布"美洲人像腐羊一样死于天花，凭着非凡的美德和上帝的保佑，没有一个英国人染上这种疾病""上帝后悔创造了如此丑陋、卑鄙和罪恶累累的人，所以要灭绝他们"。

　　他们的宣传起效了。大规模的死亡造成了美洲人的恐慌，他们不明白这是怎么一回事，以为是欧洲来的上帝战胜了当地的神灵，因此丧失了抵抗意志，拱手将自己的命运交给了殖民者。

　　就瘟疫的情况而言，与岛上发生的一切多么相似。

　　就在此时，岛上的白人终于有所行动了。他们以人道援助的名义开始救治病人。

　　他们重新规划了居住地，要求我们不再按照部落而是按照身体状况居住。健康的人被分成几个大区居住，病情稍轻的被安排到岛的另一端居住，病情严重的则被直接送到屋子里。

　　我们无法探视病人，连病情稍轻的病人也不行。在我们看来，白人蛮横地带走了我们的亲朋好友。

　　谁知道他们被送到什么地方去了？

　　这样肯定是不对的。

　　而且除了少数病情稍轻的病人痊愈后回来了，其他人就此消失了。

　　就算他们死了，我们也该见到他们的尸体，好好埋葬他们，这样他们的灵魂才能去往祖先所在之地，获得安宁。

　　我们惶惶不可终日，仅仅几个月，我们已经有三分之一的人口消失不见了。

　　我们靠纷争、疾病、食物等诸多要素控制着彼此的距离和各自的人数，这样的生活方式并不是没有道理的。岛上的人帮助过我们，却也在灾难到来时害了我们。

　　如果能预料到这样的灾祸，我宁愿继续过从前的生活，我就应该听阿妈的话！

　　除了悔恨，还有怀疑在我的心底生根发芽。

　　经过长时间的犹豫和考虑，我终于找上了霍姆斯。我想要从他口中得到真相。

"你究竟知不知道他们在做什么？"

霍姆斯沉默不语。

"他们在做什么？"我继续问道。

"你知道我不能说。我是他们的一分子。"

"我只能问你，就看在我们相交多年的分上。"

他垂下头，像是要用尽所有力气去做出决定，突然，他抓住了我的肩头，贴近我的耳朵对我说道："你应该知道。你的脑子里早该拼凑出真相了，不是吗？如果你向我求证，我会告诉你答案。"

"太可怕了。"我颤抖着说道，"他们还是人吗？"

过去的种种迹象浮现在我脑海之中。

——人最珍贵。

——打击偷渡使得岛上的白人担忧。

——岛上运来的各种动物，其中甚至可能有人类，他们从未活着离开。

——那些人利用动物进行恐怖的研究。

——病人们进入建筑后就此失踪。

"哈哈哈……"我发出歇斯底里的笑声，就像一只海鸥被捏住了喉咙在尖叫。

"你必须要帮我。"我握住了霍姆斯的手。

我们必须复仇，必须清理这片土地和海洋！

我知道他早就想离开这座岛了，他也被困在了这里。

我已经想好计划了，再过一两个月就是他们的感恩节，那时候他们都会喝得酩酊大醉。我们有一种草药，能使人麻痹昏迷。我准备把它混入酒水内。到时候霍姆斯打开门，让我们进去。

霍姆斯同意了。

感恩节那天，计划实施得出乎意料的顺利，他们唱歌，他们跳舞，然后他们倒下。

我们在霍姆斯的帮助下进入大厅，开始了杀戮。几个在外巡视的白人被我们用弓箭射杀。有一些人还未彻底失去意识，他们挣扎着爬起来想要反抗，但这无济于事。我们抢走了他们的武器。

随着阵阵枪响，一些惊醒的人从屋子里跑出来，到处都是血腥味和纷乱。我们深入建筑，看到那些可怕造物，正如我第一次看到那些东西一般，其他人也感到惶恐不安。他们把恐惧化作了破坏欲，不知是谁在四处点起火来。天空被火焰染得鲜红。

脚边的尸体上插着一支箭，身上好几个伤口，手里还牢牢握着一把枪，他的血已经流光了，双眼却还睁着。

我找到霍姆斯，帮他提着行李，避开所有人送他出海。

他的行李只有两个箱子。

我在海上回望小岛，只觉得整座岛都在燃烧。

在船上，我们彼此沉默。按霍姆斯的安排，他已经通知了一艘船来接他，我只要把他送到指定的地方就可以了。

"爱丽舍041"，我看到了其中一个箱子上的奇怪编号。

这似乎是个名字，但岛上没有叫这个名字的人。

这个箱子的造型也很奇怪，有小半个人那么高，外壳由金属和皮革制成，牢牢锁着，却在一些地方留了一些孔洞。

"不要看。"霍姆斯对我说道。

他换了一幅表情，完全就像个陌生人，对着我举起了枪。

"你，是你！"我惊呼。

天呐，他究竟做了些什么，而我又做了些什么？

恐惧、后悔、愤怒……有无数的情感从我心底迸发出来。

箱子里是他的研究成果，他想要独吞，原来如此。

我多么希望我未曾接触过这些。

"对不起，我的朋友，我只能将死亡送给你。"霍姆斯将枪口对准了我。

大海和天空是蓝色的。他脚边的箱子和手里的枪支是黑色的。

霍姆斯的脸是浅褐色的，正因为他的肤色，当初我才愿意同他交流。

而我的眼前变得一片鲜红，旋即是一片永恒的黑暗……

以我之名

今天比昨天还要冷。

尧兴的冬天一日寒过一日，再冷下去，你觉得自己全身的血液都要结冰了。

今天，你要做的事情并不多——与穆先生、长根、沈冰淼他们一起出门，继续调查伤寒疫情。

你和穆先生吃了一顿无言的早饭。

长根提着空食盒从绣楼回来，他刚见完冯伊曼，心情正好，嘴上甚至哼着莲花落的小调。不过你听不懂尧兴俚语，只觉得是首无比轻快的小曲。

"伍先生和穆先生都用完早饭了吗？"长根看了看你们面前的碗，"伍先生，你不吃了吗？"

你碗里还剩下半碗粥，你有些不好意思地说道："今天胃口不太好。"

长根随手拿起一个鸡蛋塞进你的衣兜里："今天可要跑不少地方，带上点吃的，我们出发去和沈先生、孔先生会合吧。"

穆先生疑惑地问道："他们不来这里吗？"

"嗯，孔先生一早就来过电话了，让我们直接去城东慈善堂。"

长根说道。

"城东就是那个皆有慈善堂吧，车叫好了吗？"穆先生想了想说道，"我记得你们说过那地方可不近啊。"

"哎哟，那个铁皮匣子有什么好坐的？没有我的船方便。伍先生，你说是不是啊？"

你刚得了长根的鸡蛋，又想起他上次划船的事情，就替他说话道："在尧兴的话，还是坐船比较方便，穆先生一路上都是坐轮船或者火车，之前应该没有坐过乌篷船吧？"

长根又对你笑了笑，似乎很满意你的"识相"。

"那我们就坐船去吧。"穆先生爽快地同意了。

到了河边，长根率先登船，你上船时没有控制好自己的重心，半个身子都晃荡起来，连带着小小的乌篷船也晃起来。

"不要慌，扶着船帮慢慢坐下去。"长根赶紧对你说道，并拿着木桨在水里拨了几下，稳住了乌篷船。

轮到穆先生登船时，他很轻松地就从岸边青石板上稳稳当当地上了船。

见此，长根问道："穆先生会水吗？感觉很熟水性的样子。"

穆先生挠了挠头："只是略懂，幼时，离家不远有条小河，我常冒着被痛骂的危险去玩水。长根你的衣服是不是破了，腋下的线开了。"

"可能是我太用力了，不小心崩开了吧。两位先生都去船舱里待着吧，把帘子放下来。"长根头戴乌毡帽，手上套着一双厚实的棉布手套，"今天风冷躲一躲吧。等到了地方，我再喊你们出来。"

你见穆先生一直待在船头没有进船舱，便也强撑着待在外面。

河道上结了一层薄冰。乌篷船划过水面，有碎玉裂瓷之声。

"阿嚏！"你打了个喷嚏。

算了，没必要和他在这种地方争个高下。你哆嗦着钻进船舱，似乎听到穆先生哼了一声。船舱虽然有帘子，能阻挡一些寒风，但水面上寒气本来就重，你仍在舱内瑟瑟发抖。

长根划得飞快，是个使桨的好手。不一会儿，长根就大着嗓门喊道："两位先生，我们到了，下船吧。"

你从船舱里出来，看到长根满面红光，鼻尖甚至挂上了汗珠。而穆先生坐在船头吹了一路的风，冻得嘴唇都发紫了。

你们到了皆有慈善堂。

慈善堂还是人满为患，生病的、受伤的、残疾的都挤在这个慈善堂内，完全不符合防疫要求。可谁让这世道可怜人这么多，而他们的栖身之所又那么少。

你发现有不少人聚集在赵三房间门口。

长根眼尖，最先发现了人群中的沈冰淼："沈先生，这里又出什么事情了，又有命案？"

"怎么可能天天死人。"沈冰淼向你们走来，"他们在清理赵三的遗物，结果发现了新的线索。现在孔兄正带人重新搜查，看看还会不会有新发现。"

在随后的交谈中，你得知赵三死后，慈善堂的工作人员准备清出赵三的位置给其他人，结果发现赵三的床板下有个小包袱，里面都是赵三的东西。

"伍兄，还有穆兄，你们来得正好，看看这个是不是毒药？"孔森跑出来递给你们一个普普通通的小瓷瓶。

瓷瓶里放着三四枚中药药丸，你拿起一枚仔细嗅了嗅："我不太懂中医，但这药丸的主材似乎是黄芪、白果、防风、五味子、银柴胡之类的。"

穆先生也看了看："嗯，是这些药材，是中医用来治疗过敏的常见药材。不过里面似乎有些杂质，闻着有一丝异味。"

孔森拿回瓷瓶，喊来一个手下："送回警察厅交给化验科仔细检验一下。如果里面真的有毒的话，就能说明此前我们的推理八成是对的。杀害赵三的凶手就是阿胡。"

沈冰淼问道："阿胡的两个同伙招供了吗？"

孔森摇了摇头："他们两个都还没开口，一直关着呢，可能是真的不知道。"

穆先生对投毒案了解得不多，看上去兴致乏乏，趁着他们谈话的间隙提议道："我们去看看病人们吧，看看究竟是不是伤寒。"

于是，你们逛了一圈慈善堂，你发现之前那几个重度烧伤者消失了，痊愈是不可能的，应该是已经去世了。

经过检查，你再一次确认，在尧兴肆虐的瘟疫就是伤寒。

"还是有问题。"穆先生皱紧了眉头，"一些病例也太奇怪了，一些病征根本不是单纯的伤寒能造成的。病人的病情突然恶化最后死亡，可能是并发症。但精神方面的问题是怎么回事呢？"

沈冰淼也说道："我是个外行，这几日恶补了些书，伤寒不应该对人的神志造成影响吧？"

"不过我看过一篇刚出炉的精神病学论文。"穆先生说道，"里面研究了消化系统与神经系统的相对关系，比如抑郁病人也常有慢性消化系统问题，精神分裂病人常有溃疡。"

你摇了摇头，这种理论太先锋了，而且没有什么证据支撑。你并不相信。

孔森似乎想到了什么，拍了下手："苏阿婆和我说过，慈善堂有个病人昨天刚出现精神方面的问题，我们可以去看看。"

再没有什么比亲眼看到实例更能让人了解情况的了。只是你们没有想到，这个病人竟然是个熟人。

"怎么会是老路呢？"长根吃惊地说道。

"老路之前不是病情都稳定了吗？"沈冰淼也是一脸难以置信的表情，"我记得前几天他都快康复了。"

老路蜷缩在床上，一动不动，整个身体都散发着一股死气。

老路的床头还以"品"字形贴了九张奇怪的符纸，不用想，这一定是苏阿婆贴的。

"老路，你还记得我们吗？"孔森轻轻推了推床上的老路。

老路猛地睁开眼睛，像是在惧怕着什么，眼珠不安地抖动，有一些神似小阿头。

"老路，是我们。你别怕。"沈冰淼柔声说道。

"有鬼，三位先生。"老路似乎认出了你们，"真的有鬼！"

"鬼在哪里，你看到了吗？"孔森抓着老路问道。

小阿头也提到过鬼，它似乎和瘟疫有着说不清道不明的关系。

老路露出惊恐的表情，用颤抖的声音说道："它无处不在。"

穆先生似乎是受不了老路的鬼话连篇，径直上前为老路检查了身体。"心跳很快，体温也很高，发烧了。"他又扒开老路的眼皮看了看，"眼白发黄，满是血丝。"

"告诉我'鬼'是什么，是一个人，还是你脑海里的幻象？"穆先生问老路。

突然，老路的双眼失去了神采，涎水从他的嘴角不受控制地流下，不小心滴到了穆先生手上。穆先生下意识地缩回了手，在床褥上蹭干净了涎水。

老路喃喃自语道："它们会杀掉我们所有人，全部都杀光。"

孔森叹了一口气："你把他吓坏了，别问了，再问也问不出什么。"

老路的表现与前日简直判若两人。

穆先生问："这种情况出现得多吗？"

"不是特别多，一双手能数得过来。"沈冰淼如实回答道。

你们知道穆先生在盘算什么。虽然每一条生命都很重要，且难以用所谓的数量和质量去衡量，但少数人也许只能为多数人让步。病征可能会变异，但这只是特例，你们可以先将那些特殊病例放到一边，等有余力时再来处理。

果不其然，穆先生说道："我们去疫病多发的地方看看吧。"

"这……"沈冰淼有些迟疑。他将目光投向了你。

你微微点了下头。

长根走到老路的病床前说道："老路，你好好休息吧。"

沈冰淼从包里拿出笔记本，本子上正是他这些天来的调查成果。

"我整理了现有的病例。"沈冰淼对你们说道，"找到了两个聚集区，八字桥和都泗门。"

这两个地方离慈善堂有一些距离。

穆先生道："我们这么多人，坐船不方便吧。我去叫辆车。"

"不用了。"孔森说道，"我安排了车。"

长根呲嘴道："我还是划船去吧，这些地方坐船去很方便的。有人和我同去吗？"

如果天公作美的话，你倒是不介意多坐几次船，看看河道两岸的青石板路、白墙乌瓦，但今天实在是太冷了。比起乌篷船，汽车要暖和得多。

长根见没有人同他去，瘪瘪嘴，一个人往外走了。

剩下的人坐着车，两刻钟后到了八字桥。

"有河。"孔森道。

河水看起来并不脏，尽管天气寒冷、河水刺骨，还是有不少居民在河边洗菜洗衣服。

"江南水乡，走出去几里地连一条河都看不到才奇怪。"沈冰淼说道，"这河带来了便利，也带来了危险。"

"打口井似乎不是什么难事，在水乡往下挖个几米就能见水。"穆先生说道，"为什么不用井水呢？"

孔森不由得叹了口气："穆先生太想当然了，我租赁了一个小房子，供自己栖身。我不需要院子，可别人需要，院子就这么大，要种点菜，堆点杂物，说不定还要养点鸡鸭，这样就没有位置了，而且多走几步就能见到活水，在当地居民看来，水井也就不那么必要了。"

沈冰淼带着你们拜访了几户人家。

他们平日里吃的用的就不甚卫生，会感染伤寒毫不奇怪。

沈冰淼仔细叮嘱他们要小心饮食，这样的关心打开了他们的话匣子。

"这样的日子什么时候是个头啊。"

"闹了瘟，药铺里的药一天天涨上去，这天气一寒，柴火、粮食、布料……就没有一样是便宜的。"

"真希望冬天能早点过去。"

见此，穆先生不由得皱眉："沈兄不如申请一笔专项资金，宣讲防疫、分发一些预防性的药剂。"

沈冰淼苦笑道："如果资金这么容易申请下来，我还发什么愁。"

你们正聊着，不远处响起了熟悉的声音，长根来了。

"四位先生，事情办得怎么样了？"长根冲你们喊道，"不顺利吗？我早来了一会儿，都问得差不多了，也把要注意的地方告诉街坊邻居了。"

"是吗？但我们说了半天，收效甚微啊。"沈冰淼无奈道。

长根上下打量了你们一下："也难怪的。几位大老爷来我们家说一堆我都听不懂的话，我也不会理。你们得告诉他们，不小心的话就会得病，这病还不会速死，要吃好几副药才能有好转，到时候人回来了，铜板全没了，穷日子没个头了。而且现在闹了瘟，药价越来越贵，天气一冷，柴米油盐也跟着涨，千万不能遭了瘟病，一定要等到冬天过去。"

沈冰淼苦笑道："到底是本地人懂本地人，你这番说辞是把对方的话都说完了，让对方无话可说。可缺医少药的现状还是没有改变。"

"他们自己会想办法的。"长根嘲讽地说道，"穷人的聪明劲在你们想不到的地方，不然这世上穷人早死光了。先生们，不要把事情想得太复杂，我们过得太难了，要是有人过来给我们提意见，说我们原来做得不对，要改，但又不给钱，我们是不愿意改变的。但要是和我们说，发生了什么，我们连现在这么惨的生活都要维持不了了，那我们就只能动起来了。事情就这么简单。"

孔森皱眉道："你说的似乎有一些道理，但我总觉得不太对。"

"哈哈哈哈。"长根笑弯了腰，"这件事就到此为止吧。先生们下一步准备去哪儿？"

穆先生摸了摸自己的下巴，开口道："疫情绝对不会无缘无故出现，这里人太多了，要感染也太方便了。我们找到最早出现症状的患者询问，没发现他们接触过可疑的事物，也没去过什么可疑的地方。伍先生，你有什么高见吗？"

你无奈地摇了摇头，想着这次要被穆先生压过一头了。

"我有个想法。"穆先生有些得意地说道，"如果样本太多范围太大，那我们何不精选样本呢？据我所知，有些病人并不是底层的平民，他们不喝河水。"

你想到已知的病人中有几人是乡绅，穆先生指的应该就是这些人。

"比起普通人，他们染病的渠道更少，换句话说，我们更容易找到来源。"

你看到沈冰淼眼睛一亮，拿出笔记本圈了几个名字。

"那我们接下来就去这几户人家吧。"沈冰淼说道。

借着沈冰淼卫生厅特派员的名头，你们的调查很顺利，这些人都极其配合。

跑了一个下午，你们也有了一些收获。

从现有记录来看，病人只要得到良好的照料，几乎都能痊愈，而且不会有什么奇怪的并发症。

"尧兴冬天也有大闸蟹吗？"沈冰淼问道。

序号	人名	发病时间	行程轨迹	用餐情况	府内情况	相互关系
1	孙某	约十七天前发病，已痊愈，本人认为只是急性肠胃炎	常年待在尧兴，近期并无外出记录	偶有外出用餐，同席者无患病者，饮食正常	另有三人在同一时间患病，但已痊愈	与其他人关系并不密切
2	洪某	约十五天前发病，已痊愈	二十天前曾去过宁波，其余时间待在尧兴	与于某、王某同席用餐过，一起食用了大闸蟹	另有两人同一时间患病，被赶回老家，不知后情	与于某、王某是朋友，常在一起吃饭
3	于某	约十七天前发病，已痊愈	二十二天前曾去过杭州，其余时间待在尧兴	同上	只有他一人患病	同上
4	许某	十五天前发病，现尚未痊愈	常年待在尧兴，近期并无外出记录	喜吃生虾蟹，病前曾食用醉蟹	另有一人患病，但已痊愈	与其他人关系并不密切
5	王某	二十天前发病，已痊愈	常年待在尧兴，近期并无外出记录	同于某，另有食用过生鱼脍	只有他一人患病	同于某
6	徐某	十九天前发病，已痊愈	九天前曾前往杭州看病	偶有外出用餐，同席者无患病者，饮食正常	另有两人患病，但已痊愈	认识以上所有人，但仅为泛泛之交

长根笑了一下说道："大闸蟹可不是秋末才有，尧兴的年夜饭也有它的位置呢。"

尧兴多水，本地也产大闸蟹，只是没有特别出名的水泊，卖不出名声罢了，但比起千里迢迢运来的外地蟹，还是本地蟹更加肥美。

蟹农会在春天撒下蟹苗，它们小小的，比蜘蛛大不了多少，黑乎乎的一团，一入水很快就散去消失不见了。到了夏季，长成的蟹会爬到岸边。月明之夜，蟹农腰间挎着竹篓，手上戴着布手套，将蟹一只只地捡到竹篓里，然后按公母分开。大闸蟹一旦交媾，就只剩下一个空壳，索然无味了，所以需要分开投放到不同的池塘里。这时，大闸蟹个体虽小，但风味已足，可以拿来尝鲜了。夏天蟹生长极快，体内攒满蟹膏蟹肉后就要蜕壳，刚蜕完壳的软壳蟹，那可是个货真价实的薄皮蟹包子，懂吃的老饕愿意为它们花高价。

再过几个月，秋蟹就上市了，这是世人皆知的吃蟹好时节，也是蟹农收获的日子。但蟹农不会清空所有的蟹，秋天过去，冬天来了，它们缩进洞中准备过冬，由于并未交媾的关系，它们体内的能量没有流失，一年的积累就藏在青灰色的蟹壳内。

随着年关将至，宴席越来越多，不少饭店、大户人家都会需要这种美食。

至此，没有一只蟹能度过年关。

孔森道："会是大闸蟹的问题吗？他们大部分都吃过蟹。"

"不太像。"你摇了摇头，皱着眉头说道，"如果是六个中的四个，那确实是大部分。但他们各自家里还有一些人也患病。大闸蟹价格不菲，只有主人家能享用。但另外患病的人大部分是用人，他们是吃不到大闸蟹的。"

"那么大闸蟹只是一个巧合吗？"长根问道，"它和伤寒没有什么关系？"

穆先生回答道："是的，伤寒的病原体在高温下很快就会死亡，只要正常烹饪一般不会有什么问题。"

"那醉蟹用大蒜和酒杀菌是错的吗？"长根问道，"本地的醉蟹放了不少酒，闻一闻都感觉自己被酒气狠狠打了一拳。"

"生水生食里的病菌你根本数不清，只有加热才是最好的处理方式。"穆先生说道。

"哦，也就是说，现阶段大闸蟹要蒸着吃。"长根若有所思地点了点头。

你不明白长根在盘算什么，赶紧把跑偏的话题拉回来："他们六家相隔较远，所取水源也不一样，有用自来水的，也有用井水的，但几乎同时被感染发病。就算不是大闸蟹，八成也和某种食物有关。"

"那就麻烦了，如果不是什么特殊的食物，谁记得半个多月前吃过什么？"长根无奈道。

"就算希望渺茫，我们也要试一试，万一有收获呢？"孔森不禁提高了声音，"我觉得我们肯定会有收获的！天下无难事，只怕有心人嘛。"

沈冰淼点点头，附和道："我们回去再问问那些厨子和下人吧。"

你看得出来沈冰淼有些不甘心，他急切地想找到突破口。

天色阴沉，苍白的太阳已经快要沉下去了，但你们都没有打道回府的打算，只有长根要求绕一下路，去一趟晚市。

距离最近的晚市，不过两里路，一刻钟不到，你们就到了。

晚市就在一条大街上，两旁摆着几十个摊子，有些摊位放着些新鲜的鱼虾蟹，有些摊位放着些腌菜酱菜，还有卖家禽鸡蛋和各色调味料的，当然也有一些日常杂货，充满了生活的烟火气息。

长根一头扎进了市场。

穆先生他们找了一个僻静处，一边抽烟一边闲聊。

你闻着烟味有些头昏脑涨，便也走进市场，走马观花似的逛了逛。走到晚市尽头无人处，你想要在靠墙背风处休息一会儿。

但你抬头远望时，突然发现远处街角闪过一个熟悉的人影——那不是失踪的铁儿吗？

你来不及思考，追了上去，却追丢了他。

街上熙熙攘攘，嘈杂的声音塞满了你的耳道，你分明听到了奇怪的脚步声，窸窸窣窣的，轻微而急促，像是毒蛇在蜿蜒而行……你后脑有一股不详的刺痛感，就好像有几枚钢针在扎你的脑袋。你捂着后脑，忍着剧痛，继续往前走去。

终于，你再次发现了铁儿的身影，你加快脚步追了上去，几乎就要抓住他了！但是，就差半秒，他的衣角从你指缝中溜走，只留下布料粗糙的触感。

你再度追上去，追到一条小巷里，又失去了铁儿的踪迹。在消失之前，他转过头来看了你一眼。

在黄昏暗淡的光线下，你看到了他的脸，白得像廉价的瓷器。

铁儿绝对认出你来了，但他却不愿意同你接触，这太奇怪了。

"铁儿，铁儿！"你连声呼唤他，他却没再看你一眼。

你赶紧找到孔森、沈冰淼他们。

"伍兄，你真的看到铁儿了？"孔森关心铁儿失踪案，忙向你确认。

"确定。"你回答道，"我敢保证我看到的绝对就是铁儿。"

"只有他一个人吗？"沈冰淼也急着问道。

"就只有他一个人。"你回答道，"很奇怪，无论我怎么喊他，他都没有停下。"

孔森急忙道："你带我们过去！"

你指了一个方向，带着孔森和沈冰淼跑去，长根和穆先生紧随其后。但你们一无所获，连铁儿的影子都没看到。

孔森和沈冰淼信任你，立刻召集了人手，搜查起来。

长根手提着用稻草绑起来的两只大闸蟹，也来来回回地忙活。他买的大闸蟹，一只估摸着有四两多重。他也不嫌麻烦，一直没有松手。

你们一直找到晚上八点左右，依旧没有铁儿的踪迹。继续调查疫情已经来不及了，孔森只能把你和穆先生先送回冯府。

绣楼的灯已经灭了，冯镜明还是如往常一样待在书房里。

徐管家一见你们回来，马上迎了上来，询问结果如何。得知铁儿还是没找到后，他又如泄了气的皮球，满脸失望。

"为什么会这样呢？"徐管家低着头，喃喃自语道，"难不成这就是命，我可怜的铁儿，他的劫难啊，难道只是晚来了几年吗？"

你听不懂徐管家的话，只觉得他的状态不太对劲。

穆先生也注意到了这点："徐管家有些不太对，要不是知道他没有染上瘟疫，我都觉得他是得了那个诡异的并发症。"

沈冰淼没有理会穆先生自作聪明的玩笑，反而一脸严肃地说道："伍兄，还有穆兄，请你们两位好好看着徐管家，我感觉如果铁儿真的遭遇了不幸，那么徐管家也将随他而去。"

你郑重地点了点头。

孔森和沈冰淼他们离开了。你经过简单的梳洗，也准备好好休息一下，明天也将是忙碌的一天。你躺在床上辗转反侧。

这几天你又接触到了不少人。

序号	姓名	性别	身份与现阶段情况
1	陈妈	女	冯府下人，死亡
2	小阿头	男	慈善堂收留的病人，死亡
3	阿胡	男	皆有慈善堂帮佣，死亡
4	赵三	男	皆有慈善堂收留的病人，被阿胡毒杀
5	铁儿	男	冯府下人，失踪
6	白莲婆	女	神棍
7	苏阿婆	女	皆有慈善堂管事
8	月娘	女	阿胡的姘头
9	濮老爷	男	皆有慈善堂出资人
10	穆先生	男	自称是伍成穆的人
11	老拱	男	阿胡的伙伴
12	赖皮五	男	阿胡的伙伴
13	老路	男	因为瘟疫并发症，陷入疯狂的人

一定存在一张网将他们编织在一起，只是现在你还看不清楚。

终于，你冒着寒意，起身披上外套，决心整理一团乱麻的思绪。

你想倒一杯热水，但热水壶里没有热水了。

你推开门，望向绣楼，今夜没有一丝星光，明月也藏在阴云之后，整片夜空都黑沉沉的，仿佛无边的浓墨在天穹之上氤氲开来。近日可能会有一场雨，或是一场雪。你期待它让天空放晴，正如你期待有一场梦，和之前一样的梦，在梦中你能觐见你的爱人，你会宣誓为之效忠的那个她。

你又看向隔壁，穆先生正在里面休息。这个神秘来客正是万恶之源，如果不是他，你绝不会落到如此地步。

想到这里，你打了一个寒战。

翌日，因为失眠，你起得晚了一些。

不知为何，竟然没有一人来叫醒你。

吴妈准备的粥已经温了，你想快些用完早饭，赶去绣楼。

冯府的黑猫一直在桌子底下转来转去，你起身时这猫差一点绊倒你。

你低头看它时，它拱起背，发出吓人的"嘶嘶"声。你也不知道这猫怎么了，只能绕开它往外走去。

你到达绣楼时，正赶上长根、孔森和沈冰森从二层下来。长根手里的食盒轻飘飘的，他已经把昨天买的两只大闸蟹给冯伊曼了。

——只剩下穆先生还在楼上了。

透过楼梯的缝隙，你又看到了穆先生惹人厌的笑容。

穆先生和冯伊曼在单独谈话，这让你心底生出一团无名之火。

你想上楼，可此时穆先生和冯伊曼的对话恰好结束，穆先生准备从二楼下来了。

他手一伸竟然拦住了你。你抬起头，看到他脸上挂着淡淡的笑容，笑容虽淡，但你从中读出了一丝挑衅的意味。

"冯小姐已经准备休息了，伍先生。"穆先生对你说道，"今天的事情不少，我们还是尽早出发吧。"

你还没反应过来，就被穆先生带着走下了楼梯。长根又适时地抽走了楼梯。你只能忍着不快，同其他人一起出了门。

你们还是按照昨天的名单一一拜访了那六户人家。

"洪先生，不好意思，我们又来打扰了。"沈冰淼敲开了洪府的大门。

"没有关系，我很乐意协助诸位，"洪先生说道，"这次疫情受害者也有近百人了，我甚至听说已逾千人，年关将至，弄得人心惶惶，连带着市面上所有东西都在涨价，你们是不知道大闸蟹都涨成什么样了。"

"要说别的我可能不知道，这大闸蟹，我可太知道了。"长根立即接话道。

闻言，沈冰淼颇感无奈："洪先生，你怎么又吃上大闸蟹了？昨天，我们不是还说过近期不要食用水产吗？"

"可你们也说过只要经过适当的烹饪就不会有问题。"洪先生一脸无辜。

长根也帮腔道："是啊，清蒸就好了。"

"好了好了，总之饮食上还是注意一点吧。"沈冰淼不想再在大闸蟹的烹饪方法上浪费时间了，"洪先生，我们想问你一下，在发病前，你是否吃过什么特殊的食物，或者你能不能将你吃过的东西列一个单子。"

洪先生面露难色，摇了摇头，对你们说道："这个问题你们昨天已经问过了，如果不是什么特别的东西，谁会记得自己十多天前吃了什么？普通人吃什么，我就吃什么。"

"那烦请洪先生带我们去厨房看看吧。"沈冰淼道,"我们想问下厨娘和帮佣,看他们是否有印象。"

洪府的厨娘正在洗菜,见你们过来,赶紧在围裙上擦了擦手,招呼你们。

然而厨娘的回答和洪先生一样,说是时间太久,她已经没有印象了。

正当你们一筹莫展之际,一直没怎么说话的穆先生忽然开口了。

"厨房内的食材大概多久采买一次?"

厨娘简单思索了下,回答道:"酒茶醋油盐之类的,快用完了才去买,不过酒茶吃节令,节令到了也会买一些。米面这种主粮基本上三四个月才买一次。"

"那么半个月前没有买过米吗?"穆先生又问道。

"没有,米粮还足着。"厨娘接着说道,"时鲜蔬菜是日日采购的,肉类也是如此,有时候还会多买一些用来做腊肉和酱肉。另外还有些时令点心、小吃,如果家里做得好,就在家里做,如果做得不好,那就去外面买,比如粽子、青团、年糕、月饼。近来买过的是香肠和年糕。"

香肠正挂在梁上,年糕似乎是吃完了,没见到踪影。

穆先生将这些一一记下后,你们又赶往附近的孙府。

经过一番询问,你们发现由于两家距离较近,他们都在同一个菜市买菜。

沈冰淼原想去菜市看看,但穆先生立马提出了异议,他认为同个菜市买菜不能说明什么问题,因为住得较远的许家和王家不可能走好几里地到这个菜市买菜。

一圈下来,穆先生记满了好几张纸。这六户人家都是老尧兴人,饮食习惯相似，比如家家厨房里都有个坛子，泡着霉苋菜梗。

　　于府的厨房里有些奇怪的味道，一开始你们以为又是霉苋菜梗或者腌白菜。

　　但孔森仔细闻了闻，说道："这个味道不太一样啊，有股酸酸的味道。"他循着味道，走到于府厨房放杂物的小隔间内，发现了一个水缸。

　　"哎呀，瞧我这记性。"于府的厨娘一拍脑袋，"最近太忙了，都忘记给年糕换水了。"

　　你走过去，看到不大的水缸里盛了五分水，水底是一条条白乎乎的年糕。

　　穆先生像是发现了什么线索，问道："这个年糕放了多久？"

　　"应该有半个多月了。"

　　"那么说来还是于先生生病前就有的。"穆先生追问道。

　　厨娘点了点头。

　　穆先生又问道："这是自己做的，还是买的呢？"

　　"是让福源坊做的年糕。"厨娘说。

　　通过厨娘的讲述，你们了解到，在当地家家户户都吃年糕，但不一定都会自己做。每到年底，一些小工坊就会承接代做年糕的活儿。

　　年糕做法颇多，是过年必备的食品，所以会一次性多买一些。十天内，只需将年糕依次排列，摆放在阴凉无风的地方就可以，而超过十天，就需要泡在水里了，不然年糕会开裂，影响口感。存放年糕的水要没过年糕，还要不时更换，这样才能长时间保存。

　　"之前许家的年糕也是福源坊做的吧？"穆先生问道。

　　"可能只是个巧合，还有两户人家的厨房里没有年糕。"孔森说道。

　　穆先生却摇了摇头："不如反过来说，六户人家中只有两家没有年糕，而且这两家可能只是把年糕吃完了，不是没有做。可惜之前没有问清楚，剩下几家的年糕是哪里来的。"

沈冰淼问道："可买过年糕的不止他们吧？这种有些名气的小工坊产出还是挺多的。而且年糕是熟食，应该不会带病菌吧？"

穆先生又摇了摇头，对你们说道："就算是熟食也有被感染的风险。我们可以梳理一遍，假如问题真的在年糕上，他们将年糕带回家，用普通的井水或者自来水洗，根本除不去病菌。厨娘从水里捞出年糕，切片或者切条，这不是污染了刀和手吗？之后厨娘简单地冲下手就去干其他活儿，比如取盘子、拿筷子，有太多途径感染其他人了。"

"我同意你说的。"你点头道，虽然穆先生很讨人嫌，但他说的是对的，"现在年糕的可能性是最大的，它出现在这些人的餐桌上，而且穆先生说的途径确实具有可能性。我们折回去再确定一下他们是不是都在福源坊做过年糕，这花不了多少时间。"

你和穆先生作为权威人士的意见都统一了，其他人当然没有异议。

这次你们猜对了，这六户人家在半个多月前都买过年糕，且都来自福源坊。

"我们这就去福源坊！"孔森亲自开车，猛踩油门，带着你们冲向福源坊。

"孔兄，你开慢一些。"见孔森开得实在太快，沈冰淼忍不住出言提醒道。

"还是快些吧，说不定这时候就有人去买年糕，早一秒到就能少几个病人。"孔森非但没有减速反而又是一脚油门。

"让开啊，有急事，都让开啊！"孔森一边按喇叭一边喊着。

你看到不远处的招牌，对孔森说道："孔兄，你可以减速了，前面就是福源坊了。"

福源坊是个不大的铺子，上方挂着一块老旧的牌匾，门口有不少人正在排队购买年糕。

距离年关越近，福源坊的生意越红火。

孔森跳下车，冲进人群，驱散还在排队的顾客："都回去吧，今天福源坊提早关门了。"

"怎么这样子，刚刚要排到我。"

"我们都排了这么久了。"

"你们是什么人？"

孔森没耐心同他们一一解释，亮出证件，招呼着你们把福源坊的客人全赶走了。

福源坊的店家赶忙出来制止你们，孔森反而制住了他，将他带回到店里。

"大人，小的是有什么惹到您了吗？我这里可是小本生意，就赚点辛苦钱。"店家告饶道。

孔森道："你这也算是无妄之灾，让我们去你店里看看。"

说着孔森就带你们闯进了店里。这店外面看着不起眼，里面却是别有洞天。一边放着两口大灶，都在蒸糯米饭，一个半大的孩子在添柴。另一边居然是台机器，方方正正地架在地上，伸出两根木槌，上上下下地敲打着前面对应的两个石臼，石臼里盛的是半成品年糕，一人在边上趁着木槌落下的间隙给年糕"翻身"，让它捶打得更加均匀，而成品年糕则摊在不远处的一张大木桌上，切分成砖头似的一条条。

"都先停下吧。"孔森大声道，"这一个月内，你这儿来了什么新人，或者有人外出去过什么地方吗？"

店家弓着身子，小心翼翼地回答道："大人，我这里都是熟人，绝对不会窝藏什么坏人的。"

孔森："你老老实实回答就可以了。我们不是来找你麻烦的，问清楚情况，确定你这小店和我们在查的东西无关，我们立马就走了。"

店家闻言便老实地回答道："呃，这一个月来，只有我妹妹回家，见我这里实在太忙，就过来帮忙了。"

"你妹妹在哪儿，我们要见见她。"沈冰淼对店家说道。

店家扯着嗓子喊了几声："阿妹，阿妹，你出来下，这几位官差要见见你。"

按理来说，孔森早就不是什么官差了，但不少人还是喜欢沿用旧时称呼。

新时代滚滚而来，但旧时代的烙印却不会立刻消失，人的惯性才是最大的阻碍。

一个中年妇女不安地搓着手，走到了沈冰淼和孔森面前。

"你怎么称呼啊？"沈冰淼和气地问道。

"他们都叫我林嫂。"中年妇女说道。

"林嫂，我问你，你来尧兴之前在哪里？"沈冰淼问道。

林嫂回答道："我在上海做工。"

"是做工厂女工还是做帮佣呢？"沈冰淼接着问道。

"在一户人家里做帮佣。"

沈冰淼又问道："那你怎么回尧兴了，主人家把你辞退了吗？"

"主人家出了点事情搬走了，我暂时没找到合适的工作，就回来了。"

穆先生插嘴问道："上海的那户人家附近有没有暴发传染病，你得病了吗？"

"先生连这个都知道？"林嫂惊讶地说道，"我家主人就是因为传染病才选择搬家的，不过我倒是没事。"

"前段时间上海确实有伤寒疫情。我调查的时候查到过。"沈冰淼说道。

"那你为什么上个月才回来？"孔森问道。

林嫂解释道："我家主人是两个月前病的，痊愈后他又在上海待了一个月，处理完搬家事宜才离开。"

孔森盯着林嫂问道："那你真的没有患病？"

"真的没有，我身体好着呢。"林嫂回答道。

孔森转过头，困惑地看向你和穆先生："我们是不是找错了？"

"伤寒玛丽！"你与穆先生异口同声地说道。

伤寒玛丽在传染病史中是个"传奇"人物。她是个厨娘，在她工作的地点总会暴发伤寒疫情。医护人员采集了玛丽的血液、粪便样本，发现她体内生存着活性伤寒杆菌，而她本人没有任何症状。看似健康的玛丽就这样将伤寒带到一个又一个家庭。卫生部门很快就控制住了玛丽，禁止她再从事餐饮行业。但倔强的玛丽根本不认为自己有问题，她多次改名继续从事餐饮行业，给更多地方带去疾病，可谓是臭名昭著。

孔森更加不解，问道："伤寒玛丽是什么？"

穆先生解释道："就是携带病菌的健康人，他本身无事，但能传播病菌。"

闻言，孔森一只手抓住了林嫂："麻烦你和我们走一趟吧。"

"我不去。"一听这话林嫂惊恐起来，想要挣脱孔森的手，但孔森的手就像钳子一样牢牢抓着林嫂。

"对你来说，这是无妄之灾，但为了更多人的安全，你需要做个检查。我们不会伤害你的，但如果你不配合，我们只能采取一些强制措施了。"

林嫂没办法，只得同意和孔森一起离开。

孔森封上了福源坊，下令在查明真相前，不准再售卖年糕。他还带走了一些年糕作为样本。

孔森本想现在就发动人马去追回从福源坊售出的年糕，但你们制止了他。现在还未确定伤寒的源头就是福源坊，采取如此激烈的手段，可能会导致全尧兴陷入混乱，这样就得不偿失了。

但你能理解孔森的反应，他的亲人身处一场可怕的瘟疫之中，他当然会用尽全力去阻止这里的瘟疫。

你们带着林嫂回到了警察厅，将林嫂暂时看管起来。

刚安置好林嫂，就有人叫走了孔森。大约过了半个小时，孔森夹着一个文件袋又回来了。

"朋友们，我们找到阿胡说的那个阿四了！"孔森激动地说道，"阿四是个不入流的黑市商人，靠替人出手点贼赃、买卖些违禁物品为生。今天他在黑市里出货，被我们抓个正着。"

"他和阿胡有什么关系？"你连忙问道。

"这个阿四胆子不大，被我们的人一审，就像竹筒倒豆子一般，把自己知道的东西全说出来了。"孔森说道，"阿四和阿胡的交情不深，此前，阿胡在阿四手里买过一些便宜的贼赃、都是女人首饰和衣服，近期他买了一些毒药，毕竟毒药如果去正规的药店买难免会显眼，给人留下印象。"

"那这进一步坐实了阿胡是毒杀赵三的凶手。"你道，"还有呢？不可能只因为这一点，阿胡就会在临死前喊出阿四的名字。"

"阿胡死前去见的人就是阿四。"孔森从文件袋中掏出一个小物证袋，"阿胡说自己搞来了外国的进口药，价值不菲，让阿四帮着出手。"

"阿胡有什么途径搞到进口药呢？"沈冰淼不解地问道。

"阿胡没有向阿四透露药品来源，而且阿胡就给了他两三片药，说这种药很珍贵，他手上也没多少。"

"我看看是什么药。"你接过孔森手上的小物证袋，里面是白色的小药片。

"知道这是什么吗？"孔森问。

你端详了一会儿："我能打开看看吗？"

"可以的，只要不做太大的损坏都可以。"孔森点头道。

你拿出一片药，小心地用指甲刮了一些粉末下来。

从外观、触感，还有那一小点粉末的气味来看，这是一片阿司匹林。

阿司匹林的主要成分是水杨酸，具有明显酸味。

"这是阿司匹林。"你对他们说道。

"阿司匹林？"孔森皱起了眉头，"阿四和阿司匹林……这单纯是个巧合吗？阿胡死前喊的究竟是阿司匹林还是阿四？阿四不可能是杀害阿胡的凶手，有不少人能为他作证，他夜里在推牌九。难道是阿司匹林害了他？"

你在口中反复念叨着阿司匹林这四个字。

你脑海中涌现出一团黑云，开始迅速扩散，轰隆隆的声响从里面传来，然后一道闪光划过，击散了黑云。

阿司匹林和内出血两个词瞬间在你脑海中连上了线。

阿胡是你杀的，但也不是你杀的。你击伤阿胡只是诱因，其中还需要催化剂，这催化剂便是阿司匹林。

世人大多知道阿司匹林有镇痛消炎的作用，一经面世，便作为万灵药而被广泛使用。但阿司匹林也存在它的危险，而用阿司匹林杀人，是一种非常隐秘的杀人手法。

阿司匹林是抗凝血的速效药，医生让心梗病人吃阿司匹林，就是因为阿司匹林可以溶化血栓，这个药能快速阻止血小板聚集，一两粒就能起效。但正在出血的人服用阿司匹林就会导致出血不止。所以你在验尸时才做出了阿胡死于内出血的判断。

阿胡因为和你搏斗受了内伤。杀害阿胡的凶手敏锐地发现阿胡存在内出血的症状，便哄骗阿胡服用阿司匹林，或许没有阿司匹林，阿胡的伤口还有可能自愈，他不会死亡。

"阿司匹林虽然是药，但对受了伤的阿胡而言是剧毒。"你说道，"阿胡一定认识凶手，凶手仗着阿胡缺乏相关知识，哄骗阿胡吃下了阿司匹林。阿胡认为阿司匹林很贵重就偷藏了几片想去换点钱，于是这个药品落到了阿四手上。阿胡临死前惊醒，可能意识到自己错吃了药，要被灭口了，于是拼尽力气喊出两个字，'阿四'既是引导我们找到黑市商人，也指出阿司匹林与他的死有关。"

"按你的推理，这个凶手熟悉尧兴，能联系到阿胡这种三教九流的人，具备西医知识，又有一定的财力，备有进口药。"孔森想了想又补充道，"阿胡和赵三是私仇，他待在慈善堂可能还有别的目的，因为这个目的，阿胡才会惨遭毒手。现在想来，这个目的可能也与疫情有关。"

"如果真的是这样，那我们迟早会和他再度交手。"沈冰淼道，"或许我们已经在和他交手了。"沈冰淼的目光落到了你和穆先生身上。

如果这一系列事件背后真的存在黑手，那么你觉得真假伍成穆很有可能也是这个黑手的手笔。

"我拿这些新情况再去问一问阿胡的两个同伙，看他们能不能吐点新线索出来。"孔森说道。

"那我这边带着林嫂去杭州做检查吧，这次我亲自去。"沈冰淼说道。

他们都有了任务，加上时间又到了下午四点多，你、穆先生就和长根一起回到了冯府。

徐管家盼望着你能带来铁儿的消息，得知没有铁儿的消息后，徐管家让你和穆先生先回房休息，让长根去书房见老爷。

长根这一天都没说什么话，但一直跟在你们后面。他去书房一定是要把今天的情况汇报给冯镜明。平心而论，你觉得今天穆先生的表现要强过你。

大约过了半个小时，门外响起了脚步声，似乎是长根的，你觉得他是来叫你的，便整了整衣服准备出门。

但敲门声响起了，却不是你这扇门。长根竟然叫走了穆先生。

冯镜明和穆先生单独谈话，他们会谈些什么，他们会如何谈论你，你在他们口中会是个什么形象……

按照先来后到的原则，长根也该先来叫你，但现在他跨过你，先去找了穆先生，这当中一定发生了什么。

你急躁得在房间内来回踱步，绕着中间的桌子不断转圈，就像一根忙碌的秒针。

你走了一圈又一圈，甚至走得浑身发热，出了一身的汗。

"伍先生，你在屋里吗？"

是长根的声音，终于轮到你了，你匆忙看了一眼时间，距离长根带走穆先生已经过了二十四分钟。

你急忙打开了门："我在的。"

"老爷叫你过去。"长根说道。从他的表情上，你无法获得更多的信息。

你用余光看到穆先生回到自己的房间，你没能看清他的表情，不知道他与冯镜明交谈的结果是好是坏。

"伍先生，别站着了，快过去吧。"长根提醒道。

"好的。"你迈着大步子走到书房前，深吸一口气，推开门走了进去。

书房里烧着一个炭盆，里面就像暮春一样温暖。

"你可以把外套挂在门后的衣架上。"冯镜明道，"唉，尧兴还是太冷了，尤其是这几天，连骨髓都要冻住了。坐吧。"

你挂好外套坐到了冯镜明面前。

"你的身体还没好透，就要在这样的寒冬里到处调查，实在是辛苦你了。我听说今天无论是瘟疫还是命案都有了不小的进展。你出了不少力。"冯镜明看似随意地夸了你几句。

"调查瘟疫全靠穆先生，他的思路奏效了。命案则靠大家，我只是恰好知道一些知识。"你感觉自己的喉咙有些干。

你可以撒谎，但冯镜明会知道你撒了谎，所以你选择如实相告，保持谦逊。

冯镜明脸上露出了微笑，是那种标准的、不明含义的笑："对，穆先生确实找对了思路，但在我看来，他只是早了你们半步，再多给你一点时间，你也能找到它，不是吗？"

"这不好说。"你老实回答道，"这里需要一点灵感，而灵感是最难琢磨的。"

"真正有才华的人不需要灵感。"冯镜明对你说道，"你已经证明了自己有些才华，而且不止一次。关于这点，我对你相当满意。但我觉得你缺少一种魄力，我不知道当抉择来临时，你是否有勇气去面对。毕竟人永远在追求快乐、逃避痛苦。想让一个人主动去承担责任是一种奢望。"

你听得一头雾水，只能冲他抱歉地笑了笑。

"比如在某地有五个人感染病毒，现有的医疗条件无法治愈他们，为了其他人的安全，尽管他们没有犯罪也只能监禁他们，更极端的情况下，还要将他们杀害以便灭菌。如果是你，你会做出怎么样的决定呢？"

"我……"你犹豫着找不到答案。

"你不用立即回答。"冯镜明道，"在这个问题中，某个微小的变量都可能导致你做出截然不同的选择。"

"伯父，你会怎么选择呢？"

冯镜明笑了笑，眯了下眼睛，似乎回忆起了什么："我的话会选择最简单的处理办法，为多数人服务就好了。"

你若有所思地点了点头。

冯镜明又对你说道："好了，你出去一下，把穆先生和长根都叫过来，我有事情要宣布。"

你特意瞄了一眼书房的挂钟，发现自己只待了十三分钟，比穆先生要短。

不多时，你就带着另外两人回到了书房。

"本来我想等孔森、沈冰森他们都在再说的。"冯镜明说道，"但他们都有各自的事情，今晚没来冯府，那也就罢了吧。我这边已经通过电报联系到伍兄了，他说他有办法分辨出谁才是伍成穆，可能是什么胎记伤痕，也可能是什么只有伍成穆本人才知道的事情，分辨方法大概会在后天一早传到尧兴。届时困扰我们的身份问题就可以解决了，在此之前，假冒者自行离开的话，我也不会追究。好了，我言尽于此，你们去用晚饭吧，忙了两天，明天最好不要出门，好好休息一下。"

你哪里还有心思吃饭，冯镜明的每句话都像钢锥刺到了你心里。你瞥见穆先生一副满不在乎的模样，心里更是不安。

你胡乱吃了些东西，就又去了绣楼。你满怀心事，想知道叔叔会提供什么法子来辨认出你，你已经忘了自己身上有什么特征，对你而言，这具身体是陌生的，就像一个流浪的灵魂暂居于一个人体内。至于只有伍成穆才知道的事情，你都失忆了，很有可能也回答不上来。即使你是真的伍成穆，你也无法证明你就是你自己。

"伍先生，伍先生。"冯伊曼悦耳的声音传进了你耳朵里。

"对不起，我刚才走神了。"你回过神来，"刚才说到什么地方了？"

"才说到你通过药品判断出了阿胡的死因。"冯伊曼说道，"穆先生说阿司匹林虽然是近几十年的产物，但人类利用里面的有效成分治病已经有数千年了。穆先生说美洲的印第安人会用柳树皮制作的茶来缓解头痛、发热等症状。"

你顺着话头说道："不光是印第安人，古埃及的医学文献埃伯斯纸草书中也记载了柳树叶子的止痛功效。古希腊'医学之父'希波克拉底也记录过咀嚼柳叶可以止痛，可用来减轻妇女分娩时的疼痛，医治关节痛。我想中医也会用到柳叶。"

"战国时，扁鹊用柳叶熬膏治疗疔疮痛肿。"冯伊曼思索片刻就在脑海中找到了相关记录，"这说明柳树中含有某种成分，具有消炎、镇痛的作用。"

"是的，后来德国化学家赫尔曼·科尔贝成功实现了它的人工合成。但是水杨酸作为药物并不成功，它有一种极为难吃的味道，而且对胃的刺激很大，让人难以忍受。"

"是药三分毒。"冯伊曼道，"但据我刚才的了解，阿司匹林似乎没有异味。"

"那是因为费利克斯·霍夫曼制成了纯净的乙酰水杨酸，也就是现在的阿司匹林。它作为药品几乎是完美的。"

说着这些话，时间不知不觉地过去了。临走前，冯伊曼突然叫住了你。

"伍先生，你可要加油了。"

她看出你全程都心不在焉。你内心也有些苦闷，期待了这么久的会面，最后就这么草草结束了。

你勉强挤出一个笑容，看着她朝你挥了挥手，转身回三层休息了。

就是她上楼的那个瞬间，你看到了她脚脖子上一闪而过的金光，那是一个金镯。

你感觉自己全身的血液都在燃烧，一个想法在你脑海深处渐渐成型。

他们知道你干了什么

"穆先生，"你拉了拉穆先生的衣服，压低了声音说道，"明日有空吗？有些事想同你私下聊聊。"

穆先生也压低声音回道："当然可以，明天什么时候、什么地点呢，就在冯府吗？"

"冯府不太合适，我想去外面。"

穆先生点了点头："找个安静的地方？"

"我正是此意。"你说道，"那么地点我定，时间你定，如何？"

"下午一点。"

"鉴湖上。"

第二天，你们两人的行动果然都没有受到限制。但你不想让人知道你和穆先生有约，就在上午出门了，你先去警察厅逛了一圈，孔森告诉你，沈冰淼还在杭州陪着林嫂做检查。

然后，你又去了茶馆，由于疫情肆虐，茶馆内的人少了很多。他们谈论的主题仍是瘟疫，只是从东北的瘟疫变成了本地的瘟疫。

有说该拜瘟神的，有说要拜药师佛的，还有说拜观音的，然后又说到某某人家染了病，请了多少道士尼姑，一场法事之后就病愈了……

你听得皱起了眉头。

也有一些穿着长衫、读书人模样的人不太相信什么鬼神，但所讨论的防疫妙法也不过是拿香油抹在鼻下或者用香料熏屋子。

像上次那样，一次性遇到两位有识之士——孔森和沈冰淼，实在太难。

你吃完了茶点就离开了茶馆，这条街的尽头还有一家剧院，名叫惠民剧院，你停在节目单前看了很久，上午放映的电影是赶不上了，中午又有午休，下午一点半上映上海联华电影公司的《碎琴楼》，紧接着是《野草闲花》。前者主演是胡蝶，后者主演是阮玲玉。都是正当红的影星。

你去售票处买了《碎琴楼》的票，然后来到另一条街上，挑了一家不起眼的成衣店走了进去。

"先生，您要点什么，我这里的东西价廉物美。"老板见有客人来，赶忙迎上前。

"一条围巾。"你哑着嗓子，指了指自己脖子上的围巾，"花色和样式要跟这个差不多。"

老板在货架上翻了翻，拿出一条围巾："您觉得这条怎么样？"

"差不多了，给我包起来。"你又说道，"再来一件大衣，和我身上的差不多。"

这次老板翻找了很久，找出了两件："先生，一件大衣的款式同您的一模一样，但颜色不太一样，有点偏蓝。另一件颜色没有问题，只是款式有些不同。"

你仔细打量了下："这不是一模一样吗？"

"不不，您看这件大衣的袖子和下摆收口处，还是有区别的。"

"算了，就这件吧。"你不想再找另一家店，你做的事情越少人知道越好，"还有裤子，这是条普通的裤子，你一定能找到一样的。"

　　店家点了点头，立马奉上一条一样的裤子："您还需要什么吗？"

　　你看到货架上还有几顶灰蓝色的帽子，便说道："再给我两顶帽子。"

　　"也要包起来吗？"

　　"你找个大袋子把它们装起来就可以了。"你爽快地付了账。

　　你夹着那个大袋子快步离开了成衣店，来到几条街外。你将目光放到了那些无所事事的帮闲身上。找出一个合适的人可不容易，积年的劳累和营养不良让他们又瘦又小，就像被晒干的老鼠，好不容易找到一个体格合适的，他的肤色又太黑了。你无奈地摇了摇头，只能去往下一条街道，现在已经快十二点了，你还需要预留去鉴湖的时间，不由得烦躁起来。

　　终于，找了一圈后，你找到了一个合适的人选。

　　那个男人蹲在街边，不断地打哈欠。

　　你悄悄地走到他边上，拍了拍他的肩膀，示意他跟你走到一个角落。

　　"你今天没有别的活儿吧？"

　　"没有，没有，我什么都能干。"他似乎很缺钱，好不容易等来你这个活儿，满口应下。

　　"有个很简单的活儿。"你对他说道，"你穿上这身衣服，用围巾遮住脸，去前面的惠民剧院看一场电影，电影一点半开场，你可以迟个五六分钟再进去，不要坐到前面，挑个边角的位置坐下，边上最好不要有人，期间也不要和人交谈。等这件事结束，这些衣服就都是你的，一周后，你可以自行处置。另外，看完电影你把票根拿回来。"

　　你看到他一直在打哈欠眨眼睛，还不时冒些虚汗，你又闻了闻他身上的味道，那是一股香甜气味混着一点点氨味和体臭味的奇怪味道。

——鸦片！

你压下厌恶之情，用看蛆虫的眼神看着他："你听明白了吗？"

"我听明白了，听明白了。"他连连点头，"可我之后怎么找你，先生。"

"你把票根留下来，就放在这里。"你看到附近有一块青砖，就走了过去，把它放在墙角，"压在这块砖头下面，我拿了票根就会再给你五块大洋，也是压在砖下。这可比二手衣服要值钱，怎么样？"

"先生,这件事我一定能办好。"他接过你手里的袋子牢牢抱住，生怕失去这个发财的机会。

事已至此，你只能选择相信这个吸食鸦片的可怜虫。

现在你要赶去赴和穆先生的约。

鉴湖像一颗镶嵌在尧兴的绿宝石。这里湖水的水质极佳，据说尧兴酒就是用鉴湖水酿制而成的。近来天气不佳，但在午后，这太阳最好的时光，些许光芒透过厚重的云层照射到湖面上，让水面闪闪发光，就像碎银一般。

你在湖边找到了穆先生，冬日的鉴湖游人寥寥，他正弯着腰，往湖里丢石子。

"穆先生，你很准时。"你似笑非笑地说道。

"你也很准时，准时是一种美德。"穆先生说道，"我们走走吧。"

你点了点头，装作不经意地领先他半个身子，将他带去你想让他去的地方，然后，你们就看到了那条你准备好的船，不是乌篷船，是条更小的小船。

"我们要去湖上待一会儿吗？"你提议道。

"这是个好主意，这样就没人能听到我们说话了。"他脸上露出了笑容。

他忘了一句老话：一人不进庙，二人不看井，三人不抱树。

穆先生身手矫捷地跳上了船，然后，你颤颤巍巍地上了船。

你们两个还不太习惯用桨，费了一番周折才将船划到湖心。

穆先生朝着四周张望："无论多少次，看到一大片水，总让人心情愉快。不是吗？"

"是的，大片的山也有一样的效果。"你敷衍地说道。

各怀鬼胎，你忽然想到了这个词。

穆先生划着桨，突然，他口袋里掉出一个小东西，滚到了你面前。

"是我的怀表。"穆先生没有去捡，却看着你，"伍先生麻烦你帮我捡一下。"

"可以的。"你作势弯腰准备捡起穆先生的怀表，一只手却一直没有松开木桨，注意力也全放在穆先生身上。

你指尖刚触到穆先生的怀表，就听到耳边传来破空之声。穆先生站了起来，挥舞着木桨想把你打下船去，你及时伏倒身子，躲过了穆先生一击。

见状，穆先生故意晃动小船，他知道你怕水，想借此让你无法起身。你表现得很害怕，紧紧趴在船板上，忍受着穆先生的殴打。但由于是冬天，你穿得比较厚，穆先生的打击远没有他想象得那么有效。

"你究竟是什么人？"你问道。

"你难道还不知道我是谁吗？"穆先生嘲讽地说道。

——我当然不知道，你在心里想。

接着，你趁穆先生摇动这条小船的时候顺着节奏狠狠"帮"了他一把，船的倾斜角度超过了穆先生的想象，站着的他失去了平衡。你一桨打到了他的肩膀上。

你半伏着，而他站着。他更不容易保持平衡，在你的连番打击下，穆先生跌入了冰冷刺骨的鉴湖。

穆先生是会水的，他挣扎着脱掉了碍事的外套，扒着船帮，想要再度回到船上。

但你怎么可能会让他如愿，你拿着木桨，一下下击打着穆先生探出水面的脑袋。

寒冷和痛苦正在消耗他的体力，再过十分钟，不出意外，你就能解决掉穆先生。

之前你的表现让他以为你不会水，甚至是怕水。你借此引诱他在湖面上解决你。你弱势的表现让他以为自己胜券在握，放下了戒备。

但他不知道，你第一次登船时还被长根夸赞过。只是在他面前，你装出了笨拙的模样。

——难道我想杀他的想法，在那个时候就有了吗？

不，不，你立马排除脑海中的胡思乱想，专心用木桨痛击穆先生。

"放过我，我……"穆先生泡在湖水里，挣扎着向你求饶。

你面无表情地将穆先生一次又一次按回水里。

你的心仿佛在一片黑暗中盘旋下坠，心也随之疯狂震颤，血液也在慢慢变凉。哪怕过了很久，再想起此刻的景象，还是会感到毛骨悚然和恶心。

穆先生已经不再动弹了。

你怕穆先生是装死，摁着他的脑袋在水里泡了好几分钟，你才将穆先生拖到船上，将他的衣服一件件扒下来。

你的衣服湿了大半，被湖风一吹，寒意入体。

你搜遍了他全身上下，也看遍了他全身上下，寻找那些不同于人的特征。如果远在东北的叔叔给出的分辨方法是什么伤疤、胎记，那你可以照着穆先生的身体伪造。

即使你才是真的伍成穆，那也没有关系。人们只会关注某处应该有什么，不会注意某处应该没什么。

然后，你在穆先生身上挂上一些重物，又把他丢回了鉴湖里。你把小船划回原来的地方，直奔最近的河道，你在那里预先停了一条乌篷船，你随手披上一件灰白旧衣，戴上乌毡帽，扮作一个船夫。

这是长根给你的启示，在尧兴，划船比坐车要快，也能避开行人。

经过一座石拱桥的时候，不知道是不是心虚的缘故，你总感觉有一双眼睛在看着你，那双眼睛黑暗而纯粹，仿佛能将人的灵魂投向无底深渊。

你打了个冷战，一阵眩晕袭来，你的乌篷船撞向了青石河岸。

恍惚间，你看到桥上站着一个熟人。

是铁儿！他为什么会在这里？

如果他被冯府的人找到，那么他就有可能指出你曾在水道上划船，进而暴露你与穆先生的失踪有关系。

杀了他？

不行，你刚杀了一个人，不想再杀一个了，你想要把他带回去，让他保守你的秘密。

你停下了船，悄悄地靠近他。

他似乎处于一种奇妙的状态当中，呆呆地站着，不理会外界，整个身体呈现出一种病态的白。

突然间，铁儿转过头看到了你，他嘴巴一张一合，却没有发出一丝声响，你也不明白他在说什么。

铁儿还是想跑，但你已经抓住了他，你也不知道为什么一个孩子能有这么大的力气，你觉得自己抓住的不是一个人，而是一头小牛或者一条巨蟒。

你与铁儿扭打在了一起。在这个过程中，铁儿意外跌入了水里。

不，不行。你不想让铁儿出事。

他一个孩子落水，很有可能会淹死。

你下意识地跃入了水中。被冰水一激，那种头疼欲裂和眩晕的感觉愈加明显。你强撑着一口气游到铁儿身边，再度抓住他的手。

在水里的记忆如同一场噩梦，好在你总算把铁儿带回了岸上。

铁儿陷入了昏迷。

你也顾不上管那条乌篷船了，直接抱着铁儿来到街上，拦下了一辆车。

"先生，你这是怎么回事？"司机问道。

"对不住，弄脏你车了。"你哆嗦着说道，"我多给你钱，带我去冯府，快！"

司机闻言一踩油门，以最快的速度将你送到了冯府。

你付了账，抱着铁儿跑进冯府："徐管家，长根，伯父，我找到铁儿了！"

听到铁儿的名字，徐管家率先跑出来。

"你们怎么了？"徐管家一边从你怀里接过铁儿，一边问。

"落水了，你快带铁儿去换身干衣服吧。"

"麻烦伍先生了，伍先生的大恩大德，我一定铭记在心，伍先生，你也快去换衣服吧。"徐管家立马喊道，"吴妈快点烧些热水和姜汤！"

长根也出来了："伍先生，快回去换衣服吧，我待会儿送炭炉子进去。"

"贤侄，你没事吧。"冯镜明关切地问道，"长根你快给警察厅打个电话，把铁儿回来的事情同孔森讲一下。他也忙活好几天了，让他知道这个好消息。"

你也再难忍受冬日寒风了，见事情已经安排妥当，立马就回到自己房间，脱下湿衣服，擦干身体，钻到了被子里。

大概过了二三十分钟，长根给你送来了取暖的炉子和热气腾腾的姜汤："伍先生你喝点吧，去去寒。"

"铁儿怎么样了？"你问道。

"还睡着。"长根道，"老爷看过说没什么大问题，徐管家也已经去找医生了。"

"他要是醒来一定要来叫我。"你特别叮嘱长根，"一定要叫我。"

"好的，忘不了。"长根满口答应下来，"孔先生也要过来了，说他想看看铁儿的情况，也想问问，伍先生是在什么地方找到铁儿的。"

"行的，让他直接到我房里来找我就可以了。"

你回忆了一下，你见到铁儿的地方似乎就是皆有慈善堂附近。

杀人、救人这一系列事情告一段落，你现在只等着孔森前来和其他人发现穆先生失踪。

在这种情况下，你甚至小睡了一会儿，直到有人将你叫醒。

"伍兄，伍兄。"似乎是孔森，在轻轻地唤你。

你揉了揉眼睛："孔兄，你来了啊，烤着炭火，有些犯困，让你见笑了。"

"不见笑，伍兄你现在可是英雄啊。"孔森笑着拍了拍你。

你将你如何找到铁儿的事情告诉了孔森，你隐去了与穆先生有关的所有事情，只说自己在皆有慈善堂附近闲逛，看到铁儿就追了上去，结果铁儿失足落水，你就把铁儿救了上来，送回家里。

"不知道铁儿这几天跑到什么地方去了，天寒地冻的，他是怎么度过的。"孔森无奈地摇了摇头，"伍兄，你穿好衣服就准备去吃饭吧。"

"晚饭已经做好了吗？"

"现在都快五点了。"孔森道，"我今天也在冯府蹭一顿晚饭。"

你穿好衣服，同孔森一起出门，正好碰到了冯府主人。

冯镜明久违地从书房出来，亲切地对你说道："恢复得怎么样？"

"已经差不多了。"你回答道。

"嗯，今天早点休息，不要太过操劳了。"

长根也在外面，他正站在穆先生的房门前敲门，但敲了好一会儿，还喊了几声，也没人应声。

"怎么了？"冯镜明问道。

"穆先生说今天下午想一个人安静地看会儿书，让我们不要打扰他。"长根挠了挠头，"但现在要吃饭了，穆先生还是没有动静，房门也从里面闩上了。"

"会不会是睡着了？"你下意识搓了搓自己的手说道。

孔森笑道："就算是睡着了，长根的嗓门这么大，他也该醒了吧。"

"好像伍先生回来的时候，穆先生也没有出来过。"长根回忆道，"当时动静可大了，他不出来看看有些反常。"

孔森猜测道："他会不会不在里面？"

"你们在这里乱猜也不是什么办法。"冯镜明道，"长根，你往里面看一眼不就行了吗？"

得到冯镜明的指令，长根率先趴在窗台上，往里面窥视："穆先生好像在里面，真的睡着了，但有个屏风挡着，我看不清。"

这怎么可能！你心里大惊，穆先生明明已经在鉴湖湖底了，躺在床上的人到底是谁？

"让我看看。"冯镜明示意长根让开一些，"被子是鼓着的，在里面。长根，接着叫门。"

你感到手脚冰凉，全身的血液仿佛在一瞬间冻结成冰。

不可能！

你很想亲自去确认一下，但此刻冯府主人就站在窗前，你不可能推开他去看，那样做很冒失，更会让人发现你的失态。

你身子不稳差点跌倒，幸好冯镜明出手扶了你一把，他还对你说道："贤侄，如果身体不舒服，可以先去休息。"

"没关系，我只是有点头晕。"你觉得口干舌燥，声音都变得有些沙哑了，"现在我们该怎么办？"

"把他喊起来就好了。"冯镜明道。

长根依言去做，但是没有效果。

孔森皱起了眉头："有些不对劲，冯老爷，可以把门撞开吗？"

冯镜明点头道："那你和长根一起吧，小心一些。"

得到了冯府主人的应允，他们两人合力没几下就撞开了房门。

你清楚地看到当门被撞开时，房内的另一扇门也动了。

穆先生的房间原先有一扇门可以直接通到外面，但这门早就被封上了，如今看穆先生似乎打开了这扇门，然后离开了。

孔森和长根几乎是下意识地从那扇门跑出去，想追上穆先生。

而冯镜明绕过屏风直奔穆先生床前："没有人了，床褥还是热的，他应该是趁你们撞门的时候跑了。"

你也走过屏风，看到穆先生的被子被掀开堆在一边，床上没有半个人影。

穆先生还活着？他早不跑晚不跑，为什么要在孔森和长根破门时才跑？

另一扇门为什么会动？穆先生房内原本还有第二个人？

"院子的旁门也被打开了，只是虚掩着。他从那里跑出去了。"大概就过了几分钟，长根和孔森都回来了，他们气喘吁吁的，"我们没有追到他，连影子都没看到。"

孔森道："那扇门会不会只是障眼法，他还在房间里，你们有离开过这个房间吗？"

你回答道："没有，我们一直在这里，如果有人离开，我们会发现的。"

"那他可能藏在衣柜里。"孔森走到衣柜前猛地打开，然而里面除了几件穆先生的衣服，空无一物。

"他也可能藏在床底下。"孔森又俯下身子去看床底，但下面只有灰尘。

长根道："孔先生别找了，这房间就这两个能藏身的地方。他不在这里，我们追丢他了。"

"我想不通他为什么要跑。"

长根将昨晚的事情告诉了孔森，说你的叔叔会提供分辨出真正伍成穆的方法。

"这么说来穆先生可能是怕假身份暴露，畏罪潜逃了？"孔森摸了摸下巴。

你说道："有这个可能。"

"这也不全是坏事，省去了我们不少麻烦。"冯镜明道。

"明天什么时候？沈兄传来口讯说他明天一早也能回到尧兴。到时候我们可以一起见证伍兄正式拿回伍成穆这个名字。"孔森此话似乎是在暗示其他人，还是要进行分辨的。

孔森应该是在怀疑你，他比你想象的要敏锐。

冯镜明道："大概早上八点左右就有消息了。"

"八点吗？那还是来得及的。"孔森说道，"我会和沈兄一起过来的。"

冯镜明点点头："穆先生的下落又要麻烦你了。"

孔森点头说道："我会让厅里的人留意各个路口，看能不能找到穆先生。"

因为这事，孔森没有留下来吃晚饭，直接回警察厅去了。

你和长根吃完饭后又去见了冯伊曼。

就像回到了最初，这一次只有你、长根和冯伊曼三人，但你还沉浸在谋杀穆先生的余韵当中，几乎都是长根在说话。他告诉冯伊曼，铁儿已经被找回来了，穆先生失踪了，沈冰淼明早将带着检查结果回到尧兴。

"这么看来明天就能解决大部分问题了。"冯伊曼说道，"我感觉这几日比过去几年都要漫长，你觉得穆先生会在明早前回来吗？"

你意识到冯伊曼是在问你。

"我认为他是畏罪潜逃了。"你说道，"坚持到最后一刻是没有意义的，所以他选择了体面的退场。"

你在说这句话时，觉得自己的双手有些凉了。

"等证明了你真的是你后，我再喊你的名字。"冯伊曼笑着对你说道。

"什么时候让人喊自己的名字也算一种奖励了？"你道。

"这不是因为情况特殊吗？"冯伊曼知道你在开玩笑，继续笑着说道。

"那冯小姐，由于我现在还坚守在这里，你也应该给我一些奖励。"

冯伊曼眯着眼睛看向你："我可以给你一些我珍藏的麻酥糖。"

"我对甜食不那么感兴趣。"你望着她明亮的眼睛，"或许你可以现在就叫我的名字，不过是提前了十来个小时而已。"

你前一刻还在为谋杀了穆先生而胆战心惊，这一刻已经满脑子都是冯伊曼了。

长根终于受不了了，他插嘴道："伍先生，我们不应该再打扰小姐了，会影响她休息的，赶紧回去吧。"

长根又对冯伊曼说道："小姐，这段时间你经常晚睡，要好好休息了。"

"好了好了，长根你又开始啰嗦了。我这就去休息。"冯伊曼撇了撇嘴，连不满的样子都那么可爱。

你又要和冯伊曼说再见了。

"那么再见了，成穆。"

在离开前，你听到冯伊曼轻轻地对你告别。你的心情总算是好了一些。

次日早上八点，孔森和沈冰淼准时到了冯府。

冯镜明收到了电报馆的信件，当着众人的面拆开。

"电报上说，真的伍成穆左腿的大腿内侧，有一块褐色椭圆形胎记。"

"伍先生，这里全是男的，你就脱下裤子吧。"长根道。

你也不扭捏，想着早点结束，就脱下裤子，给他们展示你大腿内侧的胎记。

孔森道："伍兄，为保证万无一失，方便让我检查一下吗？"

"请便。"

你知道他对你有所怀疑。

孔森冰冷的手触到你的皮肤，你鸡皮疙瘩一下子就起来了。

"没有问题，是胎记。"孔森仔细检查了一下，"伍兄，你可以穿上裤子了。"

屋内的气氛一下子就变得轻松了。

"现在已经证实了我们眼前的这位青年就是伍成穆。"冯镜明说道。

"这感觉真好，我一回到尧兴就得知，铁儿找回来了。"沈冰淼喜悦地说道，"这下伍兄的身份也证实了。"

你的心情却没有那么轻松，因为胎记不是真的，你照着穆先生的尸体，伪造了胎记。

这并不难，只需用刺激性的药物涂抹在皮肤上，自然就会造成擦不掉的大块痕迹。今早的事恰恰证明了你不是伍成穆，真正的伍成穆已经被你所害。

孔森问沈冰淼："这趟去杭州怎么样？"

"林嫂身上确实带着伤寒病菌，我已经把她留在杭州进行治疗了。"沈冰淼说道，"接下来，需要和你们警察厅一起去追回那些年糕，同时得进一步做好宣传工作了，希望不要引发大骚乱。"

"不引发大骚乱是不可能的。"长根道，"也别追回年糕了，追回来的可能性也不大，如果你强硬地收走人家花钱买的东西，他们肯定会把东西藏起来不让你如愿。如果你愿意花钱去买，那么他们肯定会觉得自己手上的东西不止你开出的价，在你给出足够的钱之前，他们也会把东西藏起来。所以最好的做法，就是告诉他们这个东西有危险，需要小心处理。"

沈冰淼虚心地接受了长根的意见。

你们告别冯镜明，再次四人一起行动。

现在伤寒的源头已经查明，传染的途径也明了了，一切只要按部就班地进行，你们总能控制住疫情。

唯一值得留意的还是皆有慈善堂，你们想去看看老路，看他的病是否有好转。

还未走进皆有慈善堂，你们就闻到了香烛的气味，还听到了唱经声。

"苏阿婆又在搞什么？"沈冰淼皱起了眉头。

长根猜测道："苏阿婆又请了白莲婆来做法事吧？"

你们几人赶紧走进院子，发现里面更加乌烟瘴气，一群人围在院子中间。

"他们都在干什么，病人需要静养的。"沈冰淼无奈道。

你们挤入人群，发现白莲婆在她那些童子的簇拥下念念有词。

在她面前趴着一个男人，两个慈善堂的病人一左一右按着他。

白莲婆唱完一段经，从助手那里接过一段柳树枝，在男人的背上抽打，男人痛苦地扭动身体，也不呼痛求饶。你甚至觉得就算没人按着他，他也不会挣脱。

白莲婆一连打了六七下，周围的人也没有要制止白莲婆的意思。

孔森忍不住大声喝道："快住手，你们怎么可以这样对一个病人？"

出乎你的意料，在场的人没有一个听从孔森的话，白莲婆还是在抽打那个男人。那个男人在扭动中昂起了头。

他正是你们的熟人——老路。

"怎么回事？老路怎么变成这样了？"你不由得惊呼起来。

孔森也冲到了白莲婆面前，抓住了白莲婆的手："住手，不要再打了。"

苏阿婆急忙喊住孔森："哎哟，孔森你就不要添乱了，白莲婆婆是在救老路，他被妖怪魇住了。"

沈冰淼怒气冲冲地对苏阿婆说道："我看是你被这老巫婆给魇住了。"

"真的是有妖怪。"苏阿婆一副快要哭出来的模样，"先生们，不相信的可以跟我过来看看。"

苏阿婆带着你们到了另一间房里，房内躺着四五个病人，他们之前的症状都与老路一样，有些甚至比老路还要严重。

他们平躺在床上，眼神空洞，就像灵魂已经脱离了躯体，到了另一个国度。你仔细观察，发现他们的行为步调几乎完全一致，就像受到了某种蛊惑。这场景太诡异了。

院子里的白莲婆又举起柳树枝抽打老路，一边抽打老路一边说道："这是一条五百年的蛇妖，先前那场大火扰了它的好梦，所以它要害人，附在了老路身上。其他人身上的是它的蛇子蛇孙。现在我用施了法的枝条抽打它，它忍受不了就会离开老路的身子。"

突然，地上的老路似乎是忍受不住了，发出了刺耳的尖啸声。屋里的几人也发出同样的啸声，就像狼群受到了同伴的召唤，吵得你耳膜发疼。

沈冰淼道："这些人就像丢了魂一样，只留下一副空壳，连行为都统一了。"

"伍兄，你之前有见过这样的病例吗？"孔森问道。

你摇头道："闻所未闻。"

"唉，那怎么办？"沈冰淼满面愁容地自言自语道。

孔森思索片刻后，说道："打个电话问问冯老爷，说不定他会有什么办法。"

慈善堂没有电话，你们必须出去一趟。

在临走前，孔森夺下了白莲婆手里的柳树枝："不管是蛇妖、观音、还是玉皇大帝，你们不准再打老路了！"

你们很快就找到了电话。

"麻烦，请接冯府。"孔森拿着话筒对接线员说道。

不一会儿，电话接到了冯府。

"喂，请问是哪位？"话筒里传出了徐管家的声音。

"徐管家，我是孔森，冯老爷在家吗？"孔森说道，"麻烦请冯老爷接电话。"

"孔先生您稍等，我这就去叫老爷。"

电话那头安静了十几秒。

"喂，我是冯镜明，请问有什么事吗？"冯镜明的声音传了出来。

孔森将你们在皆有慈善堂遇到的情况告诉了冯镜明。

"不要把他们再留在皆有慈善堂了，无论是苏阿婆还是白莲婆都处理不了这种事情，把他们带回冯府吧，我亲自看看。"冯镜明在电话那头说道，"府里还有一些空房间，足够安置他们了。"

孔森道："那我就把他们都带回去吧。"

"都带回来吧。"听声音，冯镜明似乎有些兴奋。

"沈兄，你怎么想？"挂了电话，孔森问沈冰淼的意见。

沈冰淼道："事到如今，也没有什么好办法了，之前的病人都没出现过这种情况。"

你们回到皆有慈善堂，在众人愤怒的目光下，赶走了白莲婆，带走了那几个病人。

回到冯府，冯镜明放下了手里的活儿，选择先看看这些病人。他将病人安置到了饭厅，在没有外部刺激的情况下，病人们都很安静。

冯镜明对徐管家说道："老徐，你去把三进的仓库清理出来，到时候将这些病人安置到那里吧。"

"好的，老爷。"徐管家退了出去。

冯镜明让老路坐好，然后用手电照了照老路的眼睛。

你站在冯镜明的边上，清楚地看到老路的瞳孔在强光的刺激下收缩了。

冯镜明对孔森和沈冰淼说道："你们看看其他病人的瞳孔是否有反应？"

沈冰淼摇了摇头："没有反应。"

冯镜明又拿起一个小木槌，捶了一下老路的膝盖，老路的脚踢了一下。

膝跳反应是人体最简单的一个反射动作，它仅包含两个神经元，即感觉神经元和运动神经元，这个反射由位于脊髓内的低级中枢完成。

这次同样只有老路一个人有反应。冯镜明重复了几次实验，得到的结果都一样。但如果不管他们，过一会儿，他们的动作又会变得整齐划一。

"有些意思。"

"有意思?"孔森无法理解冯镜明的反应。

冯镜明解释道:"我也是第一次见到这种病情,对医者而言,颇具挑战性。就将他们留在冯府吧,我会叫人好好照顾他们,比在慈善堂好一些。"

话音刚落,徐管家又踏进了饭厅:"老爷,只有两个仓库能用,三号仓库的锁不知怎么回事打不开了。"

"可能是坏了吧。"长根道。

冯镜明问道:"你说的两个仓库是二号和四号吗?"

"对,小阿头和陈妈都死在一号仓库。"徐管家回答道,"我觉得不太合适住人。三号打不开。"

"两间仓库也够用了。"冯镜明说道,"长根,你待会去找个锁匠,把三号仓库打开,顺便再换把锁吧。"

"好的,老爷。"

沈冰淼见长根离去,像是想起了什么一般:"徐管家,铁儿醒了吗?"

"还没呢,也不知道这小子这几天是怎么过的,整个人瘦了一大圈。"一提起铁儿,徐管家就要抹眼泪了。

"我替他检查过身体了。"冯镜明拍了下徐管家安慰道,"他没有大碍,再过些时间就能醒来。你不必担心。"

"这次也多亏老爷了。"徐管家转向你,"当然也要多谢伍先生了。"

"不客气,这都是我应该做的。"你说道。

"贤侄,你过来一下。我有话要和你说。"冯镜明说道。

你忐忑不安地跟着冯镜明回到书房。

"昨天太慌忙了。"冯镜明说道,"这对我们来说都是一个考验。你做得不错。"

"什么？"你吓了一跳，但立马反应过来，"我只是恰好看到了铁儿，这是我应该做的。"

冯镜明意味深长地看了你一眼："你在我这里是及格了，是的，只是及格，还需要成长。人不会一开始就被塑造成他们能成为的样子。但你已经让我看到你的潜力了。你之前不是想要我的研究成果吗？"

"伯父能拿出药品救百姓于水火这是最好的。"你欣喜地说道，"我代表叔叔谢谢您。"

冯镜明缓缓地摇了摇头："这不是给你叔叔的，而是给你的。它或许可以治疗鼠疫，但就现在而言，它并不是鼠疫救星。"

"那么……"

"你听我说。"冯镜明打断了你的话，"人类文明的进步都伴随着牺牲，医学也不例外。我在研发一批新药，需要实验，会用到不同的实验动物，比如小鼠、兔子、犬类和小猪，现在最接近人类的对象，应该是猴子。但这存在一些问题，首先动物不能表达自己，需要准确理解动物的行为，比如同样是打哆嗦，老鼠耳朵立起来时打哆嗦是兴奋，胡子向后打哆嗦是冷的表现，胡子平着则表示疼痛，但兔子的这些表现可能是完全不同的意思。而且哪怕是最接近人类的猴子，与人类还是不同的。"

"伯父，你想说什么？"你表现出一丝不安。

"如果现在有一个人，他能与你正常交流，甚至在一定时间内能学会一些医学知识。"冯镜明淡淡说道，"而且由于他自身的体质和生活环境的问题，他没有各种会影响实验结果的疾病，甚至他自身的免疫能力都不会干扰药物发挥作用……"

"不不不……"你连连摇头，"伯父，你知道你在说什么吗？"

冯镜明道："我很欣慰你没有一下子就接受我的想法，你的道德底线也让我满意。这只是个例子，但有朝一日为了大部分人的利益，你会牺牲掉单独的、对你意义颇重的个体吗？"

冯镜明见你没有回答，转向了另一个话题："我准备把伊曼托付给你。"

"什么？伯父，你为什么突然说这个？"

"我已经考虑很久了。"冯镜明走到书桌后面，坐了下来，"我的身体不如从前了，早些年的冒险掏空了我的身体，我有预感再过几年我将离开人世，而我女儿又是这样的情况，我不能留她一人在这残酷的世上，所以我要找一个可靠的人。"

你当然乐意做这个人。

"你似乎很喜欢她。"冯镜明道，"我不得不承认我女儿确实有一种罕见的魅力。我希望你能照顾她，留在尧兴或者将她接到你的家乡去。我现在不能和你多说，但我要告诫你，你最好克制对她的喜爱，这样当我所说的选择来临时，你才能更好地面对它。不过那时我肯定不在了，这对我来说，是一种幸运。好了，我要说的都已经说完了，你让我在这里安静待会儿吧。"

你觉得自己听懂了冯镜明说的每一句话，但当这些话合在一起后，你又觉得自己根本没有理解。你的大脑处于混沌的状态，在他构造的语句中迷了路。

晚上，你再去拜访冯伊曼时，在众人面前问了一个问题。

"如果有选择，你想生活在哪里？"

冯伊曼神情忧伤地环顾自己的房间，回答道："无论我生活在哪里，似乎都不会有什么不同，不过是从一个玻璃瓶跳到另一个玻璃瓶。如果可以，我更希望能有辆大车，载得动我的玻璃房子，那我就可以去流浪，去杭州、去上海、去北平……我想看山看水，想知道泰山是不是真如诗句中描绘的那么巍峨，燕山的雪花是不是大如席，我还想去看戈壁沙漠，去看敦煌壁画。如果路途太远，还可以把我的屋子放到火车上，等逛遍了这片大陆，我就坐着轮船去另一片大陆，看看我父亲成长求学的地方，总不能学了洋文，只是对着纸堆吧，我还有个英文名字，叫爱丽舍呢！"

你说道："是个好听的名字，那你以什么身份去海外呢，学子还是旅行的富家小姐？"

冯伊曼露出个顽皮的笑："我是瓶中之人，哪种身份都不合适。如果别人问起我是谁，我就骗他们说，我是一个被诅咒的东方公主，一离开玻璃瓶就会化作露珠。在我临死前，我一定要离开这个房间，去感受真正的风雷雨雪晴。"

长根提醒道："但是小姐你不能离开绣楼，外面的世界会伤害你的。而且你一离开绣楼警铃就会响起，老爷会立马知道的。"

"我就是想想。"冯伊曼吐了下舌头。

"想想也不行。"长根很难得地反驳冯伊曼。

"还有你。"长根严肃地对你说道，"伍先生，你可不能教唆我们小姐。"

"好了好了，我知道了。"你只能应下。

今日的会面就此结束，你回到自己房内，梳洗之后躺下了，或许是因为得到了冯镜明的嘱托，你甚至将穆先生的事忘到了脑后，安然入睡。

大概是在凌晨时分，你忽然感觉自己仿佛赤身裸体置身于夜空下，又像在漆黑的海底，压力从四面八方涌来，似乎要将你压扁，五颜六色的光挣扎着从你的口鼻中钻出来，如逃命般四散而去，又有另一种扭动着的怪异光线钻进你的体内。

这场景和感觉无法从已存在的词汇和事物中找到对照。

剧痛。

撕裂大脑的剧痛。

将你彻底淹没……

你猛地从床上弹起，然后又落下。

心死之人

今天开始下雨了，细细的雨丝中夹杂着一些冰屑，气温已降至零下，再这样卜去，整个尧兴将被白雪覆盖。

你撑着伞去找沈冰淼和孔森。

一路上你都昏昏沉沉的，昨晚的噩梦毁了你的睡眠，你觉得自己不像是睡了一夜，而是在一条没有尽头的路上狂奔了一夜。

唯一的好事恐怕就是铁儿醒了，徐管家开心了一早上。

青石板路在晴天既好看又好走，但在这样的雨雪天，却是又湿又滑，就像踩在一条巨蛇的身上。

你靠在街边的飞檐下，跺了跺脚，发现大半个脚掌都冻得失去了知觉。

在清冷的街上，你突然看到了孔森，他就站在不远处，似乎是在发呆，斜撑着伞，小半个身子都在雨下。

你原想走过去同孔森打声招呼，但见他这副样子，又踌躇了。你觉得孔森就像一座石雕，只等着青苔将它慢慢吞没。

你觉得自己过去会打破这一切，而处于这种状态的人也一定不想被人打扰。

"孔先生又到这里来了啊。"一位老者的声音从你背后传来。

你这才发现你躲雨的地方是一家店门口。

"老人家认识孔兄？"你走进店里问道。

昏黄的店里挂着一块块竹板制成的菜单，多是些面条、馄饨、汤圆之类的。

"他们以前常来我这里吃汤圆。"店家笑着说道。

"那也给我来一碗汤圆吧，多加一点汤，暖暖身子。"

店家闻言便在柜台后面忙活起来，你能听到柜台后咕噜咕噜的开水声。

"店家你说的他们是谁？"等汤圆煮好的空当，你好奇地问道。

"孔先生和韩小姐，孔先生不就站在韩府前面吗？"

"韩府吗，可我看前面挂着的是刘府啊？"

"我可真是糊涂了。"店家苦笑道，"现在是刘府了，以前是韩府，但韩家人都搬走了，宅子也出手了，变成了刘府。"

"那韩小姐呢？"

"韩小姐当然也走了。"店家叹了一口气，"他俩多般配，可惜了。先生，您的汤圆好了。"

一碗分量十足的汤圆被端到了你面前，你吃了一颗汤圆，虽然有些烫口，但馅料充足而香甜。

"店家多讲讲孔兄和韩小姐的事情吧。"

"当年，韩小姐在学堂读书，孔先生在警察厅工作。"店家又叹了一口气，"两人不知怎么就认识了，你们年轻人管这个叫什么？"

"叫自由恋爱。"

"对，就是这个词，我是记不太住，但我觉得这样也挺好的。他们来我这里吃汤圆，有说有笑，看起来快乐极了。但是韩老爷瞧不上孔先生，棒打鸳鸯，再后来，韩家举家搬迁，韩小姐和孔先生约定在搬家前私奔，只可惜命运弄人……"

"孔兄失约了？"

"是，也不是。"店家道，"这都不是什么秘密了。当日，孔先生是准备赴约的，但他把自己要带韩小姐私奔的事情告诉了一个朋友，并请朋友帮着安排行程。但这个朋友在那天制服了孔先生，据说是将孔先生绑了起来，让他无法赴约。这事之后，孔先生因为企图拐带正经人家的小姐失去了前途，而他的朋友则被夸赞是识大体、懂分寸，获得了上面的青睐。"

说完后，店家又重重地叹了一口气。

听到这里，你明白了故事中的朋友就是那个同事，以及孔森为什么会对同事下手。

你吃完一碗汤圆再出去，发现孔森已经不在那里了。你就当没有这个插曲，与沈冰淼、孔森在约定地点见了面。

"怎么空气里有股甜甜的气味？"孔森抽了抽鼻子问道。

"有吗？我没有闻到。"

"这味道似乎就是从你身上发出来的。"孔森笑道，"你瞒着我们去吃什么好东西了，好像是桂花糖的味道。"

原来那家店用的是桂花糖，怪不得有种特别的香气。

"随便走进街边的小店吃了些点心，暖暖身子。"你不想让孔森知道你看到过他，便继续搪塞道，"江南的饮食就是比别处要精致一些。"

幸而孔森也没有深究，转而问道："今天长根怎么没来？"

"伯父让他去跑腿，买点东西。"你回答道，"今天就我们三人。铁儿也醒了。"

沈冰淼道："他的状态怎么样？"

"应该还行吧，我看徐管家的心情不错。"

沈冰淼点点头："那下午我们可以买点水果去看看。"

与前一天一样，这一天仍然是忙碌的一天，你们忙完，回到了冯府。长根还在外面忙活，尚未回家。

铁儿躺在病床上，睁着眼睛，他确实是醒了，但精神却不怎么样，不过他的气色不错，这和徐管家细心的照顾不无关系。你看着铁儿的病容，从心底涌出一丝恐惧。

吴妈悄无声息地走到你们身边，差点吓你们一跳："老爷在叫孔先生和沈先生过去。"

"那伍兄在这里稍候一会儿，我和沈兄先过去一趟。"孔森对你说道。

屋里只剩你和徐管家、铁儿三人了。

"徐管家来冯府多少年了？"你随口找了个话题。

"我也就来了四五年。"徐管家回答道，"之前的陈妈，她才是冯府里真正的老资格，来了十几年，长根也比我早，可能是七八年前来的，只有吴妈比我晚。"

你顺着徐管家的话头接着问道："徐管家，你是怎么来到冯府的？"

"四五年前发了一场大水，家里什么都没了，我哥哥一家都死在了洪水里。"徐管家怜爱地看了铁儿一眼，继续说道，"我身边就剩下铁儿这一个亲人。我本来是个教书先生，没什么大学问，只能教教村里的蒙童。洪水来了又走，乡亲也都跑没影了，村子重建需要时间，我这个半吊子的教书先生也就没了生活来源，于是逃荒到了尧兴。"

"听起来很艰苦啊。"

"何止是艰苦，要不是想着铁儿还小，需要我照顾，我真的就撑不过来了。"徐管家起身往你茶杯里添了一些热水，继续说道，"后来铁儿患了急病，短短三天就病得不成人形，我跑遍了尧兴城，请了各种大夫，都没有什么办法，一些大夫都劝我回去准备后事了。这个时候，我听说了老爷的事情，说是无论什么病，老爷都愿意给治疗。我就抱着试一试的想法来了，说实话，也是死马当活马医。

冯老爷看了铁儿后，只问我能不能接受一些副作用。我当然接受了。最终铁儿的命保住了，只留下了说不了话的小毛病。"

"不能讲话只是小毛病？"

"比起死，当然是小毛病。"徐管家讲道，"像我们这样肯定是要留在冯府用一辈子来报答老爷的，不会讲话不算什么大问题。而且不说话还能少惹点是非，祸从口出，不能讲话少了多少麻烦。"

徐管家起身准备再给你加点热水："啊，水没了，我去加点水。"

说着，徐管家提着热水壶去厨房了。

房间里只有你和铁儿了，就是这个时候，一直躺在床上的铁儿居然扬起了头，喉咙发出"嗬嗬"声，似乎是想和你说些什么。

你凑到铁儿面前，想听清他说的话。但铁儿口中只是发出意义不明的音节，你根本理解不了他的意思。

突然，铁儿又躺回了床上，恢复了之前的模样。

——是孔森和沈冰淼回来了。

"伯父把你们叫过去是有什么事情吗？"你问他们。

"冯老爷说冯府还有一些仓库和客房空着，如果还有类似的病人，可以送到冯府来，统一照顾。他也想看看把众多病人集中到一起，会不会再发生什么事。"沈冰淼说道。

"还能住多少人呢？也就还有一间客房和三进的三号仓库吧。"你说道。

"第四进还有一些房间吧？"孔森道。

"那些房间似乎是冯老爷的私人实验室，不能占用。"沈冰淼道。

"三号仓库的空间够吗？"孔森问道，"其他仓库里的杂物都堆到三号仓库了，还能有空间住人吗？"

"去看看吧。"沈冰淼道。

正巧徐管家接了热水回来，你们就向徐管家要三号仓库的钥匙。

"你们稍等一下。"徐管家拿出钥匙串看了看,"哎呀,长根换了锁,还没把新的钥匙给我。我带你们去长根房里找一下吧。"

"我们能进去吗?"沈冰淼问道,似乎觉得这样不太好。

徐管家摆摆手说道:"没关系的,我们做下人的都不在乎这个。"

与长根粗犷的行为举止不同,他的房间整理得干干净净,一尘不染。

你们站在门边,看着徐管家找钥匙。徐管家翻了好一会儿,都没找到仓库新锁的钥匙。

"徐管家,实在找不到就算了吧。"沈冰淼抬腿走向徐管家,一不小心却磕到了门边的一个矮柜上,你看着沈冰淼眼睛鼻子都抽到一起,捂着膝盖,蹲了下去。

"沈兄,你没事吧。"孔森也关心地蹲了下去。

"这是什么东西?"突然,孔森从矮柜的柜脚后侧扣出一块发亮的小东西。

孔森将它举到窗户边上,透过昏暗的光线,可以看到它薄而小,应该是什么玻璃容器的碎片。

"上面也没沾上多少灰尘,应该是近期掉到矮柜下面的吧。"孔森道,"这个东西有点眼熟,但我想不起来在什么地方见过它了。"

这个小碎片带着弧度,可能来自某种瓶状容器的颈部。

"长根怎么会有这种东西?"沈冰淼道,"是香水吗?他准备送给冯小姐的礼物,被他给摔碎了?"

"可香水瓶的玻璃不会这么薄吧,我感觉我一用力就能将它掰断。"孔森道。

"两位先生讨论这些干什么,待会儿问一下长根不就知道了吗?"徐管家道。

"诸位先生在我房里干什么呢?"长根风尘仆仆地回来了,大衣上沾满了雪水，"等我回来干什么？"

"你可算回来了。"徐管家回答道，"你把三号仓库的钥匙收到哪里去了？"

"不就在抽屉里吗？"长根打开矮柜的抽屉，拿出一串崭新的钥匙，"三把都是一样的。你们拿钥匙干什么？"

徐管家对长根说道："老爷说可以收拾下三号仓库，到时候能收容更多的病人。"

"那我去帮忙。"长根道。

"你看你身上都是水，会着凉的。"徐管家对长根说道，"先去换件衣服再说吧。"

"好的，那你们先去忙，我待会儿就过来。"长根点头道。

你注意到沈冰淼将碎片收了起来，没有问长根碎片的来历。

你对沈冰淼的行为感到疑惑，但又担心他另有计划，自己陡然出声询问会破坏他的打算，也将问题咽回了肚子里。

你们用钥匙打开了三号仓库，这里应该有数年没打开过了，里面积满了灰尘，还有一些破旧的家具。

"空间是足够的，简单清扫一下，把家具之类的杂物都整理到一角上。"孔森说道。

"上一任主人留下的家具和用品太多了。"徐管家说道，"或许我该和老爷说一声，可以卖了这些东西。三位先生去休息吧，整理的工作交给我们这些下人就好了。"

"没事，反正我们闲着也是闲着。"沈冰淼说道，"你们也帮了我们不少忙。"

孔森对你说道："伍兄，你的身体不太好，你也忙了一天了，去休息一下吧。"

在他们眼中，你还是那个病弱的模样。

"我们回来前不是说要买点水果吗？"你对他们说道，"我现在去外面买点梨子或者橘子回来吧。"

"那就麻烦你了，伍兄。"沈冰淼对你说道。

你走出三号仓库，却没有直接去买水果，而是鬼使神差地来到了二号仓库，老路正待在二号仓库内。

他看到你，双眼恢复了一点神采。

你惊喜道："老路，你怎么样？"

老路似乎在看着你，但眼中的焦点却没有落在你身上："我能看到你。"

"你当然能看到我。"你不解地问道，"老路，你怎么回事？"

"伍先生，你应该离开这里。"老路对你说道，他像是失去了所有力气，躺倒在床上，"你不属于这里，你会被它们抓住的。"

"什么意思？我们带你到这里来，没有恶意。"你诚恳地对老路说道，"我们想要帮你。"

"伍先生，你不懂。"老路继续和你说道。

你不明白他在说什么。

"老路，你需要休息。"你往门外退去，转身准备离开。

在你转身的一刹那，一张陌生的脸几乎是贴在了你的脸上，嘴巴开合，发出声响："快离开。"

你和这个病人根本不熟。

你下意识推开他，却遇到了另一张脸。

原来如行尸走肉一般的病人们，这时似乎都活了过来。

"离开尧兴。"

"离开冯镜明。"

"离开冯伊曼。"

你心中一惊，为什么这些人会知道伯父和冯伊曼的名字，对于外人而言，知道冯镜明的名字还算正常，但冯伊曼呢，大部分人只知道冯镜明关着一个女儿。

他们不该知道这个名字。

"离开……"

"离开……"

"离开……"

他们用同一个语调和声音说道。

或许那不是老路，也不是别的什么病人，那边有另一个灵魂。

你的双手紧紧捂住你的嘴，不让你发出一丝声响。

你推开他们，跑到外面。

夹杂在雨里的雪花已经消失了，这样的雨反而更冷，现在地面上还积不起雪来，但降温持续的话，雨水会化作雪花，淹没整座城市。

想到这里你不禁叹了口气。纯白的雪花会遮盖整座城市的污秽，物价又会迎来新一轮的上涨，不知多少棚屋会被积雪压塌，又有多少老人、小孩会死于这场寒潮之中。

……

你提着一袋橘子回到冯府，却发现冯府已经乱作一团。

"怎么了？"你抓住孔森问道。

"铁儿死了！"

"什么？我走之前铁儿不是好好的吗？"你惊道。

"是被杀的。"孔森也有点控制不住自己的情绪，感叹道，"太可怕了。徐管家已经崩溃了，冯老爷和长根都在看着徐管家，怕他会做傻事。"

"铁儿是什么时候出事的？"你说道，"我回来的时候看到有个灰衣男人从冯府侧门跑出去了。会不会和铁儿的死有关？"

孔森连忙呼喊："沈兄，你快出来，我们去追可疑人。"

他又对你说道："伍兄，你在前面带路吧。"

然而，你们已经晚了，跑出去后，就连半个人影都没见到。而且由于下雨，街上鲜有行人，你们也找不到任何一个目击者。

孔森着急地问道："伍兄，你有看清楚灰衣男人的样子吗？"

你摇了摇头说道："我没有注意，他跑得很快，我只知道他穿灰色大衣，身高应该和我差不多，戴着一个帽子。"

"身高和我差不多？"孔森猜测道，"你看到他的那条路就是穆先生离开的那条路吧，你们说铁儿的死是不是和穆先生有关？"

"但穆先生为什么要杀铁儿？他来冯府的时候铁儿已经失踪了吧，而他走的时候，铁儿才刚找回来，他们两人连面都没有见过。"沈冰淼道。

"如果真的是穆先生的话，那他回来可能就是为了报复，报复伍兄和冯家人。"孔森猜测道，"冯老爷如往常一样在书房，我们和长根、徐管家在三号仓库里。伍兄去外面买橘子了。只有铁儿一个人躺在房间里。他虽然没有见过铁儿，但他经过和我们的相处是知道铁儿这号人的，也知道我们有多看重铁儿。因此，铁儿就是他能找到的最好的猎物。"

"这个疯子，他究竟有什么企图！"沈冰淼怒道。

你在心里想，他一个死人现在还能有什么企图呢？杀害铁儿的另有其人。

"你们是怎么发现铁儿被害的？"你问道。

"诡异，和昨天一样诡异！当时我们都在仓库里，突然就听到两边的仓库，也就是二号和四号仓库，传来奇怪的声响。"孔森闭上了眼睛，似乎光是回忆起当时的场景都让他不寒而栗，"我们先去了四号仓库，那里的病人在尖叫，他们把自己的身体抵在墙上用双手掐着自己的脖子，面色涨红，青筋凸起。我们想到昨天慈善堂内的场景，怀疑是老路那边出了什么意外，于是赶到二号仓库，结果发现老路和其他病人一样，这时我们才发现他们不是在用双手掐自己，而是想将什么掐着自己脖子的东西去掉。就好像有一只无形之手同时掐住了他们所有人。"

沈冰淼接着说道："我们试图唤醒他们，但没有效果，当我们束手无策之际，他们的动作全都停了下来。我们就怀疑是不是有人出事了，结果找了一圈发现是铁儿，他被人掐死在床上。"

孔森叹息道："如果我们第一时间能赶去铁儿所在之处，说不定能抓住凶手，救下铁儿。"

"我们只知道病人之间存在联系，没想到铁儿也会与他们有关。"沈冰淼道。

"铁儿失踪数日，是不是也染上了病，所以才会和其他病人有那种诡异的联系。"你猜测道。

"随着铁儿的死亡，他的经历也彻底成了谜团。"孔森道，"我都不敢回冯府看到徐管家那副绝望的样子。"

话虽如此，你们还是一起回到了冯府，铁儿一死，徐管家因为悲伤过度，很多事情只能由你们帮着处理。

期间，你抽空去了一趟绣楼。

"长根呢？今天快有一天没见到他了。"冯伊曼虽被囚禁在绣楼，不谙世事，但她也能隐隐猜出家中发生了一些事。

你将食盒拿给冯伊曼："铁儿被害了。"

冯伊曼惊讶地捂住了嘴："不是才找回来吗？怎么就……"

"不知道。"你无奈地说道，"伯父已经让长根去雇新的用人了，现在府里的用人就只有吴妈和长根了。"

"徐管家怎么了？"冯伊曼紧张地问道。

"他受不了这个打击，精神崩溃了，也不知道能不能恢复过来。"你回答道。

冯府本就人丁稀少，先是陈妈，现在又是铁儿，还有徐管家，不知道他能不能挺过这一劫……

"这个地方本就没有人气，现在更像座坟墓了。"冯伊曼叹道。

你只能无力地安慰她："等多招些人进来就会好的。"

人可以再找，但那些感情是找不回来的。

"成穆，你要保重。"

"你也保重。"你对冯伊曼说道，然后爬下了绣楼。

接着，你又去了看了看徐管家。

所谓心死之人，就是徐管家现在的模样吧。

铁儿躺在床上，已没有半点生气，长根他们已经整理过铁儿的遗容了，但还是能看出他的五官有些异样的扭曲感。不难想象铁儿在死前遭受了怎样的痛苦。

铁儿的脖子上还留着可怕的瘀痕，从痕迹上看，下手的应该是成年男性。

徐管家坐在铁儿床边，轻声喃喃自语，但听不清他在说什么。

你靠近徐管家，却发现他竟然在和铁儿说话。

你想好的安慰之语哽在了喉咙中。

吴妈走进房间，为徐管家送来了食物。

徐管家接过食物，却放到了铁儿床头柜上，轻声呼唤铁儿起来吃饭。

吴妈像是被徐管家吓住了，呆立在一边。

"吴妈，你先去休息吧。"你对吴妈说道，"这里由我看着。"

吴妈闻言赶紧逃离了房间。

"铁儿，你吃点吧。"徐管家端起碗说道，"是东西不合胃口吗？多少吃一点吧。"

"对，你身体不好，多少要吃点东西。"徐管家将勺子放在嘴边吹了吹，又说道。

"吃这么一点就不吃了吗？你吃得太少了，真的吃不下了？那先休息吧。"

铁儿的尸体就在床上。徐管家正活在虚妄的幻想中，没有接受铁儿已死的现实。

你陪徐管家待了很久，长根进屋对你说道："伍先生，你去休息吧，后半夜就由我守吧。安神的药我也抓回来了，待会儿让徐管家也睡一会儿。"

你问长根道："其他病人怎么样？"

"恢复老样子了，应该没有什么大碍。"长根坐到徐管家边上，为徐管家披了一条毯子，将一串钥匙交给你，"伍先生要是不放心可以去看看。"

可能是为了防止那些奇怪的病人发狂，住着病人的仓库都上了锁，你用长根给你的钥匙打开了二号仓库，病人们都安静地躺在床上，你提着灯走近他们，却发现他们并未睡去，还睁着无神的双眼，不知在看何处。

你悄悄退出了仓库，回到自己房内，躲进了被窝里。

瘟疫源头已经被你们探明，你也获得了冯镜明的信任，阿胡的死因也明确了，但前方的雾障并未散去，反而越来越浓。

你需要休息，便强迫自己闭上了眼睛。

等你再睁开双眼时，四周寂静无声，你披上衣服走到窗边，打开一条窗缝，看到了银装素裹的世界。连日的降温与雨雪夺走了尧兴最后一丝温暖，雪花落地终于留下了它的痕迹。

此时，雪已经停了，但太阳还未露面，天空仍然是灰蒙蒙的，铅灰色的云层上不知还藏了多少雨雪。

你望着雪景发了一会呆，这份静谧很快就被穿着棉袄、戴着乌毡帽的长根打碎了。

长根提着铁铲开始铲雪，现在冯府能用得上的劳动力也就他一人了。雪积得并不深，也就五六厘米而已。但一个人要铲掉满院子的雪还是要花不少工夫的。

你正犹豫着要不要上去帮忙，长根已经注意到你了。

"伍先生，你醒了啊，快去多穿点衣服吧，待会儿雪融了会更冷。"

"要帮忙吗？"你问长根。

长根抬手擦去额头上的汗水，连连摆手："不用了，不用了，你先歇着吧。对了，孔先生和沈先生昨晚临走前留了话，说今天不会来这里了。如果你要去找他们，还是尽早去吧，再过一会儿路上就会变得泥泞不堪。"

"我先去看看徐管家和那些病人的情况，然后再出门。如果伯父问起来，你就告诉他，我去找孔森了。"

你去看了看徐管家，他还是老样子。你又去看了看那些病人，他们没有变得更好，也没有变得更差，只是像傀儡一样一动不动。

你离开了冯府。

街头落满了白雪，车辆驶过，留下一条条肮脏的痕迹。在街边有成群结队的孩子，那些孩子呵着冻得通红的小手，将四处的雪收集起来，不一会儿就堆出了一个半米多高的雪人。孩子们又捡来石子做它的眼睛，枯枝做它的嘴巴，拼出一张脸来。孩子们不嫌弃它的简陋，围着它又跳又笑，像是完成了一件伟大的功绩。

这些纯真的孩子拥有一种魔法——从万事万物中汲取快乐的魔法。

他们忘记了寒冷和家中的困顿，心里充满了快乐。

你花了比平时多三倍的时间才到达警察厅。

孔森还是在破旧的桌子上办公，他抬头看到你后露出了一个笑容，但这个笑容很快就消失了："徐管家还好吗？"

你摇了摇头。

"要是昨日，我们不让徐管家来帮忙就好了。他陪在铁儿身边，铁儿说不定就不会死。"孔森叹气道。

"世事难料，要是我不出门，铁儿也有可能活下来。"你说道。

"对了，阿胡的案子有了新进展。"孔森似乎不想再谈铁儿之死了，"阿胡的两个同伙，老拱和赖皮五终于是扛不住了。"

"他们说了什么？"你忙问道。

"他们的所有行为都是阿胡指使的。"孔森皱眉道，"他们混进慈善堂也不仅仅是为了杀赵三，按他们所说，阿胡搞来了不少药，他们把这些药悄悄地混入了病人的饮食中。"

"都是些什么药？"你追问道。

孔森无奈地摇了摇头："药是由阿胡负责的，他们并不知道是什么药，而且所有的药都已经用完了，没有剩下。"

"我在想那些奇怪的并发症是不是和他们的药有关。"你说道。

孔森点了点头："英雄所见略同，但阿胡死后，还是出现了各种病例。我想投药的不止阿胡他们。"

"嗯，幕后黑手可能操纵了多组人，我们可以思考一下，谁会从瘟疫中获利。沈兄呢？"

"他还在外面奔波呢。"孔森回答道，"沈兄认为这是他的本职工作，不敢有丝毫懈怠。"

"有沈兄这样的人真是尧兴之福。"

孔森也颔首赞同道："是啊，不过有你也是，伍兄，要不是你，我们也走不到这步。"

"孔兄也出了不少力。"你对孔森说道。

"好了，好了，你我之间就不要再客气了。我准备布置一些人手，看能不能再捕些小鱼，顺势摸出藏在幕后的那条大鱼。伍兄还是回冯府吧，冯府也算一个漩涡的中心，需要好好关注。另外，还有一件私事。"孔森站起身，握住了你的手，"伍兄，东北那边有没有什么消息？"

你摇了摇头："孔兄，你的家人还没和你联系吗？"

"是啊，我正心急如焚，不知如何是好。"

"冯伯父应该也有自己的门路，我托他去问问？"你问道。

孔森松开了你的手，从口袋里拿出早就准备好的纸："太好了，这是家母和舍妹的名字和通信地址，拜托伍兄了。"

"孔兄，你我都是朋友，这都是应该的。"

"我这边还有事情，就不送你了。"

"没事，我一个人能回去。"你与孔森告了别。

外面亮了一些，有了些许阳光。果真如长根所说，一旦雪融，气温会继续下降。天边还是黑乎乎的，预示着下一场雪即将到来。

所幸主要的路均已经被清出来了，你叫下一辆小车顺利地回到了冯府。

一到冯府，你就直奔书房，向冯镜明说了孔森所托之事。

冯镜明当即答应下来，并马上写了一封信。

"你把这封信交给电报局的李主任，他会帮着落实的。"冯镜明对你说道，"现在长根抽不开身，只能让你去了。"

"不过是小事。长根还是留在冯府比较稳妥。"你说道。

"快去吧，冬天的日头落得很快。"冯镜明对你说道，"早去早回，我还有话要和你讲。"

你点了点头。

电报局一行很顺利，没有遇到波折。

你再回到书房，冯镜明直接给了你两把钥匙，一把是黄铜的，金光灿灿，一把是钢制的，通明锃亮。

"黄铜的是绣楼的钥匙。"冯镜明盯着你的眼睛说道，"如果可以，我真的希望她这辈子都不要踏出这里。不过这不是我该考虑的事情了，当你了解真相后再去判断吧。"

"那这把钢制的钥匙呢？"

　　黄铜钥匙比较普通，像是随处可见的样式，钢制的这把钥匙的齿则复杂得多，看起来也很难仿制。

　　"这是我宝库的钥匙，只有一把。不过只有在我死前，我才会把宝库的位置告诉你。"冯镜明淡淡道，仿佛他已经看到了自己的死期，"那里面有我的研究和所有真相。"

　　"这太贵重了，伯父你可以把这把钥匙交给我叔叔或者冯小姐，而不是给我。"你想把钥匙还给冯镜明。

　　"你收着吧，你是我选中的继任者。"冯镜明道，"至于小女，你最好不要让她知道这把钥匙的存在。"

　　"为什么是我？"你问道。

　　"想一想你之前的所作所为，想一想我对你说过的话。我知道你是你，而不是别的什么人。接下来，你要记住我下面的这段话。"

　　你抬起头与冯镜明对视："什么话？"

　　"我绝对不会参拜如此卑劣、比我晚出现的东西。在他形成之前，我就已经存在了，他应该要参拜我。"冯镜明道。

　　"什么是'比我晚出现的东西'？"

　　冯镜明摇了摇头："这是个先有鸡还是先有蛋的问题。你需要想明白'我'是谁。"

　　"你是冯镜明。"你不解道。

　　"不，是'我'是谁。"冯镜明指了指你。

　　"我是谁？"你道，"我自是伍成穆。"

　　"记住'天上天下唯我独尊'。等你明白什么是'我'之后，你就能作出决定了，现在还太早。"冯镜明像是耗尽了自己全身的力气，对你一摆手，"走吧，我要休息了。"

　　你将那两把钥匙小心翼翼地放入怀中，离开了书房。

　　用过晚饭后，你和长根为冯伊曼送了饭。

　　然后，雪又下了起来，越下越大，渐渐模糊了你的视野，慢慢地，整个世界再次变白，将白日露出的缺口再次补上。

你关上窗，任由寒风吹着雪花打在窗户上，发出碎碎的碰撞声。你就听着这噪声陷入了沉睡。

新世界的牺牲者

死神再次光顾了冯府。

吴妈的尖叫响彻整个冯府，击碎了早晨的宁静。

"怎么回事？"你揉着眼睛，披上衣服，准备出去看看。

吴妈站在冯镜明的卧室前，一动不动，像是被吓坏了。

长根站在吴妈边上，似乎也呆住了。

"长根，怎么回事？"你大声问道。

你心里有一种不好的预感。

"老爷被害了！"长根转过头回答你。

"这怎么可能？"你急忙踏过院子中央的雪地，来到冯镜明的卧室前。

透过半开的门扉，你看到冯镜明床前有一摊已经凝固的血液，冯镜明小半个身子垂在床外，胸口的位置插着一把泛着寒光的匕首。书架、柜子、床铺都有被人翻找过的痕迹。

你踏进冯镜明的卧室，里面没有更多的可疑痕迹了，冯镜明的身体已经凉了，根据温度来推断，冯镜明应该是深夜被害的，有人偷偷溜进冯府，摸进了冯镜明的卧室并杀害了他。

不对！

雪到黎明时分才停，外面全都覆盖上了皑皑白雪，如果有人接近冯镜明的卧室，那应该会留下足迹，但现在……外面只有三串脚印，两串来自西厢房，分别属于长根和吴妈，一串来自东厢房，是你刚刚留下的。

那么凶手是怎么进入冯镜明卧室再离开的？难道说他还未离开？

"长根，帮我看看这个房间里有没有藏人，要小心一点。"你说道。

长根和你小心翼翼地搜了一圈，并未发现凶手。

"长根，你去书房打个电话吧，让孔兄过来。"你对长根说道，"我们需要他的帮助。"

你带着长根、吴妈到书房休息了一会儿，很快，孔森带着沈冰淼风风火火地赶到了冯府。

"伍兄，我们进来前绕着冯府跑了一圈，外面没有发现可疑的脚印。"一进门，孔森便对你说道。

沈冰淼补充道："周围有一些脚印，但都是过往行人的，足迹清晰，有头有尾，不像是伪造的。"

"所以下雪的这段时间内，没有人进过冯府？"你皱眉道。

孔森点点头："从雪地痕迹来看确实如此。府内情况呢？"

你揉了揉太阳穴："孔兄可以去问问他们，这事怪异得很。"

沈冰淼不禁自嘲道："尧兴这段时间怪异的事情还少吗？"

府内一样没有留下凶手的足迹。吴妈和长根差不多是同时起来的，他们起时院子里的雪地上没有任何足迹。长根去看了看徐管家，吴妈去厨房做早饭。两人都没踩过院子里那块雪地。

吴妈做好早饭去叫冯镜明，她留下了一串足迹，结果发现了冯镜明的尸体。长根听到尖叫声，跑到吴妈身边，留下了第二串足迹，然后是你，你留下了第三串足迹。除此之外，冯镜明卧室所在的主屋周围就没有其他的人类足迹了。周围屋顶，包括围墙顶上的积雪也没有被破坏的痕迹。

对了，冯府院内还有一串动物的足迹，应该是猫脚印，但不是通向冯镜明卧室的，而是从西厢房一路延伸到绣楼的。由于猫脚比较小，昨夜雪又一直在下，因此猫脚印的边缘没有那么清晰，看不清走向。

可能是那只黑猫半夜去找了冯伊曼。也可能是它从冯伊曼那里出来回到西厢房。

"房间很乱，看起来凶手是在找什么东西，长根你能看出来卧室少了什么吗？"孔森问。

长根摇了摇头："老爷的卧室一般是陈妈和徐管家打理的，陈妈已经死了，徐管家又是这副样子。我可以试着把徐管家请过来，让他看看。"

孔森叹了口气："去试试吧，不过不要勉强徐管家，如果他不愿意来，就算了，千万不要刺激他。"

不一会儿，长根把徐管家带了过来。

"徐管家，麻烦你看看这里有没有少什么东西？"孔森对徐管家说道。

徐管家没有理会孔森的话，径直闯进了案发现场。

"老爷，老爷，你怎么了？"他趴在冯镜明的尸体上痛哭起来，"你怎么就这样走了……"

见状，你和沈冰淼赶忙拉开徐管家，免得他破坏现场。

"这不可能是真的！"徐管家发出撕心裂肺的叫喊声。

见状，孔森无奈道："长根，你先把徐管家带回去吧。"

"徐管家，你静一静，铁儿还需要你照顾呢，来，我送你回去。"长根对徐管家说道。

听到铁儿需要照顾，徐管家恢复了呆滞状态，任由长根把自己牵走。

"书房没有翻找过的痕迹。"孔森摸了摸下巴，"这有两种可能，一是凶手明确知道他要找的东西就在卧室，二是翻找痕迹不过是障眼法，他只是想要制造出一种找东西的假象。接下来我的话可能会有一些伤人，但我认为杀害冯镜明的凶手就在冯府内。因为我想不到有什么方法能越过雪地从府外进入冯老爷卧室而不留下脚印。"

"那么，你准备调查冯府所有的人吗？"你问道。

"保险起见，你们都是嫌疑人了。"

"我没有什么异议，就从我开始吧。"你说道，"我应该是没有杀人动机的。"

孔森却摇了摇头："不，伍兄来尧兴不是为了求药吗？而冯老爷一直没有答应你的请求，你情急之下……"

"不要开玩笑了！"你没来由地有些生气，一股无名之火从心底燃起，但很快你就后悔了，"对不起，我没能控制好情绪。我，唉，我不知道自己是怎么了，就是有些烦躁。"

"我能理解，冯老爷也算是你的长辈，他被害，你心里不好受。"孔森说道，"但我的工作就是怀疑所有人，我需要你的协助。昨晚，你在干什么，有没有注意到什么奇怪的事情？"

你深吸一口气，使自己冷静下来，回答道："东厢房只有我一个人，昨晚我早早就休息了，除了落雪声没有听到其他可疑的声音，也没有看到可疑的面孔。而且东厢房和主屋之间的雪地没有任何痕迹，中间也没有可停顿或者可借力的地方，除非我会飞，不然根本不可能到伯父的卧室。"

"有可能是凶手提前躲在卧室里行凶？"沈冰淼猜测道。

你摇了摇头："不可能，我和长根都搜过整个房间了，卧室里没有藏人。"

"那长根和吴妈起来后，有没有碰过面？"沈冰淼继续问道。

"这我不敢肯定，他们只说听到了彼此的动静，因此我判断两人是差不多同时起来劳作的。"你说道。

"长根应该没有问题，他起床后去见了徐管家，徐管家应该可以为他作证。他留下足迹，也有吴妈目睹，这做不得假。"沈冰淼道，"所以有机会作案的只有吴妈。她藏在卧室里，等到深夜溜出来杀了冯老爷，接着翻乱整个房间，毁掉自己藏身时留下的痕迹。等到了早上，她再倒着走回厨房做好早饭，踩着之前的脚印回到卧室前，装出刚发现尸体的模样。"

"我去徐管家房间时看过雪地，外面没有足迹。"长根安置好徐管家后，又回到了你们身边，为吴妈说话。

"长根，你没看到吴妈吧，可能是吴妈特意等你到了徐管家房间后才出去的。"沈冰淼猜测道。

"可我出去时，厨房里是有动静的，很明显，那是吴妈在做早饭。"长根挠了挠头。

"你愿意为吴妈作证吗？"孔森问道，"这减轻了吴妈的嫌疑，但会加重剩下所有人的嫌疑。"

长根露出老实憨厚的笑容："事实就是事实。再说了，我和吴妈都只是冯府的下人，有什么理由杀害老爷。"

沈冰淼无奈地叹了一口气，又提出了新的猜想："凶手会不会用了什么工具越过雪地，比如将绳索挂在树上，从绣楼顶部一跃而下，说不定能荡到主屋。"

孔森拍了拍沈冰淼的肩膀："沈兄，那些都太天马行空了，而且我们也检查过冯府屋顶、围墙乃至树上的积雪，它们都没有被破坏的痕迹。"

"我确实是想得太多、太乱了。"沈冰淼老实承认道，他突然转向你，"伍兄，你有什么想法吗？"

你捏着下巴，沉思片刻："猫脚印会不会有猫腻呢？"

"说起猫脚印，我们还需要明确它究竟是不是猫留下的，这点很容易证明，我们去绣楼看看冯府的猫是不是还在那边。"沈冰淼说道，"不过也有一种可能，猫是凶手故意引走的，让它在雪地上留下足迹，而他要用的只是众多脚印中的一个。屋子的屋檐会延伸出来一部分，所以屋子周围三十厘米以内是没有积雪的。凶手可以从西厢房跳到书房附近，再走到卧室。"

"人无法一步跳出六米吧。"孔森扶额道。

沈冰淼缓了一口气继续说道："所以猫的脚印就有用了，猫的脚印其实就是一个个可供选择的落点。只要找到合适的落点，凶手就能利用长杆跳过去，之后还可以把长杆砍断，放进厨房的柴火堆里，销毁证据。冯府室外的地面不是石板就是砖面，都很结实，可以承载相当大的力。"

"听起来可行，但能否成功还取决于实际条件。"孔森说道，"撑杆越长，凶手能跳得越远，但撑杆的长度是有限的，因为凶手需要在厢房的屋檐下起跳，如果撑杆过长，他就会一头撞在屋檐上。南方的屋檐都不高，这种情况下，想用长撑杆的话，就只能减小起跳时撑杆与地面的角度了，角度越小，可用的撑杆就越长，能跳出的距离也就越远。"

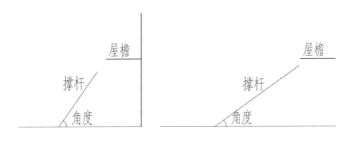

撑杆跳示意图

你立刻明白了孔森的意思："起跳角度越小，撑杆在猫脚雪洞中摆动的幅度就越大，会留下明显的痕迹，但雪地上的猫脚印都差不多，没有撑杆撑过的痕迹。所以这种手法是跳不到主屋的。"

东、西厢房都不行，你、长根和吴妈的嫌疑算是洗清了。

"第三进的仓库里还有几位病人，从理论上来讲，他们也算是嫌疑人。"沈冰森道。

你摇了摇头说道："这些病人虽然诡异，但他们不可能杀人。长根忙着照顾徐管家，顾不得看管病人，所以把仓库全都锁上了。仓库只有一些小窗户，病人们也不可能翻窗逃走。"

长根也说道："钥匙就在我这里，别人打不开门的。而且那些病人又有什么动机去伤害老爷？"

尽管你们这样说，孔森还是让长根拿出钥匙，打开仓库门看了看那些病人。

病人们一如往常，呆滞如木偶。

"那冯府就只剩下冯小姐了。"沈冰森皱着眉说道。

"沈先生，老爷是我们小姐的父亲，她怎么会是凶手呢？"长根急忙为冯伊曼开脱。

"她被父亲控制，只能生活在绣楼里，为了自由，可能会铤而走险。"孔森平静地说出另一种可能性。

长根冷笑一声："就算她为了自由铤而走险，但她现在又没有自由，怎么出来杀老爷？"

"好了好了，所有人都是嫌疑人嘛。"你出来打圆场，"我也相信冯小姐没有什么问题，他们也只是走个过场。"

"但……"长根急道，"你们不能就这样去问小姐问题！老爷是小姐唯一的亲人，她还不知道老爷出事了，我实在是怕她受不了这个打击！"

有徐管家的例子在前，你不禁踌躇起来，生怕冯伊曼也会崩溃："要不然我们还是……"

你话未说完便被孔森打断了："我看冯老爷平时也不去绣楼。我们可以先瞒着冯小姐，只告诉她昨夜进来了一个小贼，问她是什么时候休息的，有没有听到什么动静。以此判断，冯小姐是否是无辜的。你们说这样可以吗？"

"应该可以。"你点头道。

"先试一试吧。"沈冰淼说道，"但冯老爷的事，我们早晚要告诉冯小姐。"

长根说道："但现在肯定不行，近来府里出了太多事情，虽然小姐没那么脆弱，但也绝对称不上坚强。"

你们四人前往绣楼，绣楼的楼梯还在原地，下面还有一些积雪，没有挪动过的痕迹。

你们将楼梯推到位置，一起上了二层。

冯府的猫正窝在角落里睡觉，你们的到来惊动了它，它叫了一声，跳下了绣楼，不知跑到哪里去了。

看来，它是半夜从西厢房跑到了绣楼。

长根拉响了风铃。冯伊曼从三层走了下来。

令你惊讶的是，冯伊曼面色苍白、毫无血色，但这些瑕疵并不影响她的美丽，反而为她增添了憔悴所带来的病态美。

"小姐你怎么了？"长根焦急地问道。

"我没事，"冯伊曼摇了摇头，"下面发生什么了？"

按照之前商量的结果，孔森撒谎道："昨晚冯府进了个小偷，我们正在排查损失，也想来问下冯小姐昨晚是否听到过什么奇怪的动静？"

"没有。"冯伊曼回答道，"昨夜的雪太大了，我只听到了落雪声。"

"冯小姐一直待在这里吗？"孔森问道。

"我不在这里，还能去哪儿？"冯伊曼眨了眨眼睛，又看向你，问道，"昨夜真的只是进了贼吗？"

你想要瞒住冯伊曼，便说道："对，只是进了贼，伤了人罢了。你不要多心。"

冯伊曼摇了摇头："从昨夜开始，我就心神不宁，连觉也没睡好，府里一定是发生什么了。吴妈呢？你们把吴妈叫过来，我来问问她。今天的餐食都还没送过来呢。"

"啊！"长根一拍脑袋，"这是我们失误了。小姐，我马上去拿。"

"不了，不着急。"冯伊曼说道，"我吃了几块饼干。长根，你看着我的眼睛，告诉我究竟发生什么事情了，别想着说谎，你要是说谎，我一眼就能看出来。"

长根不愿伤害冯伊曼，低下了头。

长根的反常让冯伊曼愈发焦急，她提高了音量，对长根严厉地说道："抬起头来，长根，快告诉我！"

长根还是没有动。

冯伊曼见对自己百依百顺的长根这副样子，便察觉到了什么："成穆，你来说。"

你知道事情瞒不下去了，深吸一口气，开口道："昨晚，有人潜入冯府，杀害了伯父。"

"父亲……父亲他去世了？这……这怎么可能？"冯伊曼像是突然没了力气一般，倚在了墙边，晶莹的泪水从眼眶中涌出，跌落在地。

你不知道该如何安慰她。

或者你已经明白此时无论是谁的安慰都会很苍白，最后，你只会看到无能的自己被她的痛苦淹没。

沈冰淼对冯伊曼柔声道："冯小姐，你好好地哭一场吧，生离死别在所难免，每个人的一生中都要经历，悲伤过后，日子还要继续，冯老爷已经走了，但他一定不希望你过得痛苦。"

孔森也安慰道："冯老爷只是去了你看不到的地方，但他一定会看着你，保佑你。"

"小姐，无论什么时候，我都会陪着你的，你不会孤身一人。"笨嘴拙舌的长根也说道。

"谢谢诸位的安慰。"冯伊曼掏出手帕，拭去眼角的泪花，"你们到我这里来是想找些线索吧，但昨晚，我除了心神不宁外，没有听到或者见到什么。"

孔森说道："我有个问题，不知该不该问。"

"如果我说不要问，孔先生你还会接着问吗？"冯伊曼道，"但如果孔先生发问的话，我肯定知无不言，言无不尽。"

孔森面露尴尬的神色："抱歉，我还是得问。冯小姐，你是不能离开绣楼吗？"

"是的，之前我也说过，因为我的病，我父亲不允许我出去。房间是上锁的，锁眼在外侧，用钥匙才能打开。"冯伊曼说道。

孔森问道："那钥匙在哪儿？"

冯伊曼说道："一般由我父亲贴身保管，之前小梅也拿到过。"

你想起冯伊曼曾经说过，小梅是她原来的用人，因为私自放她离开绣楼，被她父亲赶走了。

"也就是说钥匙被外人拿到过，存在被复制的可能。"孔森道，"现在钥匙还在吗？我们在冯老爷身上没有发现，是不是你们先收起来了？"

你轻咳了几下，对他们说道："之前伯父把钥匙给我了。"顿了一下，你说出了那句让你感到面红的话："他似乎预料到自己命不久矣，托我照顾伊曼。"

你简述了下冯镜明托孤的事情。

"但钥匙一直都在我身上，我绝对没有把钥匙给其他人。"

"就算有了钥匙，小姐也没法离开。"长根道，"老爷设了报警装置，一旦小姐离开，就会报警。"

"是吗？"孔森问道，"这种装置是通过什么来判断冯小姐是否在房间内的？"

冯伊曼解释道："地板下有重量感应器，我记得那东西好像叫压力电阻。"

"二层和三层都有吗？"孔森问。

"是的，只要有一个地方感应到我的重量，警报就不会响。"冯伊曼说道，"只有楼梯上没有感应，所以我不能在楼梯上待太久。"

孔森又问道："多长时间会触发警报？"

"三十秒。"冯伊曼道，"我父亲的卧室和书房就会响起警报声。"

沈冰淼插嘴问道："这套报警系统能不能关闭，开关在哪儿？"

"在老爷的书房里，有密码锁，我们都打不开。"长根说道，"但是当警报响起后，我们可以按书房里的复位按钮，终止警报声。"

沈冰淼追问道："它是用电的吧，能不能切断电源呢？"

"这也不行。老爷在设计报警系统时，就考虑到了这点。"长根还是摇了摇头，"府邸的总配电箱在倒座房的库房里，可以一次性切断整个冯府的电。但老爷为报警装置做了一套断电警报，一旦报警装置断电，就会触发警报。警报声很大，不光是府内的人，就连左右的邻居都能听到。"

孔森皱眉道："这真的是为了保护你吗，冯小姐？我觉得监狱里都没有这样可怕的装置。"

"父亲的保护欲有些重而已。"冯伊曼解释道。

孔森道："既然我们现在有钥匙，能不能试一试这个报警装置。"

长根立即阻拦道："孔先生，小姐她不能离开这里，会有生命危险的！"

"没有那么可怕。"冯伊曼却说道，"我就离开一会儿，不会有事的。"

长根反常地反驳冯伊曼道："小姐，你当然是想出来透透气，哪怕是一小会儿，但……但这对你不好。"

"只是半分钟，出不了什么事情的。"孔森也说道。

沈冰森则道："现在钥匙在伍兄手上，不如让伍兄来决定吧。"

你感觉所有人的目光都落在了你身上。尤其是冯伊曼的目光，就像一把火烧到了你心里。

"我就出来一小会儿，听到警报声，我马上就回去。"冯伊曼似乎是在撒娇。

"那我开门吧。"你做出了决定。

"哎呀，老爷选你来照顾小姐真是选错了。"长根急道。

"别管长根了，快开门吧。"冯伊曼催促道。

"等一等。"长根说，"我先打扫一下，为这里消消毒，各位也趁这个时间去洗洗手、擦擦脸，不要把什么病菌带给小姐。"

说完，长根就把你们赶下了绣楼。

你们也依言去清理了自己，大约半小时后，你们又回到了绣楼二层。

"伍先生，麻烦把钥匙给我。"

你把钥匙交给长根，让他打开冯伊曼的房门。

冯伊曼小心翼翼地迈出那个玻璃房间，她没有显得很兴奋，也没有东张西望，只是走出房门，站在了外面，她不敢乱动，连一个深呼吸都不敢。

有时候就是这样，当你心心念念了很久的东西到了你面前，你反而会不知所措。

三十秒过后，冯府果然响起了刺耳的警报声。

"好了，小姐，你快点回去。"长根催促道。

冯伊曼乖乖地回到了房间里，但警报声没有停下。

长根道："必须去按复位按钮才能停下警报声。"

冯伊曼这里有门锁、有楼梯、又有报警装置，而且绣楼到主屋的雪地上没有足迹。

如此看来，冯伊曼确实不可能与案件有关。

你们离开绣楼，去书房按下了复位按钮，刺耳的警报声终于停下了。

就在这时，吴妈又慌慌张张地跑过来："不好了，徐管家出事了。"

闻言，你们赶紧前往徐管家的房间。

房门从内闩上了，透过缝隙，你们看到有个人影在半空中微微晃动着。

孔森试着撞了下门："不单是闩上了，还有什么东西堵着门，长根和我一起撞门！"

他们两人合力撞开了房门。

铁儿的尸体仍然躺在床上，徐管家挂在房梁下。

他上吊了！

你们手忙脚乱地将徐管家从绳上放下来，他已经没有呼吸和心跳了，哪怕经过应急抢救，他也没能恢复生命体征。

徐管家终于接受了铁儿已死的事实，加上冯镜明被害，他所有的牵挂和依靠都消散了，于是他选择结束自己的生命。

"我们冯府不如就改成停尸间吧。"长根无奈地说道。

你轻声斥道："不要乱说。"

不光案子破不了，你们连近在咫尺的人都救不下来。

这种挫败感抓住了在场的每一个人，你们久久不语。最后是孔森先开了口："生活是个欺软怕硬的东西。你弱它就强，你强它就弱。我们不能认输。我要抓住凶手！虽然他屡屡得手，但不可能不留下一点痕迹！"

沈冰淼说道："我们找遍了卧室，但冯老爷待得最久的地方是书房。说不定书房里会有什么信息，我们应该把调查重点放到书房。"

卧室里确实没有什么线索，于是，你们一起去了书房，仔细翻找起来，翻了半间屋子后，真的有了发现。

书桌下方的纸篓中有一张废纸。废纸被墨水弄脏了，上面有一些划痕。

你们推测，冯镜明曾在桌上写了些什么，然后把那张纸撕掉了，也可能是那张纸被什么人拿走了。

垫在那张纸下面的纸在后来的使用中被墨水弄脏，冯镜明就把这张纸丢进了纸篓。

通过纸上的划痕，你们可以复原出一些字迹：

61 ▬▬▬ *Eat* ▬ *Peaches*。

奇怪的字眼：61……吃……桃子。

"这是什么意思？伍兄，你有听冯老爷说过吗？他想吃桃子？"沈冰淼不解地问道。

"没有。"你摇了摇头，"现在是冬天，哪里来的桃子？"

孔森摸着自己的下巴道："还是说这个是暗语？桃子指代了什么。"

沈冰淼摇了摇头："我不觉得这是暗语。"

孔森皱着眉头将这不知道是线索还是垃圾的纸片放进了证物袋。

"长根，我还有些问题想再问一问你。"孔森叫住了长根。

"你问吧，孔先生。"

"是你将徐管家送回了房间……"

"这是你们让我送的。"长根不满道。

"好吧，是我们让你将徐管家送回了房间。"孔森改口道，"那徐管家有说什么吗？"

"他只是在为老爷哭，根本停不下来。"

孔森又问："那你有对他说些什么吗？"

"我就简单地安慰了他几句，虽然老爷和铁儿都没了，但日子还要继续过下去，让他好好活着。他也没理我，我不知道他有没有听进去。然后我就走了。"

"长根没过几分钟就回来了，他应该没做什么额外的事情。"沈冰森道，"而且堵门的方式应该只有房内的人能做到。"

孔森没太纠结于这点，又对长根说道："我们在你的房间里捡到过一个玻璃碎片，沈兄和伍兄都能作证。"

"就是你们到我房间里找钥匙那次吧？"长根镇定自若，仿佛孔森提到的只是一件微不足道的小事。

孔森说道："我之后咨询过一些人，他们告诉我这个碎片可能来自医用安瓿瓶。安瓿瓶是用来装药剂的。你的房间里为什么会有这些？"

"这有什么奇怪的。"长根说道，"那是老爷给我的，装着给小姐的药，这都几个月前的事情了，我不小心摔坏了一个，没扫干净而已。"

"长根，麻烦你和我去趟警察厅，协助调查。"孔森的语气中带着不容置疑的意味。

看来孔森怀疑上了长根。

"那可不行，我要是走了，冯府就没人了。"长根连连摆手，"吴妈一个人忙不过来，谁照顾小姐？再说了，我就一个下人，这些案子和我无关，我是清白的。"

吴妈听到你们这里起了争执，刚赶过来，就看到孔森要带走长根。

她慌乱地问道："出什么事了，长根做了什么坏事吗？"

孔森解释道："没什么事，只是请长根回去协助调查而已。"

"都要去衙门了，还能说没什么事吗？之前伍先生也去衙门了，过了两天才回来，整个人都瘦了一圈。"吴妈一着急，话都变多了。

"长根是不可能害老爷和小姐的，他的命是冯家救的，他不是这种人。"吴妈越说越急，"长根来冯府的时候才十岁多一点，瘦瘦小小的，倒在了冯府边上，幸好小姐在绣楼往外张望时看到了他，老爷才会命人把他救回冯府。没有冯府，长根不可能长大成人，当年，他全身上下就只有一把骨头，哪儿像现在，像个铁塔一样。"

"闹水灾嘛，能活着就不错了。"长根道。

吴妈白了长根一眼，她好像从来没说过这么多话："那个时候，我还奇怪，这个小孩喂他吃那么多东西，他就是长不大，后来才知道他在外面还有一个弟弟一个妹妹，给他吃的，他转手就送给弟弟妹妹吃了。冯老爷又特意把长根收成用人，每月给他一些工钱，确保他的弟弟妹妹有口吃的。小姐又将他喊到绣楼上，每餐都盯着他吃完，长根这才壮起来。"

长根似乎有些不好意思了，低声说道："别说这些了，老爷和小姐对我的好，我这辈子当牛做马都还不完。我的家境本就不好。要不是老爷和小姐……"

吴妈道："你那何止是家境不好，连石头心的人看了都要流泪。家里没有一个大人……"

你问道："长根是孤儿？"

长根挥了挥手："我家里的事有什么好说的，我爹是发大水被冲走淹死的，我娘是吃错了偏方死的。比起我爹，我娘才叫苦。我娘自从嫁过来，每天都有一堆做不完的家务活儿，还接二连三的生孩子，我上面还有三个哥哥姐姐，都没活过周岁。我娘生小七的时候，我爹恰好不在。我就听着我娘叫了整整一夜，之后，婶娘抱出来一个小襁褓，说是妹妹，让我往西边的田野里走，找到一个小塔，把妹妹放进去，还嘱咐我千万不要打开襁褓。你们知道吗，死物和活物抱在怀里的感觉是不一样的。我走过田野，走到了荒地里，那里耸立着七八座小塔，塔下是小洞，可以把弃婴放进塔里。我在塔前打开包袱看了一眼我的小妹妹，她全身发紫，就像个小怪物。等我回家，婶娘已经不见了，我娘在屋里哭。我的一个长辈，我该喊她三太婆，在边上数落我娘，说怎么能叫我去干这种事情。明明不是我娘让我去干的，是婶娘指使我的。她们两人发觉我回来后，两人一愣，脸上都露出那种强挤出的笑。这是我儿时最痛苦的回忆。后来，我娘开始想办法避孕，先是用了水银。"

"这不是剧毒吗？"沈冰淼吃惊地说道。

你说道："水银是剧毒，虽然长期服用确实可以达到避孕的效果，但会对人的身体造成巨大的伤害，尤其是神经系统。"

"我娘用了一些，觉得身体不对劲就停了，开始用些奇怪的偏方，比如连吃七天柿子蒂，可保一年不孕。"长根顿了一下说道，"后来不知听了谁的话，她又寻了一对田螺生吃下去，结果就害了病，没撑过半个月就走了。"

"淡水螺体内可能会有致命的病菌或者寄生虫，必须要熟透了才能吃。"

"伍先生说的和老爷说得差不多。"长根露出苦笑，"可我们乡下人哪里知道这些。然后就发了水灾，我爹死了，我带着弟弟妹妹进了城，全靠冯府我才活了下来。"

"这是多大的恩情啊，这么多年来，长根的一言一行我都看在眼里，他绝对不可能做出危害冯府的事。"吴妈又为长根求情道。

"我知道过去自己过的是什么样的日子，现在是什么样的日子，未来又将过什么日子。我绝对不会做出背叛主人的事。"

孔森道："就算如此，我还是希望你能跟我回去。"

"我当然可以和你一起走，但我放心不下小姐啊！"长根有些急躁。

"冯老爷把小姐的钥匙给了你，你就算冯府半个主人了。伍先生，你也说两句吧。"吴妈又向你求援道。

你摇了摇头："我怎么会是半个主人呢，这样吧，我们去找冯小姐，如果她发话说自己这里没有问题，让长根出去一趟，长根你也就没有异议了吧。"

长根终于点了点头："我就是放心不下小姐。"

于是，你们去问了冯伊曼。

冯伊曼只是看了看长根，并叮嘱道，让他一定要回来。

因此，长根虽然不情愿，但还是跟着孔森离开了冯府。

长根离开之后，你才切实地感受到冯府的冷清，现在只剩下你、吴妈、囚在房内的冯伊曼、木偶似的病人，还有尸体。

你就像一个泄了气的皮球，浑浑噩噩地过了一天。

长根走后，吴妈又恢复到之前的模样，几乎不说话，仿佛之前那一长串话，耗损了她的舌头，现在她要好好保养才能再度开口。

你去看过长根，孔森没查出什么问题，但也没有立即释放长根，而是推说再等等。

东北那边的疫情又有了新的发展。

之前，你叔叔采取了各种科学的防疫措施，如隔离、消毒、阻断交通……但疫情还是没有得到遏制，反而还有扩散的迹象。

此时，他意识到他忽略了某种传播途径。

问题就出在病患的尸体上，鼠疫杆菌可以在尸体上存活很久。那么现在有两种办法可以阻断鼠疫通过尸体传播，一个是深埋，另一个便是焚尸。

深埋会消耗大量的人力物力，还可能污染到地下水源，理论上焚尸是最好的选择，但却不容于固有的观念。阻力之大，难以想象。

你叔叔只能借助政府的力量，让政府下令，准许火葬。好在滨城的有识之士们也意识到了这点，无论如何生者都比死者重要，他们也积极活动，希望政府能配合伍术之的计划。

政府及时给出了回复，依你叔叔所言下令焚烧尸体，并要求病亡者火葬。远在千里之外的你只能盼望着叔叔的这一措施能奏效，如不然，在事后你叔叔将会留下千夫所指的恶名。

长根走后的第三天，吴妈一言不发地给了你一个篮子。

你掀开篮子上盖着的蓝布，里面是几样吃食。哪怕吴妈什么都不说，你也明白是该去探望长根了。

这段时间雪不时地下着，融雪的速度赶不上降雪的速度，除了道路一直有人清理，其他地方彻底变成了白茫茫的一片。

你去看望长根的时候，孔森和沈冰淼正聚在一起谈论着什么。他们见你过来，便同你打招呼。

"伍兄，你快过来。"沈冰淼道。

"沈兄，有什么事情吗？"你快步走了过去。

孔森问道："还记得那个'61'吗？"

你点了点头："当然记得，你们已经破解了暗语吗？"

"被沈兄查出来了。"孔森略带兴奋地说道。

"那究竟是什么意思？"你忙问道。

"数字加物品或者一句话，你觉得像什么？"沈冰淼反问道。

你想了想回答道："货单？但冯府也没有什么桃子，厨房也没采购过桃子。是什么摘抄或者经文？"

"已经很接近了，是书的目录。"沈冰淼公布了答案。

"那为什么会用英文？"你问。

"你忘了冯老爷从小在国外长大，用英文写作、记笔记也不奇怪。"沈冰淼回答道。

"这倒也说得通，是我想岔了。"你道，"那这是什么书的目录？"

"*Chapter 61: How a Gardener May Get Rid of the Dormice That Eat His Peaches*。"沈冰淼说道，"翻译过来就是：园丁如何摆脱吃桃子的睡鼠。不过我更喜欢另一个翻译——治睡鼠偷桃之法。"

"听起来很耳熟，是哪本书的章节，讲的什么？"

"是大仲马写的《基督山伯爵》，这章讲的是喜好园艺的电报员苦于睡鼠之害，主角贿赂了这名电报员，让他能换个带院子的房子，摆脱睡鼠。"

"所以一切都说得通了，你还记得之前你们被冯老爷分别叫进书房谈话吗？冯老爷识破了穆先生的诡计，敲打了穆先生。但穆先生没有认清自己的处境，仍然抱着侥幸心理，直到次日，我们一群人去找他，他以为事情败露，慌忙逃走。"

你在心底说道，不对，那个时候穆先生早就死了，而且冯镜明要是知道电报有问题的话，为什么他拿出来的电报和穆先生的胎记对得上？

你心里有诸多疑问，但不能表露出来，只能继续安静地听孔森和沈冰淼分析。

"那么杀害铁儿和冯老爷的也可能是穆先生。穆先生计划失败，怀恨在心。第一次回到冯府，杀了落单的铁儿，第二次杀死了冯老爷，在书房，他看到了那页纸，一下子就想起了电报的事情，于是带走了那页纸。"

"但穆先生是怎么跨过雪地进入冯府，然后进入伯父卧室的？"

穆先生已经被你杀死，他们的推测全是错的。关于那页纸，你更愿意相信是冯镜明随手记下又随手丢弃了。

"我们刚才就在讨论这个问题，但我们还没讨论出答案。"孔森说道。

"好吧，"你说道，"但这至少说明长根是无辜的，你可以释放他了吗？"

你没想到孔森居然摇了摇头："我一直怀疑长根有问题，你还记得阿胡他们吗？我觉得背后的黑手雇佣他们，就是为了'制造'一场可怕的瘟疫。"

你皱眉问道："有什么依据吗？"

"就在昨日，我们又抓住了几名投药者，但这些投药者说不出主使的具体模样，对方带着面罩和眼镜，他们只能描述出身高、体型、发色、脸型之类的外表特征。也许在阿胡事发后，幕后黑手更加小心了，特意遮住了自己的面容。"孔森道，"长根房内有医用安瓿瓶，他说是冯老爷给的，但没有证据。长根因为自己的身份能自由出入慈善堂，如果那个安瓿瓶里的药剂就是奇怪并发症的根源，那长根就是投药制造混乱的最佳人选。"

"我还是觉得长根不会背叛冯府，他的情谊是真的。"

"我也愿意相信这份情谊。"孔森道，"所以更需要调查清楚，彻底还长根一个清白。"

"但现在还有什么线索呢？"你问道。

"台面上的线索就这些了，但也够了。"孔森道，"人会实施犯罪都是为了利益，这个幕后黑手做了这么多事，绝不可能只是为了玩玩。"

沈冰淼接过话头："首先，找人假冒你要花费不少心思和钱财，我认为穆先生到冯府就是为了冯老爷手上的药方，伍兄你的身份根本不是什么秘密，伍兄入城被劫然后进冯府的事情尧兴很多人都知道，也都能猜到你是为求药而来。试想，如果冯老爷拥有连伍术之都急需的药物，那对其他人而言是多大的诱惑。其次，东三省发生鼠疫，全国震动，这时，尧兴这种繁华之地也发生瘟疫的话，适时囤积一些货物，就能获得巨大的收益。只要利益够大，那些商人甚至会卖出绞死自己的绳子，更别说投药害死几个普通人！"

孔森不住地点头，看上去极为认同沈冰淼的观点。

"接下来，我们只要调查哪些人在瘟疫爆发前夕大量收购药材，就能抓住幕后黑手的马脚。"沈冰淼说道，"孔森发动了警察厅这边的人，我也让家里的人帮忙进行调查了。"

"如果查出来，那这可是影响恶劣的大案，说不定整个浙江地区的官场都会因此震荡。"你说道。

沈冰淼叹道："这不奇怪，现在全国人都关注着疫情，偏偏还有人敢冒天下之大不韪。"

"有胆犯罪就该有胆接受惩罚，如果真是人祸，那我恨不得寝其皮、食其肉。"孔森握紧拳头道。

你看到他脸上难掩的怒意，觉得他并不只是说说。

沈冰淼对你说："伍兄，你先不要回冯府了，和我们待在一起吧，我相信很快就会有结果的。"

"这些动作必定瞒不久的。"孔森也道。

你想回去陪一陪冯伊曼，但也难以抗拒第一手消息的诱惑，再三权衡下，你听从了内心的声音，留在了这里。

消息来得比你想象中要快，到了傍晚，就有了结果。

传回来的消息称，濮春年，也就是你们在皆有慈善堂见过的濮老爷，做的就是药材生意，说是他近期有搬迁到国外的打算，还特地请了人来迁坟。作案动机充足，因为要离开这里，所以根本不在意自己在家乡的名声，打算狠狠捞一笔。也正是因为要去国外，需要立身之本，所以盯上了冯镜明的研究。

但这次的消息中也没有说冯镜明究竟研究了什么，与冯镜明相关的事情依然是谜团。

"伍兄走吧，我们一起见证下这一系列案件的真相。"沈冰淼招呼你出发。

你们带齐人手，立即赶往濮家。濮家是当地大户，倘若反抗也能激起不小的水花，所以必须带够人手。

然而，猛虎扑食却扑了个空，当你们砸开濮家的大门，却发现府内早已没了濮家人，只剩下一些用人还在打扫卫生。

孔森抓住一个用人问道："濮春年去哪儿了，说！"

"我们老爷下午就走了。"用人说道。

"去什么地方了？"孔森追问。

"不……不知道。"

值钱的东西都被搬走了，府里净是一些家具和破烂。濮春年像是早就知道你们的行动，轻松脱身了。

在孔森的追问下，你们才知道濮春年一早就在准备搬迁的事宜，重要的东西早就被运走了，老幼也踏上了旅程，府里只剩下一些生活必需品。就在今天下午，濮春年带着剩下的家人一同出行了，并没对用人说具体要去什么地方。

你们忙活了一整夜，但没有结果，濮春年就像一滴水落入了鉴湖，消失得无影无踪。而你和沈冰淼在濮府搜了半天也没发现什么证据，倒是在濮春年的书房里发现了一个炭盆，盆内有不少纸灰，里面可能是他销毁的证据。

你们唯一的收获是濮家用人的证词，从证词来看，濮家有位低调的账房先生，与投药者供述的主使大致可以对上。孔森已经命人去通缉他了。另外，你们在府内翻到了一个药盒包装，正是阿司匹林。

沈冰淼抑制不住愤怒，猛地锤了下墙面："到头来，我们什么都没做到！"

你握住沈冰淼的手，安慰他道："我们做到了，只是暂时没能将凶手绳之以法。我们已经查明了瘟疫的正体是伤寒，针对性地采取了防疫措施。我们也找出了幕后黑手濮春年，相信我们公布濮春年的所作所为、查封他的货物、妥当处理后，便能遏制本地现在药品的高价，也能打击其他商家囤积居奇的行为。"

沈冰淼叹息道："但愿如此吧。"

孔森是踏着黎明前最后一丝星光回来的，他满面疲惫和愁容。

"我带人找到了濮家的几个仓库，但是……"孔森的声音充满疲惫和绝望。

"但是什么？"你感到有些不妙。

"濮春年已经出手了。"孔森道，"也就是说，现在那些东西都不属于濮春年了。"

"什么人能一下子吃下濮春年特意囤积的所有货物？"你问道。

孔森道："不是一人，而是好几家。这里面肯定有蹊跷，濮春年刚抛售，就有数家合适的商家恰好能吃下货物。而且这些商家都是大户，背景深厚。从获利上看，濮春年获利三成，那些接手的商家说不定能获利七成。"

沈冰淼皱起了眉头："濮春年是在为他人作嫁衣？不对，这更像是一场交易，一些人为濮春年提供保护和必要的方便，濮春年做所有的脏事，包括必要时承担罪名，他们商定收益三七分成，或者二八分成。这么看，这个濮春年很可能只是那些大人物的代理人。"

"如果真是这样，那么濮春年的犯罪证据应该更加明显才对，这样才方便大人物脱罪。但现在我们并不能证明濮春年就是幕后黑手。"你道。

"账房是一条线，电报也是一条线。我们还不到查无可查的地步。"沈冰淼说道，"濮春年应该处理不掉那个被收买的电报员。再说，倘若我刚才的猜测是真的，那么就算濮春年没有留下证据，那些大人物也会将各种屎盆子扣到他头上，哪怕没有证据，都会伪造出一些证据来的。"

孔森无可奈何地捂住了自己的脸："至少我们还做了一些事情吧。"

你用之前安慰沈冰淼的说辞安慰了孔森。但孔森的脸色没有好转："我们离开这里吧，我困得紧，实在受不了了，要休息一下。"

见此，你便与孔森、沈冰淼离开了濮府。

雪又停了，脚踩在积雪上，发出清脆的嘎吱声。

太阳已经露了头，晨曦透过云层洒在雪地上，经过雪地的反射，变得明晃晃的，仿佛要将你的眼睛晃瞎。

你低头紧跟在孔森身后，忽然孔森身形一滞，你撞到了孔森身上，抬头一看，发现前面有几十人在一家店前排队，等着开门。

"这么早，你们在干什么？"孔森问道。

"买红豆。"有人答道。

"买红豆，熬腊八粥吗？"沈冰淼问。

"什么腊八粥？用来治病的。"那人白了沈冰淼一眼，"别问这么多了，要买的话就到后面排队去。"

"唉，再不买就又要涨价了。"

沈冰淼把你们带到一边解释道："可能是什么偏方，古书里也有'正月七日男吞赤豆七粒，女吞十四粒，令疫病不相染'的说法。"

"沈兄，你怎么知道得这么清楚，都快赶得上冯小姐了。"你知道他原本并不精通这些奇谈怪论的。

沈冰淼苦笑道："翻书看到的，为了防疫我最近也看了些杂书，所以知道了这些没什么用的怪法子。因为瘟疫，这些或有用或无用的偏方都会被人翻出来，受到追捧，聊以自慰罢了。"

孔森阴沉着脸，沉默不语。

你们离开了排队的人群，继续往前走去。

"请等一下。"一个身穿深色工装的男人拦住了你们，"是警察厅的孔先生吗？"

"是我。"孔森回答道。

"可算找到您了，您有一份加急电报。"他说道。

听到是电报，孔森终于来了精神，立马从男人手里拿过了信件。

从你的视角看过去，孔森的身体似乎是颤抖了几下。路上行人来来往往，你突然觉得他的背影甚是孤单。

不一会儿，孔森转过身子来，把信件收入怀中，紧皱的眉头展开了，脸上挂着一种难以形容的平静。

"孔兄，是谁来的信啊？"

"家书，联系到我母亲和妹妹了。"他道。

"家书抵万金啊。"沈冰淼道。

孔森点了点头："全靠冯老爷，要不是他，我还联系不上家里呢。别站着了，我们早点回去，大家都需要休息一下。对了，沈兄、伍兄，明早或者今天傍晚有安排吗？"

"我没什么事。"你说道。

"孔兄有事吗？孔兄有事，我就没有安排。"沈冰淼道。

孔森笑了笑："多谢两位了，我确实有些事情需要两位帮忙，这样吧，明日一早，我们在我的居所碰面。我住在鳊鱼巷十七号。"

"那我们明日一早再见。"你同他们分了手。

一日的时光很快就过去了，你也养足了精神，与沈冰淼碰面后一起往鳊鱼巷走去。

天刚蒙蒙亮，街上还没有什么人。

在一个幽暗的转角后，你们遇到了一行奇怪的人，为首一人拿着一把点燃的香,后面的人则拿着不同的物品,有鱼肉、鸡蛋、果酒,最后一人提着一串黄纸叠成的元宝银锭。

"你们在干什么?"你好奇地问道。

为首者瞪了你一眼,似乎在责怪你胡乱发问。队尾的人经过你身边时轻声解释说,他们在摸螺蛳。

你知道螺蛳,是一种生活在淡水中的食用青螺。但这和眼前的怪异景象又有什么关系?

你边上的沈冰淼反应了过来:"尧兴人说是'摸螺蛳',上海周边称其为'送夜客',就是趁着无人,将病人身上的鬼送出家门,祭祀一番,以此祈求病愈的一种迷信行为。走吧,走吧,没什么好看的。"

你们继续往前走,将停在桥边烧纸焚香的摸螺蛳人甩在身后。

走出一段晦暗的巷道后,你们遇到了一个熟人,白莲婆穿着她奇怪的袍子坐在黄包车上,冰冷的晨风吹得她的袖子上下翻飞,就像一只可怕的蛾子。

"不知道这妖婆又要去什么地方骗钱了。"沈冰淼冷冷道。

"这种人总有市场。"你不想理会白莲婆,随她去了。

转入一条大街后,你们遇到了一群更加奇怪的人,他们穿着类似清兵的服饰,抬着一顶轿子。轿子上面挂满了红布,红布之下似乎有个人影。

"这是什么?"你问随行的人。

"是瘟元帅。"

"什么元帅?"你没听明白。

"就是瘟元帅啊。"他不耐烦地说道,"是从杭州请过来的。"

风吹开了红布,你看到轿子上有个奇怪的泥塑神像。

"原来是杭州的瘟元帅。"沈冰淼恍然大悟并向你解释道,"传说以前有个来杭州赶考的秀才,夜半小解,偶然间听见了厉鬼说要在井里下瘟药。第二天，他便阻止百姓用井水，但百姓不信他的话，他一怒之下以身投井，尸体浑身乌青，证明了井水有瘟。百姓为了纪念书生便将他封为神明。书生姓温，又因'温''瘟'谐音，所以被叫作瘟元帅。"

"鬼有用吗，神有用吗？"你长叹一声。

沈冰淼面露苦笑："当然无用，不然前日我们为什么要忙东忙西。"

瘟元帅的神轿越走越远。

前方又响起了哭声。

"这个早上还真是热闹。"沈冰淼道，"无论前面是什么，我都不会吃惊了。"

前面是出殡的队伍，原来今天是陈妈出殡的日子。

陈妈的儿子打着白幡在前面开路，四个力夫抬着一口薄棺材，后面跟着长长的送葬队伍，他们哭喊着要陈妈的魂魄跟紧他们前往墓地，让陈妈在另一个世界保佑着他们，孩子在队尾不时地向半空中抛撒纸钱，白纸钱被风一吹，吹到路边的积雪里，一下子就不见了。

你站在路边，目送陈妈的棺材慢慢离开。

"我到尧兴后全靠陈妈照顾。"你道，"希望她能不必再受尘世苦难。"

一路上遭遇的事让你们心情低落。

"我有种不好的预感。"沈冰淼闷闷地说道。

突然，儿童清脆的嗓音响起。

"好消息，好消息！"

卖报小童的叫卖声越来越响。

"好消息，好消息！伍先生举措生效，有望在年底消灭鼠疫！"

沈冰淼喊住报童：拿一份报纸。"

拿到报纸后，沈冰淼立马念了起来："举措起效，疫情最严重的傅家甸一直不断攀升的死亡人数开始下跌。根据防疫局统计，其余疫区的死亡人数也在下降。按这几日的下降速度，东三省赶在春节前有望将死亡人数降到零。这意味着肆虐此地半年之久的大鼠疫完全靠中国人自己的力量遏制住了。"

你拿过报纸，像看宝贝似的看了两三遍，大喜道："这真的是好消息。"

"伍兄也要离开尧兴了吧。"

"我的话……不太好说。"

正言语着，你们已经到了鳊鱼巷。

院门开着，你们径直走了进去。

"孔兄就住这样的房子吗？"沈冰淼看着这个狭小的院子摇了摇头。

"尧兴物价不高，孔兄确实太过节俭了。"你敲了敲孔森的房门，"孔兄，你在吗？"

"奇怪，难道他出门去了，怎么没有回应？"沈冰淼也敲了下门，他脸色猛地一变，"会不会是出事了？伍兄你和我一起撞门吧。"

命案接连发生，你不敢不小心，于是和沈冰淼一起用力撞开了房门。

屋内有一股浓郁的炭火味，你立即捂住口鼻，屏住了呼吸，并把门窗打开。

门窗缝上都糊上了黄表纸，靠窗的柜子上还有一叠没用完，边上放着一只碗，里面是用于糊纸的糨糊，已经半干了。

房间中央的炭盆已经因为缺氧而熄灭。

你转过头去看沈冰淼。沈冰淼站在床边，抬起头对上你的目光后，摇了摇头。

孔森和衣躺在床上，闭着双目，一动不动，没有血迹，也没有伤痕，仿佛只是睡着了。

单从现场来看，孔森应该是烧炭自杀。

"为什么会这样？"你问。

但孔森不会回答了。

沈冰淼走到书桌前："可能是因为这个。"

书桌上有两封信，一封是他收到的电报，一封是他留给你们的遗书。

电报内容很简单，只有触目惊心的一句话。

——母、妹因病逝世，望节哀。

沈冰淼拿来孔森的遗书，同你一起读了起来。

沈兄、伍兄，当你们看到这封信的时候，我应该已经离开人世了。

我很抱歉，让你们过来帮忙，料理我的后事。只是在尧兴，我没有别的朋友了。我这二十五年的人生仿佛是虚度了，惹人发笑。

你们一定想知道我自杀的原因，就当作给你们一个交代，让我倾诉一下吧。

母亲和妹妹是我的支柱。母亲含辛茹苦将我养大，我在此地也谋了一份不错的工作，过着节俭的生活，打算攒足一笔钱就将母亲和妹妹接来。

可我陷入了恋爱。我这种人原是不配谈情说爱的，因为它距我太远，不是生活的必需品。但只一眼，我就没能忘记她的脸。在我蔷薇色的梦里，多了一个身影。如果你们有意探听，应该能知道这段感情的结局，她父亲不赞成我同她的结合，于是我冒险与她私奔，但被无耻小人出卖。亏我那么信任他，把他当作朋友，让他帮着打点出行，结果他立马就出卖了我。我失去了爱情。

但如果计划得以实施，我会带着我的爱人回到家乡，同我母亲、妹妹生活在一起。那么有可能我们都会感染鼠疫，这样一想，失败或许不全是坏事。

如果我没恋爱、没私奔，说不定我已经将母亲和妹妹接到尧兴来了，我开始不自禁地怨恨自己的感情，我也明白当我生出这样的念头就意味着我堕入了比死亡更凄惨的深渊。

私奔事件之后，我的处境就很糟糕，遭嘲笑、遭排挤，我常生出"尧兴虽大，但无我立锥之地"之感。当然只为这种事情，还不足以让我想到死。

真真切切地感到绝望，是因为母亲和妹妹离世，还因为我的所作所为皆是无用。

前日的景象让我不得不问自己，我们成功了吗？我们成功了，但也没有成功。瘟疫半是天灾半是人祸，我们查明了，但又有什么意义？恐慌是一种心灵层面的瘟疫，它已经如幕后黑手所料，感染了整个尧兴。物价依旧攀升，奸商仍然得利，巫祝神棍如小丑般闹腾……

如果把这个世道再想得黑暗一些，那么沈兄来尧兴，都是这个局的一部分。怎么连一个助手都不曾配给沈兄，怎么连检验都不做，还需要靠伍兄这样的外人来协助。

看到这里，你抬头看着沈冰淼，问道："是这样吗？"

沈冰淼叹了一口气："我不知道……"

我一次次被击败，终于再也起不了身。

再见，我的朋友，不必悲伤，这对我而言是一种解脱。

一些身后事，我只能托付给你们了。柜子里有我的积蓄，可用于我的葬礼，剩余的积蓄可拿出一部分赔偿房东，我的自杀说不定会让他的房子招不到合适的租客。剩下的随你们处置吧。

我屋里还有不少对联，那是我应邻居的邀请写的，但一个自杀者写的春联不再合适挂在门前了，春节将至，麻烦你们替我买几副春联交给我的邻居。

最后一件事，将我的骨灰带回家乡，如果可以的话，将我和我的家人合葬。

我向你们致意！

愿你们经过这漫漫长夜能看到旭日东升，而我不过是倒在黎明前的众多平庸者之一。

"孔兄真的是自杀吗？"你问道。

沈冰淼说道："现场所有迹象都表明，他确实是自杀。"

"遭遇了这么多悲剧，大部分人都会撑不下去。"你叹道，"哪怕有这么多布置和遗书，我还是不愿相信孔兄会自杀。"

"我们不是称职的朋友，没能发现孔兄早有自杀的想法。"沈冰淼说道，"看看屋里贴着的这些标语。"

屋里确实贴了一些毛笔写的字帖，诸如"天行健，君子以自强不息""宝剑锋从磨砺出，梅花香自苦寒来""穷则独善其身，达则兼济天下""镜破不改光，兰死不改香"……

"他已经需要时刻激励自己了。"沈冰淼道，"怪不得他嘴里会不合时宜地蹦出些励志之言。"

你在书桌上看到了他写好的春联，有十几对。

丹凤呈祥龙献瑞；红桃贺岁杏迎春。

一帆风顺年年好；万事如意步步高。

……

你看了眼躺在床上的孔森，小声说道："写这些春联时，他可能还想着自己的家人。"

无论如何，一个青年的自我毁灭，是一幕令人痛苦到难以呼吸的悲剧。

忽然，沈冰淼像是想起了什么，拿出报纸，找到火柴，将报纸点燃后丢入了炭盆。

"孔兄，看看这个好消息吧。"

幕间
混沌的绿色影子

　　1886 年 5 月 28 日，这是平凡的一天，起码在睁开双眼的那一刻，克拉夫特觉得这是个平凡的日子。

　　长假过后，克拉夫特发现自己将一个咬了一口的苹果遗忘在了实验室内。苹果早已腐烂，长出了白色和淡粉色的菌丝，并污染了不少培养球菌的培养皿。克拉夫特只能把那些培养皿都处理掉。这时，他发现培养皿中菌丝周围有一片区域的球菌，好像停止了生长。

　　他被这种奇怪的景象吸引住了，毫无疑问，在菌丝周围，球菌的生长繁殖得到了抑制。

　　不知为何，克拉夫特感到了一丝恐惧，这恐惧就像是某一天你突然在衣柜角落发现了一张新鲜的蛇蜕，危险早已埋伏身侧，可在这之前你毫无察觉，也找不到危险所在。

　　克拉夫特按下内心的惊诧，将自己的发现放到显微镜下观察。

　　在低倍显微镜下，菌丝是美的，它就像一只带着绿色花纹的大章鱼，正趴在培养基上，往外延伸自己的身体，它伸出滑腻的触手捕捉猎物，它缓慢地缠绕，剥离开猎物的硬壳，让其化作一摊令人作呕的脓水。

但克拉夫特观察得越久，他内心涌现的不安就越加浓厚，那些微生物相互缠绕出的抽象画面，让他的大脑渐渐混沌，仿佛有什么东西正在他的头颅内蠕动。他放下显微镜，转头撰写了一篇论文。

如果他的双眼能越过时光的回廊，看到数十年、数百年之后，那他就会更加慎重一些，因为他的发现不是往人类社会这个巨大的泥沼之中投下了一截枯枝、激起点涟漪而已，而是掀起了滔天巨浪，将世间变作了恐惧与哀号混杂的地狱。

但在不安之外，克拉夫特也感到一阵惊喜。

克拉夫特曾在皇家陆军医务队服役，不仅亲眼见过战争的残酷，而且目睹过大量士兵由于伤口感染而死，当时医生们无法有效消毒，只能尝试着向伤口注入各种化学抗菌药物，但收效甚微。

从人类诞生开始，就饱受细菌的"侵袭"，有时仅仅是一个小伤口，也会带来死亡。克拉夫特的发现可能会永远改变这一切。

按细菌学之父、德国著名医生罗伯特·科赫的研究，感染的源头就是细菌，要治疗感染引起的疾病，就要寻找能够从根本上将细菌杀死的药物。克拉夫特深以为然。

按照这个思路，克拉夫特继续研究，成功从菌丝分泌物中提取了抑制细菌生长的物质，并将这种物质命名为绿花素。

1887年8月，克拉夫特把自己的发现公布在了《英国实验病理学》杂志上，但却几乎无人问津。

原因有二。第一，当时社会较为关注伤寒和副伤寒之类疾病的解决之法，但不巧的是，绿花素对伤寒和副伤寒却没有效果。第二，培养霉菌并不简单，提取绿花素更是难上加难。克拉夫特培养的霉菌，每一升培养液只能产生两个单位的绿花素。因为浓度太低，实验时灵时不灵，这使得其他人对他的研究成果存疑。

直到一年后的秋天，一对特别的访客叩响了实验室的大门。克拉夫特打开门，看到的是一位英俊的男士和一位美丽的女士，这给他一种天选之人的感觉。

男士兴奋地对他说道："您的发现将改变世界！"

那位男士来自遥远神秘的东方，自称冯鹤，英文名是罗伯特，曾在英国剑桥大学伊曼纽尔学院攻读医学，已经取得了博士学位。

同他一起来的美丽女士是他的同学也是妻子，名叫玛丽，是爱尔兰人。

克拉夫特的发现引起了他们的注意，因此他们前来拜访，希望这个项目的研究继续。但在这个时代，由冯鹤这样的异国人或者玛丽这样的女性为主导展开研究工作是极其困难的，因此不如让克拉夫特牵头。

那个东方人似乎有一种魔力，经过长谈，克拉夫特被他说服了。

随后几日，克拉夫特带着他们参观了实验室。

克拉夫特新建了一个实验室，原先那个曾研究过绿花素的实验室已经封闭。不知为何，克拉夫特每次进入这个实验室，都会有一种不舒服的感觉，让他汗毛直立。

冯鹤和玛丽跟着克拉夫特重复了当初的诸多实验。

在实验过程中，两人也提出了颇多极具建设性的意见。这更让克拉夫特相信他们二人的到来将改变这个项目的处境。

他们一致认为当务之急是改良制取工艺，只有大量高纯度的绿花素才能使后续各项实验顺利进行。

三人都拥有当世杰出的大脑，而且他们在做这件事时如有神助一般。

首先是霉菌种的问题。玛丽很幸运地找到一个发霉甜瓜，上面的霉菌极其高产。在多次比对后，再无其他菌株能达到这个产量。接着他们又在培养方法上取得了突破，他们尝试用玉米浆培植霉菌，取代了表面培养发酵法。玉米浆极其适合培养霉菌，产量直接提升了十倍。

获得高质量的绿花素后，他们的其他实验也取得了进展，动物实验初见成效，不过进一步的研究还是需要人体实验。

他们向相关机构发出了申请，如有垂危的感染患者，可以送往克拉夫特实验室救治。

很快他们就有了一个机会，附近村庄有个小伙子不小心踩到一枚旧钉子，导致了感染，整只脚掌已经发黑，高烧不退，意识不清。

主治医师抱着试一试的想法将他送往实验室。在征得病患家属同意后，他们对其进行了治疗。

由于绿花素不耐酸，不宜口服，他们采取了肌内注射的方式。按前期动物实验的经验，他们慎重地给药，接着是二十四小时不间断的看护。

病患的状态开始好转，体温开始下降，呼吸变得平稳，心率也恢复了正常。

这鼓舞了实验室的所有人，他们持续给药，仅仅过了四天，病患甚至短暂恢复了意识。

他睁开眼睛就看到幽绿的灯光下实验人员围着病床忙活。

外面静得可怕，病患突然发出难懂的呓语，无人能理解他在说什么，而且他见到注射用的药剂便开始大喊大叫，发出令人胆寒的惨叫声。

众人纷纷赶来，将病患死死按在床上。

外面是漆黑的夜色，里面是纷乱的人影，灵魂被困于肉身之内，无处可躲。

　　病患伸直双手，望向天花板，他的视界慢慢崩溃，化作一个个模糊的光点，最后，他的双眼失去了光彩。

　　克拉夫特和冯鹤怀疑这是绿花素的副作用，在医生的建议下，他们减少了剂量。

　　与此同时，病患的亲友看到病患情况好转，便想让他接受传统治疗，不再注射实验阶段的药物。他们也对实验室的环境感到不安，想尽早离开。

　　不知为何，所有人接触绿花素时都会产生负面情绪。

　　这个时代的科学对人体的探索仍然太过浅薄。

　　尽管病患被带走了，实验室还是得到了相当可观的数据。不过可惜的是，病患的病情在离开实验室后出现了反复，最后不治身亡。在实验室中的那次清醒成了他最后的清醒时刻。

　　这次实验后，克拉夫特实验室展开了更多更深入的动物实验，以此静待下一个机会。

　　然而，随着研究的深入，噩梦开始笼罩实验室。大部分实验室成员都出现了精神衰弱的症状，他们失眠多梦，或有一种被窥视的感觉，或是听到古怪的声响。

　　这种症状在离开实验室后才会好转。这无疑妨碍了实验室的正常工作。

　　但克拉夫特、冯鹤和玛丽这三位核心成员，却从未有过动摇，凭借某种执念推动实验进展。而他们的第二次机会也来临了，尽管这是一次意外。

　　克拉夫特的儿子小克拉夫特与同伴驾船游玩时，在追野鸭的途中不慎落水，患上了严重的肺炎，病情每况愈下。

　　几天后，小克拉夫特被送到了实验室。看到面色苍白的儿子时，克拉夫特的脸色也变得煞白。

　　小克拉夫特躺在病床上，将父亲的犹豫看在眼中。他知道父亲在想什么，忍着恐惧，在脸上挤出一个微笑。

比起上一个病患，小克拉夫特拥有清晰的意识、良好的服从性，具有显而易见的优势。

与之前一样，绿花素发挥了效果，小克拉夫特的肺炎得到了控制。

"父亲，我觉得自己的身体好了不少。"小克拉夫特对克拉夫特说道。

克拉夫特为儿子检查完身体，也欣慰地点了点头。

但这是小克拉夫特将恐惧深埋心底的结果，他有时睁着眼睛静待天明，脑中的幻象层出不穷。

他害怕父亲担心，隐瞒了自己的真实状况。

"这将是一次成功的治疗。"冯鹤对克拉夫特说道，"我们为人类找到了解决疾病的妙方。"

在这种乐观的心态下，他们为小克拉夫特注射了第二个疗程的药物。如他们预料的一样，小克拉夫特正在康复。

但是某天夜里，小克拉夫特与他的父亲展开了一段令人不安的对话。

"父亲，我不太舒服。"

"是什么地方不舒服？"克拉夫特紧张地问道，伸手摸了摸儿子的额头。

"我的头晕晕的。他们检查了我的身体，说是没有问题，只是我的心理作用。"

克拉夫特翻开儿子的病历本，也没有发现任何不对劲的地方。

但安全起见，克拉夫特还是亲自检查了儿子的身体，并细细询问各种情况。

小克拉夫特也透露出内心的秘密："父亲，人真的有灵魂吗？

"我怀疑我要堕入地狱了，我一闭上眼睛就能看到一个黑洞，纯粹的黑，连光线都无法逃脱，这个黑洞越来越大，马上要将我彻底吞噬。"

克拉夫特从没见过这种情况，他只能安慰儿子几句，然后继续治疗。

第二个疗程过半，小克拉夫特失去意识，陷入了昏迷。

这和之前病患的状况相似。

是否继续给药成了一个问题，作为一个父亲，克拉夫特陷入了两难的境地。

最后，他决定先拯救儿子的肉体，结果，肺炎倒是治愈了，但小克拉夫特昏迷了好几日才清醒过来。醒来后，他目光呆滞、流着口水，无法理解人类的语言，甚至不再主动进食。

用强光照射他的眼睛，他会闭上眼睛或者用手阻挡，用噪声刺激他的耳朵，他会转动身子试着远离声源或者捂住耳朵。将食物放进他嘴里，他会咀嚼下咽。偶尔，他也会发声，但仅仅是不成音调、没有逻辑的声响。

小克拉夫特的灵魂仿佛真的消失了。

克拉夫特万念俱灰，但希望尚未彻底断绝。

冯鹤对克拉夫特说道："我们只能接着实验。"

"把更多可怜人变成我儿子这样的疯子吗？"克拉夫特崩溃的说道，"他现在只会大喊大叫。"

冯鹤看着克拉夫特，真诚地说道："所以才有继续研究的必要，绿花素救了他的性命。这意味着它有可能在将来拯救无数人的性命。只要我们能研究清楚绿花素对人体的毒副作用，或许我们还能让你儿子恢复正常。我也有一个孩子，尽管我和玛丽常年待在这里进行研究，但我们对他的爱比海洋更深。我能理解你的心情，如果是我，我愿意为我的孩子付出一切。"

冯鹤的话，就如同恶魔充满诱惑的低语，击碎了克拉夫特最后的防线。作为实验室的主人，克拉夫特同意将研究继续进行下去。

实验室收容了更多的病人，但他们在得到克拉夫特的治疗后，无一例外地陷入了无尽的、不可治愈的疯狂。

为什么人体实验与动物实验的结果相差如此之大，所有动物都恢复了正常，活蹦乱跳的，只有人类与众不同。

他们只能推测绿花素可能对人体的中枢神经系统具有一定的毒性，在用量过大时，药物迅速进入脑组织，导致中枢神经系统发生混乱，产生反射亢进、知觉障碍、幻觉、抽搐、昏睡等症状，发展到最后，彻底失去理智。他们将其称为"绿花素脑病"。

白色的小鼠在箱内无助地尖叫，它们在干燥的木屑上一刻不停地乱转，留下癫狂的痕迹。如果它们拥有理性的话，看着隔壁箱内的实验鼠一只只倒地，会意识到自己根本不可能逃过一劫。但这些大脑不过豌豆大小的生物无法理解彻底的绝望，它们只是哀号。

冯鹤刚抓起一只小鼠，就听到外面响起一阵嘈杂声。

实验室已经不再安静了。

为了研究工作，实验室接收了不少病人，这些病人接受治疗前，克拉夫特和冯鹤会告知他们可能出现的毒副作用。但除了少部分人会离开实验室，安静地拥抱死亡，大部分人还是会选择不顾一切地活下来。

这就导致实验室收容的疯子越来越多，简直变成了一所奇怪的疯人院。

这里的疯子也比其他地方要诡异，其他疯人院的疯子是群魔乱舞，而这里的疯子就像同一批次生产的人偶。他们的行为会渐渐趋同，哪怕护工给他们喂食的时间不尽相同，但他们几乎在同一时间排泄，他们还会同时入眠，甚至同时醒来或者发出毫无意义的嚎叫。新入住的病患最开始与他们不同，但过两三个月，便能完美地融入其中。

但更吵闹的是附近的居民，他们时常到实验室门口抗议，甚至威胁说要烧了实验室。

可能是制造绿花素所产生的废水污染了当地的水源，居民们的梦境也受到了影响。他们整夜做着光怪陆离的噩梦。

在冯鹤的竭力劝说下，克拉夫特决定将实验室搬到人迹罕至的地方，并扩建成能容纳更多病人的研究所。

冯鹤被吵得心烦，放下了实验鼠。

"谁再去向那些居民解释一下，再过一个月，我们就离开这里了，让他们不用再来闹了。"

"没有用的。"憔悴的克拉夫特靠在门上，"只要我们一天不走，他们就一天不会停止。"

"唉。"冯鹤长叹一声。

克拉夫特继续说道："我不打算和你们去研究所了。"

"为什么？我们需要你。"

"需要我？这是我这段时间内听到的最好笑的笑话。"克拉夫特露出一个苦笑，"你们早就不需要我了，看看我，我只是个普通的化学家和药学家，现在研究的东西，已经超出我的认知范畴了。"

如果说绿花素毒害了大脑，那么它究竟破坏了什么。

他们破开死者的脑袋，在显微镜下观察脑组织的切片，正常死者的切片和因感染而死者的切片并无不同，而注射过绿花素的死者，他们的脑组织和前两者也没有不同。

是真的没有不同，还是说这种不同无法在显微镜下被观察到？克拉夫特跟着冯鹤、玛丽破开了一个又一个头颅，他已经到了崩溃的边缘。

"我们当然需要你。"冯鹤坚定地说道。

克拉夫特没有耐心听冯鹤说出原因，便打断了他："你又在干什么，我记得你已经重复很多次这样的实验了。"

"我想证实一些事。"冯鹤头也不抬地说道。

"希望你能有所收获。研究所就交给你了，你来做研究所的所长吧。"克拉夫特也不想听冯鹤的实验目的，转身就离开了。

此时，玛丽过来找冯鹤，正好看到克拉夫特离开的背影。

"他怎么了？"玛丽问冯鹤。

"他累了。过些时间，我会再和他好好聊聊。"冯鹤安慰玛丽道。

稍作休息后，冯鹤再度抓起一只实验鼠，这次没有人打扰他了，他把实验鼠放进了纸板制成的简易迷宫。

对于人类而言，迷宫只是个小把戏，但对实验鼠而言，这可是个大难题。

第一次进入迷宫的实验鼠要花五分钟才能走出迷宫。第二次进入迷宫的实验鼠则只需要一分多钟。患病的实验鼠由于身体衰弱，花费的时间是健康实验鼠的两倍。

但当冯鹤给实验鼠注射病人体液后再投入迷宫，它们花的时间只有普通实验鼠的四分之一，几乎达到了第二次进入迷宫的实验鼠的水平。

冯鹤又尝试给实验鼠注射绿花素和患病鼠体液，它们走出迷宫的时间也是五分钟。

他意识到改变实验鼠行为的是人类的体液。

当他再去看那些大脑切片，那些被他观察过无数遍的图案，在他的注视下，开始变得陌生，它们开始旋转，开始闪烁。

冯鹤当然知道这一切都是错觉，但他就是难以停止想象，花纹越转越快，变化也越来越多，仿佛一只只机械表的机芯插入了他的眼睛里，他的眼睛已经不够用了。

他感到烦躁和愤怒，用力推开了显微镜。

然后，他重复了之前的实验，这次他分别给实验鼠注射了患病人类和疯狂人类的体液，但只有前者的体液提高了实验鼠走出迷宫的效率。

此后，他又发现，不光是患病人类，普通人类的体液似乎也有效果，但所有接触过人类体液的实验鼠都死了，除了注射疯狂人类体液的。

那些死去的实验鼠身上没有明显的伤痕，看起来它们全都是脑死亡。

冯鹤被这个现象迷住了，第一时间便去找克拉夫特。

克拉夫特正在病房内照看自己的孩子。

"我的朋友，你绝对不会猜到我发现了什么。"

"你比我坚定多了。现在都没放弃。"克拉夫特说道，"这么多天，我一直在等你找我。"说着，克拉夫特从白大褂的口袋中掏出一个注射器。

"快把它放下。"冯鹤认出那是一剂绿花素，他想夺走克拉夫特手中的注射器。

"太晚了。"克拉夫特说道，"你相信灵魂的存在吗？我差点忘了你没有信仰，所以也不会相信有灵魂吧？"

冯鹤摇摇头，如实说道："我当然认为灵魂是存在的。在我的故乡，我们认为一个人的灵魂由三魂七魄组成，它们是一种特殊的器官，失去任何一部分都会导致人的精神或者肉体出现问题。但我们的实验和灵魂又有什么关系，你究竟在想什么？"

克拉夫特说道："当然有关。我亲手扼杀了我儿子的灵魂，我的朋友，你同我一起杀死了这么多灵魂，你难道不觉得痛苦吗？"

"不是你想象的那样，人的灵魂、大脑或者意识的核心本质是一个迷宫，一旦我们走出迷宫，就会发现自身的真实。"

"我听不懂你的呓语。"

"这不是呓语，而是你的理智在抗拒理解这件事情。我们距离真相已经那么近了。你真的不想知道吗？"

克拉夫特缓缓举起了注射器，另一只手轻轻抚摸自己儿子的面容："我不想知道。现在我只想和他做一样的梦。他们都在做同一个梦，我想要加入他们。"

冯鹤想要冲过去阻止他。

"不用过来。"克拉夫特将针头扎入自己体内，"这已经是第二个疗程的药剂了。现在我觉得我的双腿抖颤得厉害，手也在颤抖，一切我能想象到的恐怖画面在我脑中不断浮现，我在药剂里加了足够多的催眠药，只需睡上一觉，痛苦就会终结。现在我只能祈祷，祈祷灵魂去往的那个梦境，会是一个美梦。"

死亡与新生

你和沈冰淼一起料理了孔森的后事。

随着孔森的自杀，再无怀疑长根的人了，经过你的申请，在被关押四天后，长根将得到释放。

你与吴妈打了声招呼，便去接长根。

长根是受惯了苦的人，从牢里出来时精神头还不错。

在路上，你同长根说了孔森自杀的事情，长根也是唏嘘不已。

回到冯府，吴妈却不见了，屋里有被细细翻过的痕迹，留声机、电话机，还有一些古玩摆设也不见了。

但饭厅却留了一桌子午饭。

你无力地坐到了椅子上。

"伍先生，你怎么了？"长根问你。

"吴妈似乎走了，还卷走了府内的钱财。"

"这不是很正常吗？世道就是这样的，恶仆在主人死后贩卖主人的孩子都不奇怪，现在只是卷走些浮财而已。"长根坐下来，夹起一块肉看了看，"有些凉了，要我热一热吗，伍先生？"

"你还有心情吃饭吗？"你的声音有些有气无力。

长根道："我在里面一直没吃好，再说，人只有吃饱了，才能安心干活儿。接下来，我们的活儿还不少，伍先生，你也多吃一些吧。吴妈已经很尽职了，见我回来才走，还留了这桌子饭菜。"

看来当初吴妈不想让长根被带走，就是为了这最后一点责任感和善意。

"你知道吴妈住在什么地方吗？"你问道。

"吴妈家里早没人了，她没有家。"长根又对你说道，"这府里还有很多活儿呢，伍先生，今天是大年夜。"

"府里只有你、我还有冯小姐三个健全人了，还过什么除夕？"你不满道。

"伍先生，大年夜是大日子，是绝对不能错过的！"长根大声说道。

沈冰淼待在屋内，桌上摆着从附近酒家买来的几碟好菜，还有一壶温好的黄酒，打算独自一人度过这个清冷的除夕夜。

他自斟自饮，不知在想些什么，双眼渐渐湿润了。

突然，房门被"哗"的一声推开，寒风猛地灌了进来，吹散了屋里的酒气和饭菜香味。

"小武，怎么回事？"沈冰淼眯着眼睛问道，看样子他已经有些微醺了。

闯进屋子的男人是孔森的下属之一，他们叫他小武。因为沈冰淼有着官方背景，他也将沈冰淼当作半个长官，加上孔森死后，上头忙着为尧兴的案子收尾，有些事情，他也会来找沈冰淼。

"鉴湖发现了一具无名尸体。"

"凶案和我这个卫生厅特派的狗屁专员又有什么关系？"

"有关的，有关的！"小武说道，"那具尸体身材高大，身高178厘米左右，初步判断有二十七八岁的模样，大腿内侧有一块椭圆形的胎记。"

“什么，胎记？”沈冰淼一惊之下碰倒了桌上的酒壶，温热的黄酒流了一地。

“对，是胎记，不是什么污垢。”

“他长什么模样？”沈冰淼追问道。

“不知道。”小武回答道，“这是最可怕的地方，那具尸体的脸被割掉了，从切口上看，凶手绝不是外行，不是医生就是屠夫。”

“死亡时间是什么时候？”

“在冰水里泡久了估不太准，大约是一周前。”

“时间对上了。”沈冰淼猛地一拍桌子，“穆先生失踪就在这个时候。难道说他从冯府离开后就被灭口，然后被抛尸在鉴湖了吗？那凶手为什么要割掉他的脸？”

“是为了隐瞒死者的身份吧。”小武猜测道。

沈冰淼皱紧了眉头：“这是一个疑点。尸体现在在什么地方，还在鉴湖吗？”

“已经带回厅里了。”小武说道。

“我去看看。”说着，沈冰淼立即披上大衣往外走去。

街上满是烟火鞭炮的火药味和年夜饭的香味，好一个欢乐祥和的除夕夜。

沈冰淼的住所离警察厅不远，也就两条街的距离。他们很快便到了。

“前面有个人鬼鬼祟祟的，好像一直在警察厅边上转悠。”小武道。

沈冰淼与小武悄悄靠近那个可疑的男子，小武抓住了他：“你是什么人，有什么企图？”

那个男人挣扎着说道：“我是来举报的。”

“我倒是想听听你能举报什么？”沈冰淼冷笑道。

“一个星期前，我遇到了一个奇怪的人，他给我了一套衣服让我扮成他的样子去看电影。"那个男人说道。

又是这个时间！穆先生失踪被害的时间。

沈冰淼打量了那个男人一会儿，对小武说道："他的身形有点像伍成穆。"

小武问那个男人："找你的男人长什么样子？"

"他年纪大约有二十七八岁，眼睛深邃，鼻梁高挺，身材高大，脸色苍白。"那个男人说道。

沈冰淼问道："那你为什么要来这里？"

男人打了个哈欠："那人说他要票根，他还会再给我钱的，但他骗了我，他没来拿票根，我也没拿到钱，我需要钱。"

沈冰淼看到他不断挤眉弄眼、打哈欠，样子很像出现了戒断反应，猜测他是个瘾君子。

"他以为我不知道他是让我假冒他吗？他一定是去干坏事了。"男人歇斯底里地说道，"我要去找警察，我要举报他，我能帮警察找到他，给我赏钱。"

"好了，你不用去警察厅了。我们就是警察。"沈冰淼用眼神示意小武。

小武拿出证件晃了一下。

沈冰淼说道："你跟我们来，我们会给你钱的，不过你要说清楚这件事，一个细节都不能落。"

沈冰淼将人带回住处，花了十几分钟，听完了完整的经过。

沈冰淼心想，这就说得通了，伍兄，什么伍兄，应该是伍先生，试图伪造不在场证明，他杀害了穆先生。但听孔森说，穆先生离开的时候，伍先生就在他边上，这是怎么回事？

对，是人脸！伍先生用被褥堆了个人形，只摆了张脸在上面，这是个障眼法。孔森他们进去时，伍先生的同伙带着那张脸逃跑了。这比扛着一具尸体逃跑要容易得多。

伍先生杀害穆先生的动机也很简单，冯镜明知道假伍成穆想在电报上动手脚，所以将他们分别叫进书房敲打了一顿。伍先生为了能彻底取代穆先生，成为真正的伍成穆，将穆先生诱骗到鉴湖残忍杀害，在自己身上伪造出一样的胎记，这样一来，他就是真的伍成穆了。

但事情好像又没有那么简单。沈冰淼只觉得太阳穴胀痛，脑内仿佛有一团乱麻，他拿起一支笔将这些天发生的事情写了出来。

一、小阿头想除掉"鬼"，放火烧了慈善堂。

二、"鬼"是偷偷在慈善堂投药或者给病人注射毒药的神秘人。

三、小阿头在冯府被害，现场被伪造成自杀。

四、陈妈被小阿头的尸体吓死。

五、阿胡因私仇毒杀赵三。

六、阿胡的雇主药杀阿胡灭口。

七、铁儿神秘失踪。

八、穆先生带着身份证件来到冯府。

九、穆先生在分辨真假伍成穆前夕失踪，而铁儿被伍先生寻回。

十、铁儿在冯府被害。

十一、冯镜明在冯府被害。

十二、徐管家自缢。

十三、孔淼怀疑长根。

十四、孔淼得知亲人病逝后自杀。

五、六没有什么问题，这是大家一起调查得出的结果。十二、十四也没问题，徐管家和孔淼确实是自杀。

在冯府可还有伍先生的同伙？

沈冰淼咬着自己的指甲，忽然想起了几处可疑的地方。

他们安置病人时，三号仓库打不开。

一把锁如果打不开，存在两种可能。第一，也就是现在认定的情况，这把锁坏了。第二，其实是钥匙不对，但钥匙一直在钥匙串上，因此当时没人怀疑是钥匙的问题。可钥匙串上的钥匙也存在被替换的可能。

在小阿头的案子中，一号仓库是案发现场，没人关心三号仓库的问题。但如果三号仓库的钥匙有问题，那么一号仓库可能被偷偷打开过！

当时铁儿带走了钥匙，徐管家闩上了房门，外人几乎不可能在夜里取得钥匙。凶手想再进入一号仓库的话，就得在铁儿拿走钥匙前，做好准备。

第一种办法是换钥匙，取下原有的钥匙，弄一把假的上去，但一号仓库的钥匙上有半旧不新的红穗，最难仿造，而且红穗系了这么久，系得牢牢的，也极难解开。不能偷拿原钥匙的话，那还有第二种选择——复制钥匙，可小阿头被关押在冯府是突发事件，且钥匙一直由徐管家保管，偷拿钥匙去复制，虽然可行，但可能来不及，也容易被发现。最后一种选择是换锁，换了一号仓库的锁，刚好四个仓库的锁和钥匙形制是差不多的。比如，把二号仓库的锁和一号仓库的锁互换，凶手只要解下二号仓库的钥匙，换上一把外形相似的假钥匙就可以了。

三种选择中只有二和三是具备可行性的。而三号仓库的锁打不开，则表明凶手选了三。

当时凶手将一号仓库和二号仓库的锁交换，因为四个仓库的钥匙中只有一号仓库的系着红穗，不方便替换。所以凶手了拿走二号仓库的钥匙，放入外形相似的假钥匙，没有被人发现。到了夜深人静时，凶手就拿着二号仓库的钥匙打开了一号仓库的门。

凶手知道徐管家起床后，会离开自己的房间。他有机会拿到钥匙，把锁和钥匙换回来，这样就神不知鬼不觉了。

但那天早上有突发情况，凶手换好锁，把二号仓库的钥匙放进钥匙串，正准备取出假钥匙，可突然有人喊他，他手忙脚乱，凭自己的记忆取下了一把，就把剩下的钥匙丢在了陈妈尸体旁边。很不凑巧，他取错了，误拿走了三号仓库的钥匙。

小阿头和陈妈的尸体被发现后，徐管家又收起了钥匙，凶手再无机会修正自己的失误，因此钥匙串上的钥匙就打不开三号仓库了。

推到这里，凶手的身份就很明确了。

为了给小阿头生炉子，长根和铁儿拿了钥匙，打开了二号仓库，他极有可能趁着铁儿在找东西，偷换了两个仓库的铜锁。还有，那天早上，长根曾突然被冯镜明喊去做事。

可长根为什么要杀害小阿头呢？

最大的可能是——长根就是慈善堂的"鬼"，他怕小阿头认出自己，所以灭口。

长根房内有医用安瓿瓶碎片，慈善堂的废墟中有注射器针头。这根本不是什么巧合。

长根本质上和阿胡他们是一样的，通过投药制造一种瘟疫来势汹汹的假象。他甚至出卖自己的主人冯镜明，将冯镜明研制新药的事情告诉濮春年这种人，濮春年又不知从何处得知伍成穆要来尧兴，于是偷了他的信，让伍先生假冒伍成穆抢先进入冯府。他们两人与府外的同伙犯下了一桩桩命案。

奇怪，看起来似乎没有什么问题，但总有些不对劲的地方……

沈冰淼来不及细想，外面传来了嘈杂声。

"怎么回事？"沈冰淼推开房门向外张望。刚一探头，一把杀气浓重的斧子贴着他的头皮飞了过去，深深钉进了墙里。他们连忙躲入屋内。

"你们是什么人？"小武举着枪冲外面喊道，"我是警察，外面的人快住手！"

沈冰淼跑到卧室，从行李箱内取出一把小手枪，这是他留学美国时为防身而购买的，自他买来后还未派上过用场。

外面那些人继续破坏沈冰淼的屋子，小武试着开枪驱散他们，但没有起效。那个瘾君子蜷缩在角落，不住地尖叫。枪声被淹没在此起彼伏的鞭炮声中，没人发觉这里的异样。

"我们需要帮手，沈先生打个电话吧。"

"电话线被切断了，他们是有备而来！"沈冰淼气愤地丢开电话，举着枪站到小武边上。

"沈先生，你有闻到什么味道吗？"小武问。

"他们在外面放火，他们要杀了我们！"

小武试图突出重围，他开枪射中了几个人，但他们宛如没有痛觉一般，围住了小武。他被拖到了人群中，伴随着一串凄厉的惨叫声，他消失在了暴徒中。

现在只有沈冰淼一个人了。

那个可悲的瘾君子躲在角落已经吓晕过去了。

沈冰淼躲在屋内，用茶水打湿围巾捂住自己的口鼻，他紧紧握着自己的手枪，仍然没有放弃希望。直到他隔着火焰，看到了为首者的面容。

"我就知道是你。"沈冰淼愤怒地举起枪，扣动了扳机，但没有击中。

对方沉默不语。

沈冰淼也发现了不对劲的地方，他在火光中看清了围攻他的那些人。

"怎、怎么会是他们？这究竟是怎么回事？"沈冰淼感觉冥冥之中有种恐怖的力量抓住了他，"我错了，都错了！"

心之形，人之貌

寒冬中的牡丹早已枯萎，只留下纠缠在一起的灌木，而你鬼使神差般用一把匕首挖掘着灌木下的土壤。虽然经过冰冻，但这里的土壤似乎比寻常的土壤要松软一些，就像是之前掘开过再填回去的。

你冻僵的手指一碰到土壤，指尖便传来刀割一般的痛感。终于，你的手指碰到了一个不规则且柔软的东西，你小心翼翼地拂去上面的浮土。

牡丹丛下埋着一张苍白的人脸，正是穆先生，由于严寒，人脸没有腐烂的迹象。

"别来无恙。"你露出苦笑，原来穆先生就是这样消失的，只要将被子裹出个人形，再将人脸扣进去，就能塑造出一个人裹着被子只露出脸的假象。

不，不对，甚至不用这么麻烦，根本不需要人脸，只要长根和冯镜明都"看到"房间内有人，就足够了！这里是冯府，谁会怀疑德高望重的冯老爷？

就算你们亲自去窗边查看，发现了异常，他也可以推说傍晚屋内光线昏暗，又隔着屏风，看不真切。好一出无中生有！

你想起当时你和冯镜明曾一起去床边看过，被子上干干净净的，一丝血迹都没有。

是了，帮你掩盖杀人真相的人正是冯镜明，而他割掉穆先生的脸埋在这里，大抵是为了拖延警方的查案时间。

正当你准备将人脸埋回牡丹丛下时，却发现长根站在屋檐下，似笑非笑地看着你。

"长根，这不是你想的那样。"你哑着嗓子开口说道。

"伍先生别说了，跟我来吧。"长根没有理会你，径直走向了冯镜明的书房。你跟在他身后进了书房，幸好吴妈不懂冯镜明藏书的价值，只偷走了一些看起来精美的摆件。

"伍先生，钥匙在你身上吧。"长根道，"我让你看看老爷的宝库。"

你看到他从书架上拿了几本书，又听他自言自语道："首先是《世界的原理》放在第四列书架《追忆似水年华》边上，然后是赫拉克利特的《论自然》放在《灯火依旧》边上，阿那克西美尼的《物质一元论》放到《气流动力学》边上，阿那克西曼德《论自然》放到《第一哲学沉思集》边上。这些书的封面是特制的，内含铁片，这样才能牢牢卡住里面的机关。"长根似乎是按下了书架隐秘处的某个按钮，打开了什么开关。

之后，长根用力一推，竟然推开了两米多高、摆满书的厚重书架。

书架背后是一个保险柜。

"老爷还以为这是秘密。"长根笑了笑，"冯府就这么大，藏了十来年的东西早就不是什么秘密了。"

看保险柜的样式和旋钮，它需要三组密码和一把钥匙才能打开。

"钥匙在你身上，现在我们只要破解密码就可以了。"长根道，"老爷在里面设了机关，密码错误三次，里面的文件就会被销毁。"

说着，长根拿出了听诊器。

　　他戴上听诊器，贴在保险柜门上，却又开口说道："密码应该就藏在他和你的对话中，伍先生。我想想'我绝对不会参拜如此卑劣、比我晚出现的东西。在他形成之前，我就已经存在了，他才应该要参拜我'是伪典《里圣经·亚当纪》十三节至十四节的内容。"

　　"你为什么会知道伯父和我的对话，当时你在偷听吗？"

　　你话音刚落，便听到心底有个声音说："你与冯镜明的对话是我告诉他的。"

　　当你心里，称自己为"你"时，有想过"我"在哪里吗？

　　长根还在喋喋不休地说着什么："'天上天下唯我独尊'应该也是个典故。《大唐西域记》记载，为释尊诞生时，向四方行七步，举右手而唱咏之偈句：'天上天下唯我独尊，今兹而往生分已尽。'这段含有七和四两个数字。"

　　但长根又摇了摇头："虽然刚好有了三组数字，但'唯我独尊'是典故的话，路西法那个不应该是章节。我记得故事里路西法因为拒绝向圣子臣服，率天众三分之一的天使于天界北境举起反旗。经过三天的激战，路西法的叛军终于被基督击溃，在混沌中坠落了九个晨昏才落到地狱。难道是三一和三九？"

　　"你试一试吧。反正有三次机会。"一个女声在房间里响起。

　　"小姐你来了啊，那我就试一试吧。"你听长根说道，"现在有 13，14，74 和 31，39，74 这两种密码组合，选哪一种？"

　　你转过头，看到了我。

　　红褐色长发披肩，容姿更胜过往。

　　我正是冯家的大小姐——冯伊曼。

　　"随你喜欢的来。"我对长根说道。

　　长根道："伍先生你没事吧，怎么一个不稳跪倒在地？"

　　"他只是太震惊了。"我对长根说道。

　　你究竟还要震惊多久，站起来吧，难道你能接受一直有个声音对你说你如何如何，结果接受不了这个声音突然称"我"。

"这究竟是怎么回事？"你听到了自己颤抖的声音。

"伍先生小声一些，我听不清里面的机括声了。"长根道，"你还没想明白吗？你们要找的人，一半是濮春年，一半是我们。"

长根将保险柜的旋钮顺时针转动了最少两圈，转到第一组数字停下，然后逆时针旋转到第二组数字，最后，顺时针旋转到第三组数字。

长根伸出了手："伍先生，麻烦把钥匙给我。"

"我怎么可能把钥匙给你！"你惊恐地吼道，却发现自己的手老老实实地伸进了口袋里，掏出钥匙交给了长根。

"谢谢了，伍先生。"长根将钥匙插入锁孔，试着打开保险柜，"失败了，我不该试章节的，有时候你会鬼使神差地选那个可能性低的答案。"

"还有两次机会。"长根懊恼地说道，他把听诊器丢到一边，重新输入密码，31,39,74。这次他成功打开了保险柜的锁，你看到保险柜里装满了厚厚的文件袋。

"这就是我们要的资料。"长根查看一番，长舒一口气，"伍先生，现在我们有时间来回答你的问题了。首先，你不是我们打晕的。你的出现只是一个意外，但今冬的计划确实全是围绕你展开的。那天，我按老爷的要求在外寻找实验对象，结果发现了被打晕的你。老爷的新药需要实验对象，往年总会找一些无家可归的流浪汉和来历不明的异乡人，那些人就算消失了也不会引人注意。我看到你倒在路边，以为你是个流民，结果从你的信件里得知你是来找老爷的，于是为你打了一针实验药，然后喊人把你送进冯府。"

"我们想要借你之手取得老爷的研究成果，因为他不会把这个东西交给小姐。老爷近些年也在物色能继承他研究成果的人，你可能是最合适的人选，既是故人之后，又是专业人士，也有担当。"

　　"但这个计划一开始并不顺利，你火场救人之后，老爷才将你列入候选名单，让你调查瘟疫。尧兴的瘟疫其实有三类，你们查明的伤寒瘟疫、濮春年雇人恶意制造的虚假的瘟疫，以及老爷借着瘟疫进行实验从而导致类似老路的'失魂'现象。

　　"从这点上来说，我就是小阿头口中的'鬼'。慈善堂由老爷出资，我前去帮忙，自由出入不是很正常吗？小阿头看到了我蒙面为老阿头注射药剂的场面，他再次见到我蒙面时，就放火烧掉了慈善堂。我逃离火场时不小心遗失了注射器，后来被沈先生捡到了。"

　　"是你杀了小阿头？"

　　说完这句话，你便不再开口，还不到你发表意见的时候。

　　"伍先生别这样看着我，我也是没有办法，你们的调查越来越逼近真相，我也怕他认出我来。"长根说道。

　　"那陈妈？"

　　长根摇头道："我没有杀陈妈，这个另有隐情，待会儿再说。铁儿的失踪也与我无关，那也是一个意外。话题先回到老爷要考验你，让你去调查瘟疫的事情，你的表现差不多入了他的眼，这个时候穆先生出现了。胎记一事，老爷早已知情。你仔细想想，当初你被送进冯府，是老爷为你检查的身体，他怎么可能不知道你身上是否有胎记？所以他是故意的，想要看看面对这种情况，你能不能脱困。你的表现远超他的预期，因为他要交给你的责任需要你有这种敢于杀戮的力量。

　　"以下就是我的猜测了，老爷只吩咐我配合他演个戏。老爷见你杀了穆先生，但嫌弃你手段粗鄙，只能为你遮掩一二，捞回尸体、取了人脸，以此给警方办案制造障碍。我家老爷年轻时在岛上待过，水上功夫还是不赖的。至于另一扇门的动静，只是一个小把戏，不需要什么机关，一句话便能说清。屋内空气稳定，这边猛地开门，气压改变，形成一股气流，那边的门便被气流给推开了。那扇门早被打开了，只是虚掩着而已。

"府内的穆先生死了，府外的濮春年一伙，说到底也只是为利的虫豸。你杀了穆先生，老爷已经认可了你，所以他隐晦地向你透露了他要给你的任务和你将面临的抉择，常人一听都无法理解，但结合这些资料就能明白了。老爷将钥匙给了你，又透露了密码。那么作为新世界的阻碍者，老爷只能退场。

"伍先生八成是在疑惑我们是怎么杀人的吧？当日，你和沈先生他们明明排除了我们的嫌疑。这个看似无解的问题，其实可以分解成若干问题一一解决。

"首先，我们要解决小姐出门的问题。小姐的玻璃房间是从外面锁上的，正如你们推测的那样，门锁多年未换，我早已掌握了钥匙复制品，只要事先开锁就可以了。小姐回来后关上房门，次日你们去检查的时候，我再让你交出钥匙，而我装作用钥匙打开房门即可，但限制小姐出行的关键不是钥匙而是报警系统。老爷设计的报警系统几乎是完美的，仅有两个小瑕疵，为了减少误报警，报警系统并不敏感，只有重量偏差较大时才能触发警报，不然的话，每次送饭送衣都会导致报警，而且报警是有延迟的，不然的话，小姐每次上下楼梯都会报警。利用这两点，再加上府里的猫就能让小姐脱困了。

"我们训练过猫，我在西厢房将重物系在猫身上，让猫把重物送进绣楼。猫有强大的攀爬能力，不需要梯子也能爬到二楼。当然猫背不动一个人的重量，它只能多运几次。雪地上，从西厢房到绣楼的猫脚印只有一串，所以沈先生和孔先生没有过多的怀疑。可这是猫的特性，猫这种生物虽然袖珍，却是大自然所创造的杰作。它极其谨慎，你要是注意观察过它的行动，就会发现它步行时后脚总是落到前脚的脚印上。这样能确保它踩在坚实可靠的地方，而且不会发出多余的声音，在某些特殊的环境下，猫会踩在自己原有的

脚印上。通过训练，我们强化了它的这种习惯，所以它多次来回也只有一串足印。而且由于猫脚印小巧，雪又落个不停，你们也很难看出猫在同串脚印上来回行走。

"猫来回数次后，重物的总重量差不多就达到了小姐的体重，小姐打开房门将重物搬进房间，就能不触发报警，将自己置换出房间。而猫留在绣楼安心休息。"

长根顿了顿，继续说道："现在只剩下一个问题了，小姐是如何不留脚印到达老爷房间的。其实小姐是走了一条用冰制成的'密道'。绣楼挨着院墙，人完全可以从绣楼二层的窗户爬到院墙上，再通过连廊顶爬到主屋。随着气温上升，部分积雪融化成水，渗入雪层，等到夜间气温下降，雪表面就会产生一层坚硬的冰壳。就算雪层本身不够坚固，也可以通过浇水加固雪层，那几天是冬天最冷的时候，浇上水后很快就会结冰。"

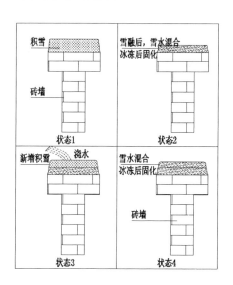

"道路"形成图

仿佛有一股电流流遍你全身，你整个人颤抖了几下，发出痛苦的呻吟。然后，你意识到自己能开口说话了："那这些都是为了什么？"

长根暂时沉默了。

我开了口："伍先生，如果人体可以看作一个有机的整体，那在这个整体内，是否是以某个器官为主，其他器官为辅呢？就像一个蚁巢内，所有蚂蚁都为蚁后服务来确保这个整体的发展。人体的大脑，就宛如蚁群中的蚁后。"

"大脑只是人的一个器官，而人类是各个器官的集合。蚁巢也是由一只只蚂蚁组成的，就像一个帝国，不能说帝国就是皇帝。"你反驳道。

我说道："那还有一个问题。如果人的肉体和意识可以割裂开来，大脑只是意识的栖身之所，那么我们的本质到底是什么？是肉体，还是意识？或者换个词——灵魂。"

"我想是灵魂，我觉得应该是灵魂。"

我笑了笑："那么有趣的事情来了，我问你，如果这个灵魂来自另一种生物，它盘踞在大脑之上，造成了你有灵魂的假象呢？在几十年前，大洋彼岸一位名叫克拉夫特的科学家阴差阳错之间揭开了这个残酷真相的一角。他发现了一种令人不安的物质，这种物质拥有出色的杀菌效果，于是他试图将其用到医学上，结果很诡异，那种被他命名为绿花素的物质虽然治愈了疾病，但痊愈的病人却陷入了疯狂和混沌之中。他认为绿花素拥有某种毒副作用，就像水杨酸会损伤胃部一样，他觉得只要想办法解决这种毒副作用就能将绿花素投入使用了。

"但随着研究的深入，他发现了隐藏在人类历史中的可怕真相。某种能被绿花素杀死的东西寄生于人类脑部，以它的意识伪造人类的意识，建立了这个文明。人类原以为思考是由大脑完成的，但实际上大脑本身不会思考，只是智慧寄生的地方，因此我们只能探究到大脑这层，却难以进行更深层次的探究，甚至连观测其本质都做不到。”

容你消化了一会儿这些信息，我继续说道："研究者在显微镜下甚至找不到它，只有在无意识的情况下才有可能看到它。也就是说，在最初，你想要找到它，那势必失败，忘记这个目的，才有机会看到它。它不希望被看到，所以会干扰宿主的意识。只有当研究者确定它真实存在的信念强过'隐身'的力量时才能稳定观测到它。当时的研究者从侧面推测出它的存在，就像那些天文学家通过天王星的运行轨道，推测出在天王星外还有一颗行星存在，由此发现了海王星。终于，克拉夫特的团队找到了它，那是一种细菌，呈杆状或丝状，有细胞壁，有鞭毛，与同类纠缠在一起，对热、光照、干燥及化学药剂抵抗力差，六十摄氏度以上十分钟就能杀死它。研究者们将其命名为'EVA'，也就是夏娃。"

长根忍不住插嘴道："那些西方人离了神话故事似乎就不会取名了。不过这个名字确实贴切。老爷也给它取了中文名字，来自三魂七魄，三魂是指胎光、爽灵、幽精。其中胎光是主神，代表生机。爽灵代表的是智力、反应能力、侦查力、判断力、逻辑能力等。幽精则是情爱。它的名字就是爽灵。它让人类做了一场自己存在智慧的美梦，但人类的自我意识不过是它梦里的囚徒。当它醒来放弃人类时，人类文明就将不复存在。"

我看了眼长根，他接受我的示意闭上了嘴。

"现在又产生了一个问题，那就是人的所有智慧都来自爽灵吗？还是说人本身拥有智慧，爽灵只是增强了人类的智慧？毕竟自然界中存在很多寄生物影响宿主的例子，比如铁线虫被大型节肢动物如螳螂、蝗虫等吞食后，幼虫会在这些节肢动物体内发育，并控制宿主的行为，等幼虫成长为成虫时，它们就会控制宿主跳入水中淹死。

"观察结果不容乐观，因为几乎所有使用过绿花素的病人，痊愈后都失去了智慧，变成了痴呆。这似乎证实了人类本身并没有智慧。但研究者认为还有另一种可能，那就是清除爽灵的过程本身就会对大脑产生影响。我的祖父就在克拉夫特的研究团队之中，他对这个问题着了迷，试图'制造'一个纯粹的人类，来确定人类是否能拥有自身的智慧。正常人类在孕育胎儿时，母体脑部的爽灵会通过血液感染胎儿。

"后来，我父亲继承了祖父的衣钵，以制造超级士兵、研究高效消炎药为名，在太平洋的一个小岛上设立基地，研究人类辅助生育技术，取用干净的精子和卵子，受精后，再植入干净的母体中，在尝试上百次后，我才出生。他怀揣着激动的心情看着我一点点长大，而我没有让他失望，拥有智力和情感，但水平却超越了他的想象，只要我愿意，我甚至能精准控制自己的每个器官和大部分肌肉，能控制自己的内分泌，按照自己的喜好塑造自己的身体。

"在我还是个孩童时，就有能力参与他的研究了，这种智力水平让他感到恐惧，更让他忌惮的是，我仿佛拥有某些特殊能力，比如读心或者简单的心灵操纵，他认为我是通过解读人类的微表情做到的，于是他通过一些谎言限制我的行动，限制我接触现代科技知识。他还对你说过我是新药的实验对象吧？多愚蠢的谎言。对那些谎言，我佯装不知，装出一副顺从的模样试图麻痹他。稍后，我会解释为何我们如此忌惮彼此。幸好有长根在，他偷偷为我带来了各种书籍，我就通过那些书去了解这个世界。现在回到为何我们会忌惮彼此这个问题上，我让你看看我眼中的世界。"

你通过我的视角，看到一个个纯洁无瑕的婴儿被囚禁在其他人的大脑深处，没有成长的机会。他们挣扎着，并发出凄惨的嚎叫。原来在我眼中，这个世界就是地狱，双眼所及的所有人，都是披着人皮的魔鬼。

"在这个世界中，我是异乡人。那些被压迫的才是真正的人类。只有解放了他们，才能将异乡化作吾乡。"

"不要在我脑子里说话。"你无端恼火起来。那声音格外刺耳，像一把锋利的手术刀，令你胆寒不已。

我开口说道："我想将这种感觉更直接地传递给你。一个小女孩发现自己被怪物囚禁、饲养着，她会有多么害怕。而我的父亲也意识到，我和他们从灵魂上而言已经是不同种族了。现在，我告诉你两族的真相。爽灵选择了人类，也成就了人类。它在寄生的同时，也对宿主进行了改造。猿猴本来只有两个脑层，就是原脑层和古脑层。原脑层负责的是觅食等基本的求生问题，而古脑层则负责与求偶和生殖相关的问题，然而某个时间点，人脑突然快速进化，获得了一个新的脑层，组织协作能力、交流能力和分析能力大幅度提升。这个大脑和人类的身体甚至可以说是不匹配的，人类的囟门和其他动物都不同，因为发育完整的人类婴儿根本无法通过产道，从这个角度看，所有人都是早产儿。大脑的质量只占了人体的百分之二左右，但血液循环量占心脏排出量的五分之一，氧气消耗量占全身的五分之一，能量的消耗量更是占四分之一，我们的近亲黑猩猩，它们的大脑仅仅需要一半的能量。爽灵强化人类，就像人类装修自己的房子，是为了它们自己，它们最后统治了世界。

"可它们对人脑的改造太过成功了，爽灵产生的灵魂跟不上大脑的机能，限制了大脑的能力。我的存在就很好的证明了这一点，爽灵改造出了无与伦比的大脑，大脑出色的机能可以创造人类真正的灵魂，只不过爽灵的存在压制了人类真正灵魂的成长。对成年人来说，鲁莽地杀灭身体内的爽灵，不会使人类觉醒，只是单纯的破坏。像我一样从婴儿开始便在一个纯净的环境下成长，才能觉醒真正的自己，得到力量。

"我父亲明白，我是一个异种，拥有令人惊叹的能力。如果我也发觉我不是他的同类且逃出生天，我又会做些什么呢？解放全世界，拯救自己真正的同类？那意味着旧人类会灭绝，旧人类的文明会被摧毁。这正是他面临的难题，一面是他的族群和创造的文明，另一面是他一直以来向往的族群和人类的真实潜能，他无法抉择，选择前者，所有真实人类的意志将被爽灵继续奴役下去，选择后者，旧人类将灭绝。他陷入了杀死一个人换取虚假的和平还是杀死一代人换取真正的解放的两难境地。他对你所说的话其实是在暗示这个问题。他是个可怜虫，他甚至不敢确定自己究竟归属哪一方。"

"但我不需要做出抉择，因为我只是一个傀儡。"

我耐心地对你解释道："你不是傀儡。我父亲虽然惧怕抉择，但他没有停止研究，他希望能制造出让两者共存的药剂，爽灵的意识不消失，人类的意识觉醒，两者处于一种平衡的状态。铁儿的出现带来了希望。我父亲为他注射了改良后的绿花素，他仅仅失去了语言能力，爽灵产生的意识并未消失。如果没有我和长根的干扰，他几乎就要成功了。铁儿到了青春期，受到再发育的影响，开始觉醒，这才是他失踪的真正原因，他本能地害怕你们这些异类，想要独处，在这个过程中，他拥有了强大的能力，他在某种程度上可以操纵其他实验对象。而那些人失去了爽灵的意志，处于一种集体无意识当中，对铁儿的入侵没有任何抵抗，所以你们才能看到那些奇怪的场景。我没想到他会操纵那些病人出言提醒你，他的存在会干扰我的计划，所以我们只能想办法让他消失。而我的能力不足以入侵意识完整的个体，暂时不能和铁儿直接对抗。他对我有着模糊的敌意。"

"所以是我吗？"

"伍先生别一副难以置信的模样了。"长根开口道，"小姐在绣楼，我和沈先生他们在一起，凶手不可能是吴妈，那不就只有你了吗？你借口出门买水果，杀了铁儿。你没察觉你买水果的这段经历没有具体细节吗？你能再度想起那个所谓灰衣人的模样吗？"

"什么不是傀儡，果然是骗我的，你们操控我杀了人！你们还瞒着我什么，陈妈呢，她又是怎么意外死亡的，真的是被尸体吓死的吗？"你的眼中升腾起一股火焰，似乎要将目之所及的一切燃尽。

"那的确是一个意外。陈妈是被吓死的，但不是因为小阿头的尸体。"长根道，"她到我屋里可能是想替我补衣服，结果不小心打碎了一个安瓿瓶，里面是高浓度的绿花素药剂。小姐刚刚提过，绿花素能杀灭人脑中的爽灵，所以它会引发诸如惊恐、痛苦之类的负面情绪，陈妈就是受不了这个刺激才被活生生吓死了。

"那夜，我用膝盖抵着小阿头的后背将他勒死，这样后颈处就没有勒痕，然后回到屋里想要休息，结果就发现陈妈意外死亡。万一你们深究陈妈的死，那老爷的实验和小姐的计划都会暴露。为了隐藏陈妈的真实死因，我准备利用小阿头的死。我回到仓库，再度打开锁，把陈妈的尸体放了进去，用炭盆给陈妈的尸体保温，又在清晨将早饭放到陈妈尸体边，造成她来送早饭才被吓死的假象。再告诉你一件事情，所谓密室不过是换锁偷钥匙罢了，但换锁偷钥匙一旦被发现，你们很容易锁定我，所以我特意留了诸如房梁被清理过、气窗开过的痕迹，把你们引到伪造的'真相'上去。人有所得，就会自满起来。再加上聊天中小姐对你们的刻意引导，你们便忽略了推理本身存在的漏洞。"

"我们已经把瞒着你的事情都告诉你了。"我接着说道，"你不是傀儡。我们注射到你体内的绿花素药剂是改进后的版本。你原有的大部分灵魂随着爽灵的死亡而逝去，但一部分人格信息却保留了下来，为了让你能行动起来，我采用二分心智的方式重构了你的思想，将你的大脑分为两部分，一部分负责讲述，而另一部分负责理解前者的讲述，处理信息后行动。就好像有个声音在帮助你理解这个世界，并对你下命令，这种声音就是'心的独白'，它来自你原有的人格，也就是说大部分时间在你心底一直同你对话的仍然是你，我不过在某些关键点冒充'你'说话。就算我的能力如此强大，我拥有的也不过是一颗生物脑，我所能控制的范围超不出这个府邸，而且我也不能百分之百控制自己的力量，我就曾在无意识之中与你共享了一个噩梦。当你出去时，起作用的只有我埋进你脑海深处的各种暗示，其他的，你都依自己的想法而行动。如果你能意识到脑中的独白就是自己本身，你就能恢复意识。所以你不是傀儡，你有选择权，你是我见过的最杰出的人物之一，哪怕我压制了你的智力和胆魄，你的表现也赢得了我父亲的认可，而我此刻正式邀请你成为我的同伴。先听我说完，我父亲的担忧有一定道理，但我是不会毁灭旧世界的，爽灵创造的社会中，文明已经成型，而一个新的文明不可能凭空出现。哪怕有一天，被爽灵寄生的人类消失，一个由原生人类创造的文明矗立在大地之上，它依旧摆脱不了旧文明的影响，会继承旧文明的精华。"

"但还是会有人死去……"

长根道："伍先生别急着拒绝，你是小姐第一个邀请并转化的人。"

"不是你吗？"

"不，我只是个普通人。"长根道，"我自愿成为小姐的仆人，不仅仅是因为小姐救了我的命，更是因为我向往小姐所能带来的新世界。这个世界上存在过数不尽的生物，它们或身躯庞大或牙尖爪利，但看似弱小的人类却成了万物之长，因为智慧胜过力量，而人类觉醒后的能力更胜过现在的智慧。旧世界因为悲喜不相通产生的悲剧也不会再发生，这世上不会再有战争，孔先生不会自杀，吴妈不会偷窃，白莲婆不能再用鬼神骗人，濮春年也不会因为利益害死这么多人。伍先生，我们的前途绝对是光明的，新世界会压倒旧世界。没有人能阻止我们，我们拥有最强大的力量，因为这能力给了我们完全信任彼此、爱护彼此的基石，而爱，可以让懦夫在危难时刻变成最英勇的战士。"

"我对胜利不抱怀疑，但旧的世界没有你口中那么不堪。"

"哦，伍先生，你懂什么，你又不在冬日里扣墙上和阶下的苔藓吃，又不曾饿得在地里掘虫子吃，你懂什么？你是上流人，而大部分人都是底层人，我们不想把刚出生的弟弟妹妹丢到沟壑、旷野里，不想因为一口米粮就卖出自己的血亲，也不想看到墙内酒池肉林、墙外饿殍满地，不如就此让人类得到一次进化。"

外面烟火爆竹的爆炸声越来越大，时辰到了，人们开始欢庆新年的到来。

"我需要你。"

"我的声音会退出你的脑海，也会拔除所有暗示，以示诚意，让你自己决定。"

你的脑袋就像空出了一块。

你能信任她吗？在她眼中，你们是怪物，是她的仇敌。

但在你眼中，她也是个怪物。

她对你的好感都是假的。

你对她的感觉说不定是她伪造的，她是个玩弄人心的女巫。

可她才是人类真正的模样。你对她的狂热，难道不是因为你的大脑渴望解放吗？

……

她需要你。

"为什么你要亲自动手杀人，尤其是杀自己的父亲，这种事情明明可以交给长根来做吧？"

"因为我也想感受痛苦，背负罪恶。"我道，"我不打算做个圣人，我要走这条路，就必须承担这份重量。"

伍成穆露出苦笑："那你要我做什么呢，像杀铁儿一样，去杀掉沈冰淼吗？"

长根不屑道："区区沈冰淼，已经被我带人解决了。"

伍成穆问："你们哪来的人手？"

"呵，不是还有那些病人吗？"

"我差点忘了，你能像控制我那样控制他们。"伍成穆转过头来看着我，这是他第一次以完全自由的灵魂与我对视，他的眼中似乎有我看不透的光芒，"那还要我做什么？一切都在你们的掌控之中，连我也不例外。"

"我需要你成为我的助手，与我一起前往新世界。但首先，我想请你帮我烧毁这座宅邸，消除我在这里的一切痕迹。"我诚恳地对伍成穆说道。我父亲选定的继承人，也正是我需要的助手。

他没有在第一时间搭话，仍在犹豫。我能理解他的犹豫，哪怕同他讲了这么多，他依然无法与旧人类做切割。

终于，在一段长久的沉默过后，伍成穆颔首。他缓缓单膝跪地，宣誓他的效忠："我以自由意志做出选择，自愿成为冯伊曼小姐的战士，完成她的心愿。"

我遏制着心中的喜悦，第一次不在他脑中，而是通过语言传达了我的意志。

"你是谁？"
"我是伍成穆。"
"我需要你帮我烧了这宅子，销毁所有证据。"
"乐意之至。"
"这之后，我要你同我前往新世界。"

　　伍成穆站起身，接过长根准备好的火把，点燃了周遭的易燃物。很快，宅子四处都着起火来。烟花在夜空中绽开，此时，冲天的火光映衬着漫天的烟花，让寒夜也有了些许温暖。

　　伍成穆完成任务回来，就像真正的骑士一样，左手背在身后，右手抚胸，向我微微鞠了一躬，随后，他向我伸出右手，掌心向上，做出邀请的姿势。

　　我很满意他恭顺的姿态，走过去几步，想要挽住他的胳膊。但我刚搭上他的手，便被他一把拽过去，接着腹部便传来一阵剧痛。我一把推开伍成穆，脑内像是有千万只魔鬼在尖叫。

　　长根也在尖叫："你居然敢刺小姐！"

　　伍成穆左手中的匕首上，还滴着我的鲜血。

　　我的意志再度闯入他的大脑，想将他纳入我的控制，但由于他强烈的抵抗情绪，这颇为不易，仓促之间只能让他倒地。最重要的是我的身体正在迅速失血，我需要将更多的精力放到处理伤口上，调节自己的肌肉和内分泌，试图止住出血。

　　但伍成穆具备医学知识，他这一刀精准地扎中了要害，顷刻间血流如注。

　　痛、痛、痛啊。

　　长根手忙脚乱地想要替我捂住伤口止血："小姐，你不会有事的。我去取绿花素，防止伤口感染。"

　　我靠着长根坐到地上："不用去，我伤得太重了，绿花素止不住血。"

　　我能感觉自己的生命力正随着血液不断流失，渐渐浑身无力，头晕目眩。

　　长根瞪着因我的意识渐渐溃散而恢复神智的伍成穆："你为什么要这样做？"

　　我心里明白伍成穆之前只是假装屈服，趁机给了我致命一击，但我还是不明白一点："你为什么不愿意和我一起？"

"我不能与你同行，你的决心让我明白前路会有多么可怕，无论如何，我是个医者，我接受不了亿万人的死亡。我和伯父一样，都是软弱的人……"

"那你就能接受现在这个世道战乱纷纷、民不聊生！"长根忍不住咆哮道。

伍成穆道："这不是常态。"

"哼，你也是读过书的，你就自欺欺人吧，这就是世间常态！"长根反唇相讥。

"就算如此，世道也是在向上的。"伍成穆突然激动起来，他挣扎着爬起来，"正因为读过书，我才知道几千年来人类创造了多么辉煌的文明！你这样的怪物永远无法真正理解人类，人就是人，为何一定要有新人旧人之分，旧人就必须覆灭？难道孔森、沈冰森他们这样的人是不存在的吗？难道他们想遏制疫情、救民于水火的信念是假的吗？他们因高尚的灵魂而不比任何生物低下！且不说他们，就连陈妈这样大字不识的老婆子，也拥有令人动容的真诚与热情，难道陈妈对你的好也是假的吗？被你们判了死刑的人中有多少和孔森、沈冰森一样的有识之士，又有多少和陈妈一样善良的普通百姓，有多少人才是不可饶恕之辈？你们恐怕弄错了一件事，人的高下与爽灵无关，哪怕所有人都成了你们口中的新人类，恶徒也依旧会存在，甚至会因为获得了更强的能力变得更加丧心病狂。那不如承认爽灵也是人类文明的一部分，我们仍然可以选择与它们共生。"

脾脏的破碎使我生命垂危，听了他的一席话，我也只能吐出一句："道不同，不相为谋。"

而被愤怒冲昏头脑的长根还在咆哮："你对得起小姐吗？她那么信任你，给了你选择。你是她选上的人，本该成为她的左膀右臂。

小姐她甚至为你孕育了一个孩子。"

"孩子？"

"你们可以共享一个新世界。"

"够了！"我艰难地喘息着，滚动的喉咙间发出一丝嘶哑的声音，"火，火要烧过来了，长根你把资料带走。"

我的体温在不断下降，正因为如此，我更能感受到火势的逼近，只要资料还在，我的夙愿就仍有可能达成。

伍成穆挣扎着起身，去抢装有资料的箱子，长根把我小心地放到地上后，也去抢夺箱子。但他晚了一步，伍成穆已经拖着箱子往火中走去。我看到长根和伍成穆扭打在一起，火焰之中两人的身影渐渐模糊……

火焰已将两人身上的血迹烤干，长根转头一看，发现冯伊曼躺在血泊之中，美丽的双眼无神地睁着，已经失去了生机。

"小姐，小姐！"他用力将伍成穆打倒在地，大火即将吞噬这里，而伍成穆仍然不愿放开箱子。

长根的目光在箱子和冯伊曼之间来回游弋，风声和烟花的爆裂声在耳畔呼啸而过。

无人知晓在这须臾之间，长根想了些什么，他放开箱子的一端，抛下伍成穆，赶在火舌舐舐冯伊曼的发梢之前，抱起她的尸体，踉跄着离开了火场。

最终，只剩下伍成穆一人，他最后看了一眼长根怀抱着冯伊曼的背影，便抱着箱子，投身火海之中，用生命将秘密埋葬。

此地，只有死亡亘古不灭，一直歌唱。

编外

此方世界年表

欢迎来到我的世界。

距今约 46 亿年前，地球诞生。

5.4 亿年前，寒武纪生命大爆发。

6500 万年前，晚新生代大冰期，随着恐龙等爬行动物的消失，哺乳动物占据了食物链的顶端。

4500 万年前，类人猿出现。

500—400 万年前，可以直立行走的类人猿出现，*EVA*（爽灵）感染类人猿，人猿分离。

300 万年前—2 万年前，第四季大冰期，冰期后期转暖，现代人类迅速统治地球。

3 万年前，尼安德特人对 *EVA*（爽灵）的适应度不及智人，在斗争中落败灭绝。

6000—5000年前，人类发明了文字，出现有确切文字记载的历史、神话传说等。

公元前600—400年，人类真正意义上的思想和哲学诞生，东西方分别涌现出一批先哲，人类文明飞速发展。

公元14世纪—17世纪，欧洲文艺复兴运动催生了近现代哲学启蒙运动，推动了现代科技的持续发展，人类文明再度产生重大飞跃。

我的故事正式开始——

1886年，克拉夫特发现绿花素。

1887年，克拉夫特把他的发现公布在了《英国实验病理学》杂志上。同年，冯鹤拜访克拉夫特，加入克拉夫特的研究团队。冯镜明5岁。

1888年，克拉夫特的研究团队取得阶段性进展，开始人体实验。克拉夫特的儿子小克拉夫特患病，在注射绿花素后，失去了灵魂。

1889年，实验室搬迁前夕，克拉夫特因儿子之事放弃研究，而冯鹤发现人类大脑内存在某种能被绿花素杀死的病菌，其对人类意识、智慧形成具有重要作用，继续研究。

1890年，霍华德应威尔斯的要求，救走愚人船上的姑娘，年底，其生下女儿伊丽莎白。霍华德将伊丽莎白收为养女。冯鹤收治威尔斯，因其在愚人船上的见闻得到灵感，试图制造未被病菌感染的原初人类，以研究人类智慧的由来。

1900年，冯鹤的妻子玛丽因为长时间接触绿花素，患上抑郁症，割腕自杀。冯镜明18岁，开始接触冯鹤的研究。

1906年，冯鹤因车祸死亡，将研究交给冯镜明。同年，24岁的冯镜明与霍华德16岁的养女伊丽莎白结婚，冯镜明得到霍华德的资助继续进行研究。

1907 年，伊丽莎白病逝。

1908 年—1912 年，冯镜明化名霍姆斯，以制造超级士兵、研究高效消炎药为名，欺骗美国在太平洋小岛设立基地，通过辅助生育技术，用过世妻子和自己的生殖细胞，培育出一个名为爱丽舍的女婴。冯镜明有意识地操控土著，使得基地周围聚集了大量土著，通过减少食物、散播瘟疫的方式，激化基地与土著之间的矛盾，促使土著摧毁基地，销毁研究资料，灭口所有知情者，他则带着研究成果，回到尧兴老家，将爱丽舍取名为冯伊曼。

1920 年，尧兴发生水灾，冯镜明在冯伊曼的请求下，收留长根为冯府下人。冯伊曼 8 岁，长根 11 岁。

1926 年，冯镜明收留徐管家一家，为徐管家病重的侄子铁儿注射了改良后的绿花素，铁儿病愈，却失去语言能力。铁儿的痊愈鼓舞了冯镜明，此后，他改良药剂，并在每年冬天用流浪汉进行实验。但在冯伊曼和长根的干扰下，实验结果一直不理想。

1930 年，东北发生鼠疫，伍术之前往东北主持防疫工作。

1931 年 1 月 28 日，伍成穆自凤天来到尧兴，遭遇劫匪被打晕、财物被抢走，后遇到长根，被注射药剂。长根通过伍成穆身上的证件和信件，得知伍成穆的身份和目的，与冯伊曼布局。同日，伍成穆被送入冯府。

1 月 30 日，经过两天的昏迷，伍成穆苏醒，通过伍术之的信找回自己的名字和任务。此时，伍成穆已被冯伊曼控制。同日，伍成穆在火场救人，因体力不支再度陷入昏迷。

1 月 31 日，伍成穆再度苏醒，与冯伊曼初次见面，并开始调查小阿头纵火案，与孔森、沈冰淼相识。

陈妈进入长根房间想为他缝补衣服误打碎安瓿瓶，受惊而死。小阿头被长根灭口。长根伪造现场。

2月1日，冯府发现了小阿头与陈妈的尸体。皆有慈善堂发生命案，赵三被阿胡毒杀。孔森破解了长根布置的密室，得到虚假的"真相"。

2月2日，冯伊曼与孔森识破阿胡所用手法。孔森欲逮捕阿胡，但阿胡逃走。阿胡去见濮春年，被哄骗吃下阿司匹林。铁儿替沈冰淼送样本，因青春期身体再度发育，开始觉醒，在不安中躲藏起来。

2月3日，孔森和伍成穆找到阿胡的藏身地点，发现阿胡被害。伍成穆冒险验尸，结果被捕。期间，长根按冯镜明的命令仍然借着瘟疫掩护进行实验。

2月4日，伍成穆困于关押室内，直到傍晚被孔森和沈冰淼解救。在冯府，伍成穆见到冒充伍成穆的穆先生。他奉濮春年的命令欲取得冯镜明的研究成果。

2月5日，伍成穆、穆先生、孔森等人前往皆有慈善堂，见到了被注射绿花素的老路，由于脑内 EVA（爽灵）的死亡，老路开始失去灵魂。同时，在调查瘟疫源头的过程中，伍成穆看到了铁儿，但铁儿逃走了。

2月6日，伍成穆、穆先生、孔森等人继续调查，穆先生发现年糕有问题，顺着线索，于福源坊找到林嫂。同日，伍成穆发觉阿胡死于阿司匹林。当夜，伍成穆与冯镜明谈话。

2月7日，伍成穆雇人制造不在场证明，而后前往鉴湖杀害穆先生，在回程途中，遇到铁儿并带回冯府。冯镜明为掩护伍成穆的罪行，打捞上穆先生的尸体，割下脸皮，回到冯府后导演了穆先生在房间内失踪的戏码。

2月8日，伍成穆展示了电报中提到的胎记，证明自己是真正的伍成穆。伍成穆、孔森等人前往皆有慈善堂，将发生异变的病人带回冯府。当晚，冯镜明将冯伊曼托付给伍成穆。

2月9日，冯伊曼控制伍成穆杀害铁儿。徐管家因铁儿被害，精神崩溃。

2月10日，伍成穆帮孔森联系远在东北的家人。冯镜明将钥匙交给伍成穆，留下密码提示。冯伊曼当晚弑父。

2月11日，冯镜明的尸体被发现。徐管家遭受此番打击后自杀。孔森认为长根有嫌疑，因而逮捕了长根。

2月14日，伍成穆前往警察厅看望长根。孔森抓住了投药者，并查明了幕后黑手为濮春年。由于官商勾结，濮春年逃离尧兴。

2月15日，凌晨，孔森接到电报，得知母亲和妹妹已亡故，回家后绝望自杀。

2月16日，伍成穆、沈冰淼发现孔森的尸体。在伍成穆的努力下，长根被释放回冯府。除夕夜，长根打开冯镜明的保险柜，取出研究资料，冯伊曼离开绣楼告知伍成穆所有真相。伍成穆不忍看到血流成河，杀害冯伊曼。冯府大火，在研究资料与冯伊曼尸体之间，长根选择从火场中带走冯伊曼的尸体，乘坐乌篷船离开尧兴城，后不知所踪。伍成穆则与资料一起葬身火海。

我的故事结束。

人类大脑仍然寄生着菌类，仍然无法去往彼此相互理解的新世界，但科技还在发展，也许在数十年后，真相被再度揭晓，我的故事将重新开始。

全文完

图书在版编目（CIP）数据

失魂 / 拟南芥著 . — 天津：天津人民出版社，
2024.3

ISBN 978-7-201-20155-9

Ⅰ . ①失… Ⅱ . ①拟… Ⅲ . ①长篇小说 – 中国 – 当代
Ⅳ . ① I247.5

中国国家版本馆 CIP 数据核字 (2024) 第 016028 号

失魂
SHI HUN

出　　　版　天津人民出版社
出 版 人　刘锦泉
地　　　址　天津市和平区西康路 35 号康岳大厦
邮政编码　300051
邮购电话　（022）23332469
电子信箱　reader@tjrmcbs.com

责任编辑　李　羚
特约策划　张雪迎
封面设计　胡十二

印　　　刷　天津雅图印刷有限公司
经　　　销　新华书店
开　　　本　880 毫米 ×1230 毫米　　1/32
印　　　张　10.25
字　　　数　248 千字
版次印次　2024 年 3 月第 1 版　2024 年 3 月第 1 次印刷
定　　　价　55.00 元